우연한

생

On Not Being Someone Else

Tales of Our Unled Lives

앤드루 H. 밀러

방진이 옮김

우연한 생

우리가 살지 않은

삶에 관하여

지식의편집

일러두기

- 외래어는 국립국어원 표기 용례를 따랐으나, 일부는 관습적으로 널리 쓰이는 표기를 사용했습니다.
- 참고 문헌과 주석은 저자의 의도를 고려해 본문의 마지막에 수록하였습니다.
- 책의 제목은 『 』, 시와 단편소설은 「 」, 영화나 음악의 제목은 〈 〉로 표기하였습니다.
- 〔 〕는 옮긴이와 편집부의 주석입니다.
- 본문과 참고 문헌에 나오는 도서는 한국어로 출간된 경우에는 한국어판 제목을 따르고 영어 제목을 같이 표기했습니다. 단 편집본이나 한국어판 제목이 완전히 다른 경우에는 따로 서지 정보를 수록하였습니다.

우리는 한순간 우리가 되는 데 실패했지만 도저히 잊을 수 없는
온전한 인간이 우리들 사이에 놓여 있는 것을 보았다. 우리가 될
수도 있었을 모든 것, 우리가 놓친 모든 것을 보았다. 그래서 한
순간 다른 사람의 몫을 아까워했다. 마치 케이크를 자를 때처럼,
단 하나뿐인 케이크를 자를 때 자신의 몫이 작아지는 것을 지켜
보는 아이들처럼.

버지니아 울프Virginia Woolf, 『파도The Waves』

부자가 되어서 행복해졌느냐는 한 기자의 질문에 미국 가수 닐 다이아몬드Neil Diamond는 돈 때문에 자신의 삶에 달라진 점은 별로 없다고 답했다. "돈을 쓰는 것도 한계가 있으니까요. 뭘 더 하겠어요? 점심을 두 번 먹을까요?"

남에게 나를 소개하면서 내가 말할 수 있는 것은 여러 가지가 있다. 선생 또는 작가라거나, 습관이나 외모를 설명하거나, 가족이나 내가 사는 동네, 고향에 관해 이야기할 수도 있을 것이다. 무엇을 선택하건 그런 것들은 내가 누군지를 알려준다. 그러나 나는 완전히 다른 시각으로 나 자신을 보기도 한다. 그럴 때 나는 내가 누구인지가 아니라 내가 누가 아닌지로 시선을 돌린다. 만약 과거에 뭔가가 달랐더라면 내가 살았을 삶들에 대해, 내가 될 수도 있었을 사람들에 대해 생각하게 된다. 누구에게나 그런 과거의 순간들이 있다. 내가 어릴 때 부모님이 코네티컷주를 떠나지 않았다면, 내가 다른 대학교에 갔다면, 그 선생님이 가르치는 그 수업을 듣지 않았다면, 그 여자친구와 헤어지지 않았다면, 부모님이 이혼하지 않았다면, 다른 직업을 선택했다면, 아내와 나에게 아이가 없었다면… 내 삶은 어땠을까? 나는 어떤 사람이 되었을까?

내가 현재 살고 있지 않은 삶은 헤아릴 수 없을 정도로 많다. 그런데 나는 왜 내가 살지 않은 이 삶 또는 저 삶에 유독 집착하는 걸까? 또 왜 *이 삶*이 내 삶이 아니라는 사실은 전혀 개의치 않는 걸까? 나는 발치료 전문의도 아니고, 조경사도 아니고, 플루트를 연주할 줄 모르고, 캐나다 사람과 결혼하지 않았다. 나는 캔자스주에 살지 않는다. 그런데 이런 것들은 내 영혼을 갉아먹지 않는다. 이에 대해서는 아예 생각조차 하지 않는다. 내가 아내만큼 너그럽지 않다는 것, 친구만큼 영리하지 않다는 것, 동생만큼 유머 감각이 없다는 것, 그리고 내가 젊지 않다는 것…. 이런 생각들은 나와 함께 살아가고, 내가 집을 나설 때마다 따라나선다. 내가 어떤 사람이 아닌지 말할 때는 내가 어떤 사람인지도 함께 말하고 있는 것이다.

물론 어떤 사람이 아니라고 말하는 것만으로는 내가 누구인지가 *아주 명확하게* 드러나지는 않는다. 어깨를 축 늘어뜨린 내가 정류장을 막 떠난 버스를 바라보면서 비에 젖은 인도 위에 서 있다. 그 버스에는 다른 내가 타고 있다. 신발 안에 들어간 돌멩이를 꺼내려고 메이시스 백화점 출입문에서 잠시 멈춰 서지 않았던 나다. 그리고 지금 그 다른 나는 편하게 버스에 앉아 주머니에서 핸드폰을 꺼내 이어폰을 귀에 꽂고 있다. 그러나 버스가 모퉁이를 도는 순간 그 다른 나도 시야에서 사라진다. 굳이 비를 맞지 않은 뽀송뽀송한 다른 자아를 끌어들이지 않더라도 나는 내가 성질이 급하고 길에서 비를 맞고 서 있는 걸 좋아하지 않는 사람임을 알고 있다. 그러나 때로는 내가 상상한 자아들이 훨씬 더 오래 내 곁에 머물면서 더 많은 것들을 말해준다. 앞으로 나는 그 자아들이 계속 머물도록 허락하고 그들의 말에 귀를 기울일 것이다.

철학자 버나드 윌리엄스Bernard Williams는 내가 다른 사람이 될 수도 있었다는 생각이 "매우 원초적"인 것이라고 말한다. 기본적이고 지극히 본질적인 차원의 생각, 애초에 한 사람으로 산다는 것이 무엇을 의미하는가에 관한 생각이라는 뜻이다. 그런데 그런 생각이 워낙 기본적이다 보니 우리는 여기에 주목하지 않는다. 그 위에 다른 것들이 쌓이고 그 생각은 감춰진다. 윌리엄스가 그런 생각이 막연한 것이 아니라 "매우 현실적"이라고 말할 때 지나치게 강조하는 듯한 느낌이다. 오히려 그것이 윌리엄스가 스스로에게 애써 일깨워 줘야 하는 사실인 것 같은 인상을 준다. 이렇듯 살지 않은 삶이 자연적이면서도 애매한 관념이다 보니 글로 쓰기가 쉽지 않다. 때로는 내 생각들이 말로 담아낼 수 없을 정도로 멀리 그리고 깊이 나아간다. 때로는 너무나 진부해서 차마 글로 옮길 수가 없다. 이런 어려움을 감안하면 내가 문학으로 눈을 돌린 것은 당연한 수순이었는지도 모른다. 심리학자와 철학자도 살지 않은 삶을 연구하지만, 작가들이야말로 살지 않은 삶의 전문가다. 살지 않은 삶은 언어의 일반적인 관행을 혼란에 빠뜨린다. 예컨대 대명사, 어휘, 구문, 글의 어조와 문체를 헝클어놓는다. 그리고 작가는 그런 혼란에서 기회를 포착한다. 실제로 살지

시작하며

않은 삶은 근대문학의 주요 주제 중 하나였다. 적어도 나는 그렇다고 생각하고 앞으로 이를 입증할 예정이다.

물론 모든 허구의 인물은 작가나 독자가 살지 않은 삶을 사는, 실현되지 않은 가능성들이라고 볼 수도 있다. 허구라는 것이 이미 그런 의미를 내포하고 있지 않은가.『참을 수 없는 존재의 가벼움L'insoutenable légèreté de l'être』에서 밀란 쿤데라Milan Kundera는 이렇게 말한다. "내 소설 속 인물들은 하나같이 나의 실현되지 않은 가능성들이다. 그래서 나는 모든 인물을 똑같이 사랑하고, 또 모든 인물을 똑같이 두려워한다. 모든 인물은 각각 내가 넘지 않고 돌아섰던 경계 너머로 나아간다. 내가 가장 끌리는 것은 그들이 그렇게 넘어선 경계다(그 경계에서 '나'는 끝난다). 왜냐면 소설이 파헤치는 비밀은 그 경계 너머에서 시작되기 때문이다." 소설의 실제 이야기가 펼쳐지면, 그 이야기가 펼쳐지는 페이지마다 실제 이야기와는 다른, 그렇게 되지는 않았지만 될 수도 있었을 이야기를 전하는 여백도 함께 생겨난다. 그것은 희곡, 영화, 시도 마찬가지다. 허구는 우리가 알아볼 수 있는 현실을 담고 있으면서도 우리의 것과는 조금씩 다른 현실을 보여준다.

그런데 모든 문학과 영화가 실현되지 않은 가능성들이라면 내가 다룰 수 있는 작품도 무수히 많다는 것이 된다. 한동안 이 생각에 사로잡힌 나는 앞으로 나아갈 방법을 찾을 수가 없었다. 그래서 다른 주제들을 탐구했지만, 어김없이 살지 않은 삶들에게로 되돌아왔다. 어쩌면 살지 않은 삶들이 내게로 돌아온 것인지도 모르겠다. 그러다 살지 않은 삶에 관한 이야기들이 대개 아주 특정한 형태로 나타난다는 점이 눈에 띄었다. 왜 이를 알아차리기까지 그렇게 오래 걸렸는지 모르겠다. 가장 유명한 시 중 하나인 로버트 프로스트Robert Frost의 「가지 않은 길The Road Not Taken」에서도 명백히 나타나는 경향인데 말이다. 한 나그네가 잠시 멈춰 서서 과거에 만난 두 갈래 길을 돌아본다. 한 길을 선택해서 걸어 내려온 나그네는 이제 그 길을 다른 길과 비교한다. 한 사람이 갈림길을 만나고, 훗날 이를 회상하며 두 길을 비교한다. 내가 읽은 시와 소설, 내가 본 영화에 이런 패턴이 기본적으로 깔려 있다는 사실을 깨달은 순간 이 책을 쓰는 것도 아주 불가능하지는 않겠다는 생각이 들었다. 그리고 내가 만난 새로운 작품들, 이번 주에 읽은 캐슬린 콜린스Kathleen Collins의 단편소설, 그 전 주에 읽은 찰스 시믹Charles Simic의 시, 지난달에 읽은 코리 테일러Cory Taylor의 회고록과 지난달에 본 앤드루 헤이그Andrew Haigh의 영화를 이해할 수 있게 되었다. 내게는 생소하지만 독자가 읽거나 본 작품들에도 이 패턴을 적용해 이해할 수 있을 것이다. 독자가 어떻게 이 주제를 이어갈지 상상할 수 있었기에 이 책을 쓰고, 이 책의 끝을 상상할 수 있었다.

살지 않은 삶에 대한 이야기에는 여행이 많이 나온다. 등장인물이 집을 떠나거나, 하천을 따라 내려가거나, 기차를 타거나, 택시에 합승하거나, 낯선 대륙으로 날아간다. 이렇게 여행을 하는 것이 놀랍지는 않았다. 어쨌거나 길에 관한 이야기들이지 않은가. 그러나 의아한 모티프들도 있었다. 처음 살지 않은 삶에 관한 이야기들을 살펴볼 때는 다양한 신들이 자꾸 등장하는 것이 눈에 띄었다. 무대에 직접 나서지는 않더라도 날개를 펄럭이며 계속 맴돌았다. 도대체 왜일까? 게다가 왜 이 신들은 그토록 무능할 때가 많은가? 또한 왜 등장인물들이 자신이 다른 사람과 똑같은지 특이한지, 평범한지 비범한지를 두고 그토록 고민하는지도 궁금했다. 단순한 허영심 또는 오로지 허영심 때문만은 아닌 것 같았고, 더 근본적인 불확실성이 작용하고 있는 것 같았다. 그런 고민은 다른 사람이 될 수도 있었다는 생각과 어떤 관련이 있을까? 마지막으로, 왜 이 이야기들은 자주 폭력적일까? 왜 등장인물들이 절단당하고, 살해당하고, 제거당할까? 등장인물이 피를 흘리지 않는 경우에도 왜 이 이야기의 언어는 그토록 극단적일까? 모든 것이 달라졌다니? 한쪽 길을 선택한 것만으로? 과연 그럴까?

프로스트의 시에서 발견한 패턴과 이런 모티프들을 참고해 이 책의 구성을 결정했다. 1장에서는 살지 않은 삶에 대한 이야기들의 형식을 살펴보고, 두 가지 주요 특징인 우리가 단 한 명의 사람이라는 생각과 우리의 삶이 갈림길에서 결정되었다는 생각을 더 자세히 들여다본다. 2장에서는 이런 생각을 부추기는 사회적·역사적 조건을 살펴본다. 물론 그리스 신화 속 오디세우스도 바람 한 점 없고 태양만 쨍쨍 내리쬐는 날이면 자신의 선택이 옳았는지 돌아보았을 것이다. 구약성서의 욥에게도 후회되는 일들이 있었을 것이다. 그러나 특히 지난 이삼 세기 동안 우리가 아닌 사람에 대한 생각은 우리가 어떤 사람인지에 대한 생각만큼이나 빠른 속도로 늘었다. 살지 않은 삶은 근대문학 작가들의 내면 가장 깊숙한 곳에서 창작 욕구를 불러일으키고 자신에게 가장 중요한 문제들에 대해 쓰도록 이끈다. 찰스 디킨스Charles Dickens, 헨리 제임스Henry James, 토머스 하디Thomas Hardy, 버지니아 울프Virginia Woolf, 필립 라킨Phillip Larkin 등이 이런 작가이며, 앞으이 주제를 혼자서 어떻게 접근해야 할지 알 수 있을 정도로 충분히 체계적으로, 그리고 앞으로도 계속 탐구하고 싶을 정도로 충분히 매력적으로 제시했기를 바란다.

살지 않은 삶에 대한 책을 쓰다 보면 당연히 쓰지 않은 책에 관해 생각하게 된다. 다룰 수 있었던 모든 주장들, 갈 수 있었던 모든 방향들, 다시는 열어보지 않을 게 뻔한 컴퓨터 폴더에 남겨진 모든 자료들. 나는 다른 나라 문학에서는 이 주제를 어떻게 다루는지 살펴보지 않았다. 미국이나 유럽 문학에 비해 영국 문학에서 더 흔히 접할 수 있는 주제라고 생각하지만 확실하지는 않다. 내가 계획했던 것만큼 영화를 많이 살펴보지는 않았다. 연극이나 음악은 전혀 다루지 않았다. (닐 다이아몬드가 살지 않은 삶에 대해 노래한 적은 없다고 알고 있지만, 톰 T. 홀Tom T. Hall은 〈파멜라 브라운Pamela Brown〉에서 살지 않은 삶에 대해 완벽한 음정으로 노래한다. "나는 파멜라 브라운과 결혼하지 않은 남자/교육을 받았고, 성격도 좋은, 우리 동네 모범 소녀/만약 그녀도 나를 사랑했다면 지금쯤 내가 어디에 있을지 알고 싶네/아마도 아이들을 학교에 데려다주고 있겠지." 다소 서글픈 아이러니의 노래다. 그는 이렇게 말한다. "이 모든 것이 다 파멜라 브라운 덕분이라고 해야겠지.") 나는 섹슈얼리티에 대해 많은 이야기를 하게 될 것이라고 예상했지만, 내 예상보다는 훨씬 더 조금 언급한다. 흑인이 백인인 척 살아가는 패싱에 대한 이야기도 살펴보지만 그 외에는 인종에 대해 이야기하지 않는다. 철학자들의 글도 참고하지만 그들의 주장을 자세히 따져보지는 않는다. 과거의 기회를 돌아보는 것과 미래의 기회를 내다보는 것을 서로 연결해서 살펴지는 않는다. 대안적 삶과 대안 역사의 관계나 대역과 도 플갱어의 관계에 대해서도 생각해보지 않는다. 그 외에도 이 책에서 내가 하지 않은 이야기는 수도 없이 많다. 그런 수많은 생략과 누락에 대해 변명을 하자면, 바로 그 점이 내가 뭔가 새로운 주제를 포착했고 그 주제가 내 사고 능력으로는 다 다룰 수 없을 만큼 많은 것을 담고 있는 증거라고 말할 수밖에 없을 것이다. 내가 선택한 질문에 대한 답변을 찾는 것만으로도 충분히 벅찼기 때문이다. 왜 작가들은 좀처럼 헤아릴 수 없고 벗어날 수 없는 존재, 울프가 "우리가 되는 데 실패했지만 도저히 잊을 수 없는 온전한 인간"이라고 부르는 존재에 그토록 집착하는가? 나는 왜 집착하는가?

아무리 돈이 많아도 우리가 매일 먹을 수 있는 점심은 한 끼뿐이다. 그리고 이제 여기 당신 앞에 점심 식사가 차려져 있다. 물론 메뉴판에는 다른 점심거리들, 당신이 점심으로 먹을 수 있었던 다른 요리들이 있었다. 식당은 북적거린다. 웨이터가 김이 모락모락 나는 접시를 들고 식당 안을 이리저리 돌아다니다가 당신과 같은 테이블에 앉은 사람들 또는 다른 테이블에 앉은 사람들 앞에 접시를 놓는다. 포크를 든 당신은 잠시 멈추고 주위를 둘러본다.

자신이 실제로 살고 있는 삶이
자신이 주도한 삶인 경우는 드물다[1]

오스카 와일드Oscar Wilde

내 삶에 시작과 끝이 있다는 생각에 나는 기꺼이는 아니더라
도 그럭저럭 익숙해졌다. 나는 길을 따라 걷는 중이다. 어느 날
길을 걷기 시작했고, 어느 날 멈출 것이다. 그러나 책의 페이지
처럼 길에도 여백이 있고, 페이지의 여백처럼 길의 여백도 한계
를 표시하는 역할을 한다. 내 삶에 끝이 있고 언젠가는 끝난다
는 미래의 한계만이 아니라 *지금 이 순간*에도 내 삶에 한계가
있다는 것을 드러낸다. 나는 하나의 삶, 이 삶을 산다. 이 삶 이
후에는 아무것도 없을 뿐만 아니라 이 삶 이외의 다른 삶도 없
다. 나는 나 자신일 수밖에 없다. 너무나 당연한 이야기를 한다
고 생각할 것이다. 그런데 왜 내게는 이것이 아주 큰 깨달음으
로 다가오는 것일까? 내가 갈 수 있었던 길이 너무나 많았고, 내

가 살 수 있었던 삶이 너무도 많았다. 그런데도 나는 지금 여기에 있다. 6월의 어느 화창한 날, 미국 메릴랜드주 볼티모어에 거주하는 중년 남자로, 폭이 좁은 이 책상 앞에 앉아 산딸나무가 보도에 드리운 그늘에서 노는 두 아이를 내다보면서 미지의 독자에게 이 글을 쓰고 있다…. 확률적으로 따져본다면 정말 기막힌 우연 아닌가?

　나는 나 자신과 이루 말할 수 없을 정도로 친밀하고, 그 친밀함 안에서 나는 혼자다. 내 기억은 나만의 것이다. 그해 초봄 어느 저녁에 리치먼드가家의 들판을 가로질러 막 꽃망울을 터뜨린 개나리들을 헤치고 달렸고, 친구가 바로 등 뒤까지 바짝 따라붙었고, 종아리가 터질 것 같았고, 휘어진 가지가 날아들어 온몸을 때렸고, 나는 웃음을 터뜨리며 굴렀고… 나 이외에는 그 누구도 가지고 있지 않은 기억들이다. 그런 경험들이 곧 나다. 그렇게 말하고 싶다. 그런데 그 경험들은 아주 다를 수 있었고, 그랬다면 나도 지금과는 아주 다른 사람이 되었을 것이다. 그리고 그런 순간들은 수도 없이 많다. 그중 하나만 달랐어도 나는 다른 방향으로 굴렀을 것이다. 나는 지금 여기로, 이 도시로, 이 집으로, 이 방으로, 이 책상 앞으로, 이 문장으로 이어진 길이 아닌 다른 길을 걸었을 것이다. 지금 여기에서의 내 삶은 기막힌 우연이면서도 좀처럼 벗어날 수 없는 삶이다.

　내가 다른 사람이었을 수도 있었다는 생각이 워낙 진부하다 보니 그런 생각에 이토록 집착한다는 것이 때로는 어리석게 느껴

진다. 내가 아무것도 아닌 것을 두고 호들갑을 떨고 있다는 생각이 들기도 한다. 그런데 나는 여기에 정말로 대단한 수수께끼가 숨어 있다고 믿는다. 다만 그 수수께끼를 정확하게 특정하기가 힘들 뿐이다. 이해를 돕기 위해 일화를 하나 들겠다. 1913년 어느 여름 지그문트 프로이트Sigmund Freud와 라이너 마리아 릴케Rainer Maria Rilke는 이탈리아 돌로미티의 한 시골 마을에서 산책을 하고 있었다. 프로이트는 그날 릴케가 자신을 둘러싼 아름다움이 모두 죽음을 맞는다는 생각에 우울해했다고 전한다. "모두 사라지겠지." 릴케는 말했다. "겨울이 오면, 인간 세상의 모든 아름다움이 그렇듯." 릴케다운, 지극히 비관적인 지적이었다. 몇 년 뒤 릴케는 행복이란 "곧 겪게 될 상실에서 지나치게 성급하게 취한 이득"이라고 불렀다. 그는 인간에 대해 이렇게 말했다.

우리, 가장 덧없는.
모든 사람이 *한때*, 오직 한때. 그것이 전부.
그리고 우리도 또한 *한때*. 다시 없는.[2]

프로이트는 릴케의 절망에 동조하지 않았다. 그는 사라질 운명이라는 사실로 인해 이 세상의 아름다움이 퇴색하지 않는다고 생각했다. 오히려 그 반대라고 생각했다. "즐거움의 기회가 한정되어 있다는 사실로 인해 그 즐거움의 가치는 더 높아진다." 이것이 당시의 지배적인 견해였고, 당시 유럽은 제1차 세계대전을 향해 치닫고 있었다. 1915년 시인 월리스 스티븐스Wallace Stevens는 이런 말을 남겼다. "죽음은 아름다움의 어머니다."

프로이트와 릴케는 그날 산책을 하면서 인간의 필멸성과 그런 필멸성이 우리가 이 세상의 아름다움을 즐기는 데 어떤 영향을 미치는지에 대해 토론을 하고 있었다. 죽음으로 인해 이 세상의 아름다움이 바래는가, 아니면 오히려 그 아름다움이 더 빛나는가? 그런데 이것은 그야말로 내가 관심이 없는 주제다. 나는 이보다는 규정하기 더 힘든, 그러나 이에 못지않게 근본적인 질문인 인간의 필멸성이 아닌 인간의 단독성에 관심이 있다. 내 가슴에서 울려 퍼진 외침은 "모든 사람이 *한때, 오직 한때*"가 아니라 "모든 사람이 *한 사람, 오직 한 사람*"이다. 우리는 사람은 누구나 결국에는 죽는다는 사실을 떠올리면서 우리 자신과 주변 세계를 다르게 경험하기도 하지만 우리가 오직 한 사람으로 살아간다는 사실로 인해서도 우리 자신과 주변 세계를 다르게 경험한다. 물론 필멸성과 단독성은 서로 밀접하게 연관되어 있다. 내가 언젠가는 반드시 죽는다는 사실로 인해 지금 내게 오직 하나의 삶이 주어졌다는 사실이 한층 더 생생하게 다가온다. 심리학자 애덤 필립스Adam Phillips는 이렇게 말했다. "다음 생을, 다시 말해 지금의 삶보다 더 나은 삶, 더 충만한 삶을 이 생 안에 집어넣어야만 한다는 것을 깨닫는 순간 우리에게는 결코 만만치 않은 과제가 부여된다"고. 그런 관점에서 보면 "이제 우리의 과제는 단지 생존하는 것이 아니라 번영하는 것이며, 단순히 또는 오로지 선하게 사는 것이 아니라 최선을 다해 최고의 삶을 사는 것이다. 이 두 가지는 완전히 다른 과제다. 이제 우리 삶의 이야기는 우리가 사는 데 실패한 삶들의 이야기가 된다."

흔히 예술은 필멸성에 대한 우리의 반응이라고 말한다. 예술은 우리가 필멸성에 반발하고, 필멸성을 초월하려고 애쓰고, 필멸성과 타협한 산물이라는 것이다. 그런데 예술은 또한 단독성에 대한 우리의 반응이기도 하다.

———

내가 살지 않은 삶에 대한 책을 쓴다는 말을 들은 사람들은 대부분 로버트 프로스트의 「가지 않은 길」을 언급한다. 나는 고개를 끄덕이고 다소 부끄러운 마음에 얼른 화제를 돌린다. 그 시가 이미 너무나 잘 알려진 문제에 내가 쓸데없이 집착하고 있다는 증거는 아닐까 걱정되기도 한다. 그러나 아무리 우리에게 익숙하고 지금까지 충분히 연구되었다고는 해도 「가지 않은 길」은 여전히 수수께끼 같은 작품으로 남아 있다. 단순하면서도 극단적이다.

> 노란 숲 속에서 길이 두 갈래로 갈라졌네,
> 그리고 나는 둘 다 갈 수 없는 것이 아쉬웠네
> 그리고 나는 한 길만 가야 했기에, 오래도록 서서
> 한쪽 길을 최대한 멀리까지 내다보았다네
> 구불구불 덤불 아래로 사라지는 곳까지;
>
> 그러고는 다른 길로, 마찬가지로 아름다운 길로 갔다네
> 그리고 그 길은 수풀이 우거지고 덜 닳은 듯해서
> 더 갈 만하다고 생각했기에;
> 물론 인적으로 치자면, 지나간 발길들로

두 길은 거의 같게 다져져 있었고,

그리고 그날 아침 두 길은 똑같이 덮여 있었다네
밟히지 않고 검게 변하지 않은 나뭇잎들로
아, 나는 한 길은 다른 날을 위해 남겨두었네!
하지만 길은 길로 이어지는 걸 알기에
내가 다시 올 수 있을 거라고 믿지는 않았지.

나는 한숨을 내쉬며 이 이야기를 들려주겠지
지금으로부터 오래오래 지난 후 어디에선가
숲 속에서 길이 두 갈래로 갈라졌네, 그리고 나는–
나는 사람들이 덜 지나간 길을 선택했고,
그리고 그로 인해 모든 것이 달라졌노라고.[3]

    이 시의 어조는 온화하지만 시상은 과장되었다. 두 길을 동시에 가는 여행자가 될 수 없음을 아쉬워한다는 것은 곧 동시에 두 장소에 있을 수 없음을 아쉬워한다는 것이다. 이런 아쉬움은 내가 지금의 나라는 것에 대한 아쉬움을 나타낸다. 한 사람인 것에 대한 아쉬움이다. 「가지 않은 길」은 체념의 철학을 노래한 시다. 우리가 어쩔 수 없이 포기해야 하는 것에 대한 슬픔을 다룬다. 그런데 이토록 깊은 슬픔은 매우 사소한 것에서 시작되었다. 숲 속에서 갈림길을 만났을 뿐이고, 두 길은 "거의 같게" 보였다. 그런 별거 아닌, 심지어 거의 눈에 띄지 않는, 더 나아가 실제로는 존재하지 않을 수도 있는 차이에 의해 *모든 것*이 달라졌다. 원인과 결과는 비례하지 않는다.

이 시의 화자는 차분하면서도 확신에 찬 말투로 이야기를 이어가지만, 이상하게도 자신의 선택을 의심하는 듯한 인상을 준다. 두 길은 같았을까, 달랐을까? 한쪽 길이 다른 길보다 더 사람들이 많이 지나간 길이었을까, 아니었을까? 확실하지 않다. 그러나 이 나그네는 자신이 그날 한 선택이 다른 결과를 낳았다는 것을 안다. 그날의 선택이 그의 모든 것을 결정했다. 그는 또한 "길은 길로 이어지는 걸" 알고 있고, 그 길로 가다 보면 미래의 어느 시점에 자신이 그날 한 선택과 그 선택의 결과에 관해 이야기하리라는 것도 알고 있다고 말한다. 그리고 물론 그는 지금 이 시에서 그날의 이야기를 하고 있다. 길은 길로 이어져 계속 더 멀어졌지만, 그리고 비록 화자 자신은 과거로 돌아갈 수는 없지만, 그의 이야기는 그 여정을 되짚을 수 있다.

말이 가진 이런 힘을 강조라도 하듯 프로스트 본인도 자신의 시가 끝날 무렵 출발점으로 되돌아간다. 그는 "노란 숲 속에서 길이 두 갈래로 갈라졌네"라는 구절로 시를 시작했다. 이제 시가 끝날 무렵 그는 이렇게 말한다. "숲 속에서 길이 두 갈래로 갈라졌네," 이 시에는 이렇듯 변주되고 반복되는 구절이 두세 개 있다. 그런 구절 중 하나가 곧이어 감정이 가장 고조되는 지점에서 다시 한 번 등장한다.

숲 속에서 길이 두 갈래로 갈라졌네, 그리고 나는—
나는 사람들이 덜 지나간 길을 선택했고,

이 구절을 소리 내어 읽을 때마다 나는 그가 느낀 감정이 내 목구멍 안에서 북받쳐 오는 것을 느낀다. 그의 선택으로 무엇이 어떻게 달라졌는지는 그가 머뭇거리는 그 순간에 감춰져 있다. "나는—/나는"에서 화자는 줄표와 줄 바꿈이 나타내는 거리만큼 자신에게서 떨어져 있다. 이처럼 "나는"의 중첩은 처음부터 반복으로 구성된 시에 어울리는 절정의 표현이다. "그리고"라는 단어는 첫 번째 연 둘째 행에서 첫 단어로 쓰였다. 두 번째와 세 번째 연에서도 행의 첫 단어로 쓰이기도 했다. 그리고 시 전체의 마지막 행의 첫 단어로 돌아온다. 매번 새로운 "그리고"가 나올 때마다 나는 시가 이끄는 길을 따라 또 한 걸음을 내딛는다. 그런데 그 단어를 들을 때마다 내 귀는 앞서 나왔던 모든 "그리고"를 떠올린다. 나는 앞으로 나아가면서도 이미 읽은 것들을 품고 간다. 나는 화자와 마찬가지로 미래로 발걸음을 내디디면서도 과거를 완벽하게 떨치지는 못한다.

그런 반전이 운문의 일이다. 시는 반복적으로 회귀하면서 완성된다. 그런데 갈림길에서 두 길 중 하나를 선택하는 것으로 시작한 시가 왜 그 이야기를 들려주는 것으로 마무리되는 걸까? 실현되지 않은 가능성들과 우리가 하는 이야기들은 어떻게 연결되는 걸까? 이런 것들이 프로스트의 시구 사이에서 내가 찾은 질문들이다.

"오래도록 서서"라고 프로스트의 화자는 말한다. 우리가 스스로를 고립된 존재로, 우리의 과거를 분리된 것으로 상상하기 전에, 우리에게 감정과 생각이 형성되기 전에, 무엇보다도 먼저 우리에게는 생각할 시간이 필요하다. 친구 둘이 난로 앞에 앉는다. 하루가 끝날 무렵 남편이 아내와 이야기한다. 어떤 사람은 퇴근 길에, 어떤 사람은 장을 보고 난 후에 꽉 막힌 도로에 갇혀 있다. 한 여자가 드레스를 수선하려고 잠시 하던 일을 멈춘다. 빠르게 달리던 기차가 역에 들어서고, 한 남자가 침대칸에서 화장실로 가는 길에 창밖을 내다본다. 한 어린 여자애가 정신분석 전문의와 50분간 상담을 한다. 하루를 보내는 동안 어떤 식으로든 잠시 멈추고 성찰할 시간을 낼 수 있다. 우리는 잠시 멈추고, 그 자리에서 시선을 밖으로 돌려 우리가 없는 곳을 본다. 물론 책을 읽는다는 것도 이와 같다. 우리와 얼마나 멀리 떨어져 있는지 확실하게 가늠할 수 없는 곳에서 허구의 인물들은 조용히 우리 자신을 상징적으로 드러낸다.

살지 않은 삶에 대한 이야기들은 특정 유형의 사고와 감정을 부추기고, 특정 유형의 사고와 감정을 차단한다. 어떤 질문들은 제기하고, 어떤 질문들은 감춘다. 어떤 경험들은 증폭하고, 어떤 경험들은 덮어버린다. 우리가 굳이 이런 식으로 삶에 대해 생각할 이유는 없으며, 대개는 이런 식으로 생각하지 않는다. 잠시 당신의 삶이 갈림길이 아닌 포커게임이라고 생각해보자. 다른 플레이어들이 어떻게 했는가에 따라 당신에게 이런저런 기회가 생겼을 것이고 게임이 잘 풀렸을 수도, 잘 풀리지 않았을 수도 있다. 이렇듯 삶이 포커게임이라고 생각해도 삶이 갈림길이라고 생각

했을 때와 마찬가지로 자신이 한 선택들에 대해, 자신에게 주어진 행운들에 대해 생각하게 된다. 크게 이겼을 수도 있고, 아주 아슬아슬하게 승리를 놓쳤을 수도 있다. 하지만 삶을 포커게임에 비유하면 당신의 생각은 자연스럽게 자신에게 주어진 조건들로 옮겨가게 된다. 자신의 손에 어떤 패가 들어왔었는지에 주목하게 된다.

살지 않은 삶의 이야기들은 내가 나의 길을 가면서 만난 가능성들에 주목하게 하는 한편, 내가 타고난 조건들에 대해서는 점점 무심해지도록 만든다. (그 이야기들은 정치적인 이야기이기 전에 윤리적인 이야기이다.) 더 적확하게 말하자면, 삶을 길에 비유하면 단 하나의 근본적인 조건, 수많은 가능한 '나'들 중에서 단 하나의 나, 지금의 '나'로 살아간다는 조건에 집중하게 된다. 그래서 아주 구체적인 특정 감각에 집중하게 된다. 이를테면 병원의 냄새, 간호사의 이름, 그 남자의 표정에. 그와 동시에 아주 비현실적이고 추상적인 관념에 집중하게 된다. 이를테면 내가 될 수 있었던 모든 사람들 중에서 오직 한 사람으로 산다는 것에. 이런 식으로 분리된 시선은 언어를 부수기도 하고 언어를 다시 만들기도 한다.

———

인류학자 클리포드 기어츠Clifford Geertz는 이렇게 말했다. "마지막으로 인류에 관한 가장 중요한 사실은 누구나 수천 개의 삶을 살 수 있는 조건들을 가지고 태어나지만 결국에는 그중 단 한 개의 삶만 살게 된다는 것이다." 시인이자 평론가인 윌리엄 엠프슨William Empson은 이를 더 단순하게 표현했다. "아이 안에는 너무나 많은 것들이 들어 있어서 어른이 되어서까지 이를 모두 붙들어 둘 수 있는 사람은 아무도 없다." 성장은 가능성을 실현하지만 동시에 가능성을 좁힌다. 복수의 가능성들이 하나의 현실로 환원되고, 실현되지 않은 가능성들이 그 주위를 맴돌다 연기처럼 사라진다. 단 하나의 과거만을 얻었고, 단 하나의 현재에 도달했다는 사실만으로도 우리는 마음만 먹으면 우리가 잃어버린 것들을 발견할 수 있다. 삶은 *배타적*이다. 삶을 이런 식으로 설명할 수 있다면, 이야기도 같은 방식으로 설명할 수 있다. 삶과 이야기 모두를 이런 식으로 접근할 수 있는 이유는 우리가 흔히 우리의 삶을 *이야기*로 대하기 때문이다. 소설가이자 사회비평가인 폴 굿맨Paul Goodman은 이렇게 말한다. 이야기가 "시작할 때는 무엇이든 가능하다. 중반 정도 되면 가능한 것들이 있다. 끝날 때는 모든 것이 필연이다." 성장은 배제하고 *확정한다*. 적어도 그런 것처럼 보인다.

―――――――

「가지 않은 길」은 살지 않은 삶을 다룬 대표적인 시다. 앞으로 우리가 읽게 될 많은 시 중 첫 번째 주자다. 시는 실용적인 측면에서 여러 이점이 있다. 짧은 시는 시 전체를 인용할 수 있다. 그래서 더 확실하게, 그리고 더 의미 있는 반론을 펼칠 수 있다. 상대와 내가 선 땅이 눈에 보여야 상대와 나 사이의 거리도 정확하게 잴 수 있다. 완결성은 이론적으로도 가치가 있다. 어떤 경험이 완결되어야만 내가 다른 것들을 상상할 여력이 생기기 때문이다.

내가 시를 인용하는 이유는 또 있다. 시는 의미의 *직전까지 다가가는* 경험을 제공하는 특별한 힘이 있다. 뭔가 중요한 것이 이야기되고 있지만, 그것이 무엇인지는 명확하지 않은 상태를 만들어낸다. 의미와 같은 시공간에 나란히 머물고 있지만, 그 의미를 완벽히 소유하지는 못한다. 사람의 기질에 따라서는, 적어도 나와 같은 기질의 사람에게는 이런 경험이 한없이 매혹적이다. 의미가 영원히 내게로 오지 않을 수도 있지만, 그것도 괜찮다. (T. S. 엘리엇T. S. Eliot의 말이 생각난다. "시에서 '의미'의 주된 사용법은 아마도, 일반적으로는… 독자의 습관 중 하나를 충족하는 것, 즉 독자의 마음을 딴 데로 돌리고 고요하게 만드는 것이리라. 그리고 그동안 시는 독자를 상대로 자신의 일을 한다. 마치 가상의 도둑이 집 지키는 개에게 늘 미리 준비한 질 좋은 고기 조각을 던져주는 것과도 같다.") 그러나 혹여 의미를 찾는다면, 그 시가 당신에게 중요해졌다면, 그 의미는 그런 의미를 얻게 된 원인과 분리할 수 없게 된다. 그 시를 읽은 경험은 당신이 시에서 얻은 것의 일부가 된다. 그래서 비평가가 해석할 때는 요령이 필요하다. 훌륭한 스승과 마찬가지로 어떤 것을 말하지 않은 채 둘 것인지, 언제 말하기를 멈춰야 하는지 알아야 한다.

심리학자들은 우리가 왜 굳이 과거를 돌아보면서 후회를 하는지 궁금해했다. 과거를 돌아보면서 내가 살 수도 있었지만 살고 있지 않은, 게다가 지금보다 더 나쁜 삶을 상상하면서 위안을 얻을 때도 있다. 그럴 때면 오직 신의 은총 덕분이라고 말하기도

한다. 그러나 그보다는 더 나은 삶으로 이어졌을 과거를 상상하면서 후회하는 때가 더 많다. 심리학자들은 이런 행동을 철저히 실용적인 관점에서 설명하는 경향이 있다. 일이 잘 풀리지 않을 때면 과거를 더 나은 방향으로 수정하는 심리 실험을 통해 미래에는 같은 실수를 저지르지 않도록 대비한다는 것이다. 이런 자가훈련 가설에 진화론적인 설명을 덧붙이기도 한다. 닐 로즈Neal Roese와 제임스 올슨James Olson에 따르면 "결과가 좋지 않을 때 미래에는 나쁜 결과가 반복되지 않도록 대처법을 개선하는 것이 당연히 생존에도 도움이 된다."

그러나 이런 설명은 우리의 다채로운 동기를 너무도 무미건조하게 만들어버린다. 무엇보다 우리가 살지 않은 삶에 관해 이야기하는 이유는 미래에 나쁜 결과와 마주하는 것을 막기 위해서가 아니다. 우리가 현재 살고 있는 이 삶의 의미를 찾기 위해서다. 의미 있는 삶에 대한 갈망은 그 어떤 전략적 고려보다 우선하고, 살지 않은 삶에 대한 고찰은 그런 의미를 만들어내거나 찾는 매우 효과적인 방법이다.

———

소설도 시처럼 의미의 직전까지 다가가는 경험을 만들어낼 수 있다. 그러나 시보다 훨씬 길다 보니 비평하기에는 편의성이 떨어진다. 어쩔 수 없이 플롯을 요약해야 하고 인용문도 길어진다. 그러나 살지 않은 삶은 소설에서 번성하고 있으므로 소설, 그중에서도 특히 장편소설에 많은 지면을 할애할 것이다. 살지 않은 삶은 장편소설이라는 장르가 탄생할 때부터 그 유전자에 깊이 새겨져 있었다. 섬에 홀로 좌초된 로빈슨 크루소는 주위를 둘러본다. 그는 이미 충분히 암울한 상황임에도 배가 침몰했을 때 근처에 섬이 없었다면 어떻게 되었을지, 배에서 장비와 무기를 회수할수 없었다면 어떻게 되었을지 상상한다. 그는 "배에서 아무것도건지지 못했다면 어떻게 했을지를 가장 생생한 색채로" 그리면서꼬박 하루를 보낸다. 일어나지 않은 일들에 대한 이 (크루소의,소설의) 상징적인 시작은 앞으로 펼쳐질 이야기의 탄탄한 교두보 역할을 한다. 소설이 하나의 문화로 발전하면서 이런 추론도함께 발전했고 19세기를 지나 20세기까지 그 역할도 더 커졌다.제인 오스틴Jane Austen, 찰스 디킨스, 조지 엘리엇George Eliot, 토머스 하디, 버지니아 울프, 조라 닐 허스턴Zora Neal Hurston, 필립로스Phillip Ross, 메리 고든Mary Gordon, 라이오넬 슈라이버Lionel Shriver, 칼럼 매캔Colum McCann, 엘레나 페란테Elena Ferrante 등많은 작가의 이야기에서 소설 속 인물이 살지 않은 삶이 지닌 함의도 더 확장되었다.

———

프로스트의 「가지 않은 길」이 살지 않은 삶을 다룬 대표적인시라면 헨리 제임스의 「밝은 모퉁이 집The Jolly Corner」은 대표적인 단편소설이다.

수십 년 전 스펜서 브라이던은 뉴욕에서의 삶을 뒤로 하고 유럽으로 떠났다. 그곳에서 그는 "이상한 길로 들어섰고, 이상한 신들을 숭배"하면서 브라이던 본인의 입을 빌리자면 이기적이고 경박하고 부도덕한 삶을 살았다. 이제 중년이 된 그는 자신이 소유한 집 두 채를 살피러 뉴욕으로 돌아왔고, 옛 친구 앨리스 스태 버턴을 만난다. 어느 날 두 사람은 스태버턴의 소박한 집에서 이야기를 나눈다. 브라이던은 지금 그에게는 모든 것이 "그가 무엇이 되었을지, 즉 그가 애초에 그런 식으로 포기하지 않았다면 어떤 삶을 살고, '어떤 사람'이 될 수 있었을지"의 문제로 귀결된다고 말한다. 그는 뉴욕에서의 삶을 포기하지 않았다면 자신의 삶이 어떻게 달라졌을 것인가 하는 질문에 집착한다.

> 그랬다면 나는 어떤 삶을 살고, 어떤 사람이 되었을까요? 나는 계속 그 생각만 한답니다. 바보같이. 그 답을 알 수 있을 리가 없는데도 말이오! 뉴욕에 남은 수십 명의 다른 이들이 어떤 사람이 되었는지 보게 되잖소. 그들을 만날 때면 가슴이 미어터질 것 같고 화가 치밀어 오른다오. 나도 떠나지 않았다면 뭔가 중요한 사람이 되지 않았을까 하는 생각이 드니까요. 다만 정작 어떤 사람이 되었을지는 전혀 짐작이 안 가요. 충족될 리 없는 이 작은 호기심 섞인 분노로 이리저리 궁리를 하다 보면 과거에 한두 번 느낀 적이 있는 감정이 떠오르곤 하죠. 나름의 이유로, 그게 최선이라는 생각에 중요한 편지를 열지 않고 태워버렸을 때 느꼈던 바로 그런 감정이. 그때 나는 후회했고, 그 상황이 너무나도 싫었소. 편지에 어떤 내용이 담겼는지 절대로 알 수 없게 되었으니까요.[4]

살지 않은 삶이라는 열지 않은 편지에 대한 브라이던의 호기심은 곧 그를 집어삼킨다. 그는 다른 사람에게는 조금의 관심도 없고 단순히 자신이 누구인가뿐만 아니라 더 나아가 자신이 될 수 있었던 사람이 누구인가 하는 문제에 집착한다. 여기서 다른 사람에는 앨리스도 포함된다. 브라이던은 자신의 허영심을 체로 걸러 불순물 하나 섞이지 않은 순수한 결정체의 형태로 앨리스 앞에 펼쳐놓는다. "그렇다면 당신도, 너무나 끔찍한 생각이지만, *지금의 내*가 내가 될 수 있었던 최선이라고 생각하오?" 최선의 자신이 될 기회를 놓쳤다는 공포에 질린 브라이던이 앨리스에게 묻는다. 브라이던의 기이한 불안감을 마주하면서도 현명한 앨리스는 아마도 평생 동안 겸양의 미덕을 실천하며 얻은 우아함을 잃지 않은 채 이렇게 답한다. "오, 그럴 리가요! 전혀 그렇다고 생각하지 않아요!" 그리고 이렇게 덧붙인다. 감사하게도 "그런 사실이 아무것도 망치지 않은 것 같"다고. 브라이던이 수십 년 전에 유럽으로 떠나는 것을 선택했음에도 불구하고 지금 그는 앨리스의 집 난로 앞에서 그녀와 함께 있지 않은가. 브라이던도 멍청하지는 않다. 그는 앨리스가 자신에 대한 감정을 넌지시 전하고 있다는 것을 눈치챘다. 그런데도 그는 여전히 앨리스가 어떤 여자인지보다는 자신이 될 수도 있었으나 되지 않은 남자에게 훨씬 더 깊이 몰두한다.

그런 무심함에 대한 변명이라도 하듯 브라이던은 앨리스에게 이렇게 말한다. "당신은 아무것도 달라지지 않았을 사람이에요. 당신은 당신이라는 사람으로 태어났고, 그것은 장소나 경로에 따라 달라지지 않아요. 당신은 그 무엇도 망칠 수 없는 완벽함을 지녔소"라고. 브라이던은 특유의 우월 의식이 깔린 짐짓 겸손한 말투로 말한다. 앨리스가 다른 사람이 되었을 가능성이 없다면 그녀에게는 귀 기울여 들을 만한 어떤 흥미로운 이야기도 없다. 그러나 브라이던에게는 황홀하게도 수많은 다른 가능성들이 존재했다. 앨리스는 내내 지금의 그녀밖에 될 수 없었다. 그리고 실제로 작가인 제임스도 앨리스에 대해서는 아무 이야기도 들려주지 않는다. 앨리스의 과거도, 앨리스의 현재도 거의 언급되지 않는다. 독자는 그녀가 브라이던에게 끊임없이 공감해주는 모습만 본다. 그렇다면 앨리스를 소홀히 대한 것은 브라이던일까, 아니면 작가인 제임스일까? 아마 작가인 제임스도 다른 삶의 가능성이 없는 삶은 이야기가 없는 삶이라고 생각했는지도 모른다.

브라이던이 그토록 정교한 나르시시즘을 선보였지만 난로 앞에서 펼쳐지는 이 잔잔한 장면은 꽤 평범하다. 옛 친구 두 명이 함께 과거를 돌아보는 것이 전부다. 그러나 이야기가 계속될수록 사건들이 점점 더 기묘해진다. 브라이던은 곧 자신 소유의 집 두 곳 중 하나인 "밝은 모퉁이"에 있는 집에 "그가, 즐거움을 위해서건 슬픔을 위해서건, 포기하지 않았다면 그를 위해 빛났을" 세계가 감춰져 있다고 믿기에 이른다. 그리고 그 다른 세계 안에 그가 오래전 유럽으로 떠나지 않았다면 되었을 남자가 산다고 확신한다. 브라이던은 자신의 집을 집요하게 감시하기 시작한다. 황혼이 깃드는 저녁이 되면 그는 어김없이 밝은 모퉁이 집으로 가서 현관문을 닫고 자신이 될 수도 있었지만 되지 않은 사람을 찾아 자신이 살 수도 있었지만 살지 않은 집 안을 헤맨다. 그러다 그는 마침내 어느 새벽녘 떠오르는 햇살 속에서 자신의 사냥감과 대면한다. 브라이던은 자신이 구석에 몰아넣은 괴물을 아주 상세하게 묘사한다. 반백의 머리를 한 그 남자는 연미복을 차려입고 꼿꼿이 서 있다. 재킷에는 안경과 반짝이는 실크 장식, 진주 단추가 달려 있고, 회중시계의 금줄과 새하얀 옷깃이 보인다. 손가락 두 개가 잘려나간 자리가 뭉툭하다. 그래서 더 위협적으로 보인다. 너무나 위협적인 나머지 브라이던은 기절한다.

이 장면과 함께 이야기는 절정에 도달한다. 그런데 우리가 어떤 이야기를 읽었는지는 여전히 불분명하다. 브라이던의 또 다른 자아가 자세히 묘사되었지만 그 괴물이 실제로 존재했는지도 여전히 확실하지 않다. 더 적확하게 말하면 그 괴물이 어떻게 실재할 수 있었는지가 확실하지 않다. 정말로 브라이던이 이 세상 것이 아닌 괴물 앞에서 기절했다고 믿어야 하는 걸까? 아니면 브라이던의 상상력이 만들어낸 허구의 산물 앞에서 기절했다고 믿어야 하는 걸까? 이것은 유령 이야기, 그것도 초자연적일지언정 실재 괴물이 등장하는 이야기인가? 아니면 정신 나간 남자의 기묘한 환상에 관한, 충분히 있을 법한 현실적인 이야기인가? 이 이야기에서 제임스는 형이상학적인 것과 심리학적인 것 사이에서 아슬아슬한 균형을 아주 능숙하게 유지한다. 또한 작가 자신을 너무나도 교묘하게 숨긴 데다가 그가 겉으로 내세운 풍성한 이야기의 표정이 너무도 차분해서 작가의 의도를 파악하기가 힘들다. 우리가 어떤 이야기를 읽는지가 확실하지 않다 보니 우리가 무슨 생각을 해야 하는지, 어떤 감정을 느껴야 하는지도 확실하지 않다. 우리는 브라이던처럼 불안에 휩싸일 수밖에 없다.

브라이던이 정신을 차리고 보니 앨리스의 무릎을 베고 누워 있다. 앨리스는 그날 밤 브라이던이 자신의 또 다른 자아와 맞서는 꿈을 꿨고, 걱정이 되어 그를 찾으러 왔다. 그 후 이야기는 두 사람의 대화로 마무리된다. 브라이던은 내내 자신을 괴롭힌 질문을 반복해서 묻는다. 내가 그 남자 같은 사람이 되는 것이 가능했을까? 그 괴물이 정녕 나의 다른 자아들 중 하나란 말인가? 이제 그 남자와 대면한 브라이던은 이런 생각을 하면서 공포에 휩싸인다. "이 야만인, 너무나도 끔찍한 얼굴을 한 이 야만인은 검은 이방인이다. 그는 결코 *내*가 아니다. 내가 될 *수 있었던* 나도 아니다." 앨리스가 "어차피 당신은 자신이 지금과 다른 사람이 될 수 있었는지 알고 싶었던 것 아니었나요?"라고 묻자 브라이던은 경악한다. "*그렇게까지* 달랐을 거란 말이오?" 브라이던은 부와 권력을 위해서라면 스스로를 그런 야만인이 되도록 내버려 두었을까? 제임스의 단편소설은 으스스한 분위기를 풍기지만 아주 친숙한 질문을 다룬다. 매일 사람들은 끔찍한 일을 저지른다. 내가 그 사람의 입장이었다면, 내가 그 사람과 같은 길을 걸었다면, 나는 과연 그 사람과 다르게 행동했을까? 내가 될 수 있었던 사람은 내 욕망뿐 아니라 내 한계도 드러낸다.

자신에게 없는 것을 보고 난 뒤 겸허해진 브라이던은 드디어 자신에게 있는 것을 본다. 자기 앞에 앉아 있는 지혜롭고 순종적인 여인을 본다. 이야기가 끝날 무렵 브라이던은 이 기이한 여행에서 돌아온다. "그는 돌아왔다. 그렇다. 그는 다른 사람은 결코 가본 적 없는 아주 먼 곳에서 돌아왔다. 그런데 그런 생각과 함께 자신이 가장 대단한 것으로 돌아온 기분이 든다는 게 이상했다. 마치 그의 방탕한 여정의 목적지가 결국 지금 이 자리였던 것처럼 느껴졌다." 그는 앨리스에게로 돌아왔다. 제임스는 브라이던이 자신이 살지 않은 삶 대신 자신이 살고 있는 삶과 앨리스를 품는 것으로 이야기를 마무리한다. 브라이던은 마지막으로 이렇게 말한다. "그 남자가 1년에 백만 달러를 버는지는 몰라도 당신은 가지지 못했소." 그 말에 앨리스는 브라이던을 꼭 끌어안으며 이렇게 말한다. "그리고 그는 아니잖아요. 그래요, 그는 *당신이* 아니에요!"

───────

브라이던은 자신이 살고 있는 단 하나의 삶을 있는 그대로 받아들이기로 한다. 그런 반응은 그가 성숙했음을 보여준다. 어떤 삶이든, 어떤 삶이라도 내게 주어지기만 한다면 기꺼이 받아들이는 것이다. 그런데 그 어떤 삶이 지금 현재의 삶이 되자 제임스의 소설은 끝이 난다. 「밝은 모퉁이 집」의 동력은 살지 않은 삶에 대한 브라이던의 집착이었다. 브라이던이 자신이 살지 않은 삶을 놓아준 순간 그의 이야기도 끝이 난다. 그래서 나는 또다시 「가지 않은 길」에서 찾은 질문으로 돌아온다. 왜 살지 않은 삶에 대한 시는 그 이야기를 들려주는 것으로 마무리되었을까? 그리고 왜 살지 않은 삶에 대한 소설은 주인공이 자신이 살지 않은 삶을 놓아주는 순간 끝이 났을까? 내가 읽는 이야기들과 내가 살지 않은 삶들은 정확히 어떤 식으로 연결되어 있는 걸까?

───────

제임스는 「밝은 모퉁이 집」을 집필하는 몇 개월간 자신의 글을 엮은 책 출간 작업도 병행했다. 그는 서식스에 있는 자신의 집에서 매일 아침 정원으로 나가 책 작업을 했다. 자신의 발표작들을 수정하고, 순서를 정하고, 각 작품의 서문을 썼다. 서문에는 해당 이야기의 발상을 어디에서 얻었는지, 그 발상이 어떤 식으로 발전했는지, 자신이 어떤 이야기를 기대하고 있었는지, 어떤 걸림돌이 있었는지, 어떤 유혹이 있었고, 어떤 우연한 사건들 덕분에 계속 써나갈 수 있었는지 등의 내용이 담겨 있다. 제임스는 각 이야기에 고유의 이야기를 부여했다. 마치 이야기들의 자서전을 쓰고 있는 것 같았다. 이 서문들은 소설 장르에 대한 근대사상의 기준점이 되었다. 또 살지 않은 삶에 대해 생각할 때도 중요한 기준점이 된다.

제임스는 좋게 말해 선별하는 작가였다. 그는 자신의 수확물을 솎아냈다. 아주 많은 양을 버리고 아주 조금만 남겨둔다. 그나마도 실제로 사용한 것은 그보다 훨씬 더 적었다. 제임스는 자신의 단편소설을 아주 화려하게 꾸몄기 때문에 그의 금욕적인 성향을 놓치기 쉽다. 그의 글은 헤아릴 수 없이 많은 가능성들 중에서 아마도 의식적으로, 그리고 무의식적으로 선택한 문장들이었다. 그리고 그는 그런 선택이 중요하다고 여겼다. 제임스는 작가가 무엇을 하지 않았는지를 알아야만 그 작가가 실제로 쓴 소설을 진정으로 이해하고 평가할 수 있다고 믿었다. 소설 『포인턴의 전리품 The Spoils of Poynton』서문에서 제임스는 이런 자신의 생각을 다음과 같이 표현했다. "삶은 모든 것을 수용하고, 그래서 혼란스럽다. 예술은 모든 것을 차별하고 선택한다. 예술은 감춰진 확실한 *가치*를 탐색하고, 오직 그것에만 관심이 있다. 덩어리 속에 뼈가 있다고 확신하는 개처럼 덩어리 주위를 본능적으로, 집요하게 킁킁거리며 살핀다." 제임스는 어느 크리스마스 저녁 식사 자리에서 『포인턴의 전리품』이라는 뼈를 찾아냈다. 그날 한 친구가 어느 집안에서 어머니와 아들이 값비싼 가구를 물려받는 문제로 서로 날카롭게 대립하고 있다는 이야기를 하기 시작했다. 그 친구가 채 십여 단어도 내뱉기 전에 "그런데도 그 단어들만으로도 내 『포인턴의 전리품』의 작은 드라마에서 펼쳐질 수 있는 모든 가능성들이 번개처럼 눈앞을 스쳐 지나갔다"고 제임스는 말한다. 그러나 바로 그 가능성들이 위기에 빠지는 장면 또한 번개처럼 그의 눈앞을 스쳤다. 제임스의 친구는 계속해서 불만 가득한 어머니와 아들의 다툼이 어떻게 전개되었는지를 "충실하게, 그리고 아무 생각 없이" 들려주기 시작했다. 제임스는 움찔했다. 그로서는 열 단어까지가 딱 좋았다. 실제로 어떤 일이 벌어졌는지를 듣게 될 수도 있다는 암담한 위협 앞에서 제임스는 환상적이고 시적인 언어로 도피한다. "잠재력이 충분한 완벽한 작은 이야기다." 제임스는 생각했다. "그런데 그녀가 이를 요람에서 목 졸라 죽이려 한다. 너무나 쾌활하게, 이야기를 어르고 달랠 것처럼 굴지만. 그러니 나는 그녀의 손을 막으리, 더 늦기 전에." 아슬아슬한 탈출이었다. 제임스는 이야기가 아직 숨이 붙어 있을 때, 마치 자신이 직접 젖을 먹이려는 듯이 자신의 품에 넣고 달아났다. 그렇게 양부와 갓난아기는 삶이 아닌 예술이라는 여행길에 함께 오르게 된다.

———

이 일화에서 짐작할 수 있듯이(또는 제임스의 서문이 단언하듯이) 살지 않은 삶에는 특정한 미학적 기준이 뒤따른다. 예술의 일이 수많은 가능성 중에서 하나를 선택하는 것이라면 성공한 예술 작품이란 아무리 손을 봐도 지금보다 더 좋게 만들 수 없는 작품을 의미한다. 어떻게 바꿔도 현재보다 못한 작품이 되는 상태에 이르면 그 작품은 완성된 것이다. 이것은 아리스토텔레스의 『시학』에 뿌리를 둔 매우 고전적인 관념이지만 18, 19세기 초에 이르러서야 다시금 주목받기 시작했다. 말년에 낭만주의 수필가 찰스 램Charles Lamb은 누군가 새뮤얼 존슨Samuel Johnson이 『실낙원Paradise Lost』에 대해 "더 길었으면 하고 바란 사람은 아무도 없다"고 조롱한 논평을 언급하자 분노했다. 램은 "달이 지금보다 더 동그랬으면 하고 바라는 사람도 없다"고 쏘아붙였다. "그것은 그 자체로 완벽하고 완전하므로 우리는 거기에 선 하나라도 더하거나 덜어내는 것을 상상조차 하지 못한다. 그렇게 해서 이로울 것이 전혀 없으니까. 우리 중에 메디치의 비너스 조각상이 살짝이라도 더 풍만하길 바라는 사람이 있을까? 키가 더 컸으면 좋겠다고 생각할까?"

완성된 예술 작품에는 더 바랄 것이 없다는 주장은 매력적이다. 그런 작품에서는 전혀 부족함을 느끼지 않는다는 것이다. 그러나 그런 주장에는 성공적인 예술 작품 뒤에는, 마치 수도 없이 버려진 옷이나 연인들처럼, 버림받은 가능성들의 잔해가 수도 없이 쌓여 있을 거란 생각이 뒤따른다. 그런 주장을 하는 사람들은 뭔가를 잃어버림으로써 아름다움이 완성된다고 생각하고, 상실을 뭔가 아름다운 것으로 만든다. 제임스는 이 주장이 지닌 정서적 호소력에 끌렸다. 비평가 알렉스 월로치Alex Woloch는 『비둘기의 날개The Wings of a Dove』의 서문을 그 증거로 든다. 제임스는 이 서문에서 자신이 등장인물 중 하나인 크로이 씨를 어떻게 다루었는지 돌아본다. 처음에는 크로이 씨를 위한 원대한 계획을 세웠다고 한다. 그런데 결국 크로이 씨의 역할은 대폭 수정되고 축소된다. 크로이 씨에게는 더 많은 이야기가 있었지만, 제임스는 그것들을 전부 살릴 수가 없었다. 소설을 완성한 지금, 제임스는 크로이 씨에게 일어나지 않은 모든 일들에 대한 생각을 멈출 수가 없다. 서문을 쓰면서 작가로서 자신이 지닌 힘에 대한 자각이 다시 머리를 들고, 그는 크로이 씨를 위해 짧막한 2막을 구성한다.

그를 어디에서 찾을 수 있을까? 지금이라도, 빈약한 한두 장면을 순전히 형식적으로라도 언급하여 그의 존엄성을 찾아주지 않는다면 말이다. 그런데 그는 "들여다보고" 있다. 애처롭게도 자신이 되기로 예정되어 있던 인물의 아름답게 빛나는, 저주받은 유령이 되어서. 그 유령은 자신의 것이었던 자리들이 이미 채워졌음을 본다. 자신의 부재를 아무도 눈치채지 못한다. 오랫동안 그의 특징을 묘사해주는 유일한 장치였던 멋진 모자를 다시 한 번 매만진다. 그리고 그는 자신의 삶에 대한 깊은 실망감을 감추려고 휘파람을 불면서 무심한 척 돌아선다. 쇼는 계속되어야 하므로 지켜지지 않은 약속은 그렇게 넘겨야만 *했다*. 한마디로, 모든 인물에게 더 좋은 기회가 약속되어 있었지만 그 약속들은 지켜지지 않았다. 극단의 스타들처럼, 그들도 마지못해 작은 역할을 떠맡아야 했다. 무대에 등장이라도 하려면 하

찮은 역할이라도 배정받은 것에 만족해야 했다.[5]

　처음 제임스가 계획한 이야기는 모든 인물에게 훨씬 더 좋은 역할을 부여했다. 불쌍하게도 문가에서 들여다보면서 실망하는 크로이 씨는 다른 모든 인물을 대변한다. 그들은 모두 작은 역할에 만족해야만 했던 스타들이었다.

　그러나 이 단락을 읽으면서 가장 인상이 깊었던 것은 제임스의 글에서 스펜서 브라이던이 겹쳐 보였다는 점이다. 제임스는 자신이 쓴 글만큼이나 자신이 쓰지 않은 글에 집착하고 있었다. "미리 알았다면 이야기의 흐름을 그쪽 방향으로 돌렸을까?" 서문 중간에 제임스는 스스로에게 묻는다. "그리고 미리 알지 못해서 무엇을 놓쳤을까!" 그는 궁금해한다. 어떻게 이 발상에 "'무언가가 있다'는 것을 알 수 있었을까?" 왜 이 다른 발상에서는 "무언가가 있는지 찾으려고 *시도조차* 하지 않았을까? (게다가 시도할 수 있는 방법도 한두 가지가 아닌데!) 하루가 가기 전에 살펴볼 수 있는 가능성들이 얼마나 많았는가." 마치 제임스가 자신의 소설 속 인물의 사고방식에 물든 것 같다. 아니면 그 인물들이 제임스의 사고방식에 물든 것일까? 독자도 그런 사고 습관에 물들어 간다. 제임스의 서문을 읽은 버지니아 울프는 이렇게 말한다. "제임스가 실제로 쓴 글보다 그가 계획했던 글을 읽고 싶은 마음이 들 정도였다."

———

　수전 손택Susan Sontag은 이렇게 말한다. "대개 어떤 작품에 찬사를 보내고자 하는 비평가는 그 작품의 모든 부분이 합당하다는 것을 설득해야 한다는 강박에 시달린다. 그 작품이 지금과 다른 모습으로는 존재할 수 없다는 것을 입증할 수 있어야 한다고 생각한다." 이 말은 비평가들이 성공적인 예술 작품을 바라볼 때 스펜서 브라이던이 앨리스 스태버턴을 바라보듯 한다는 것이다. 그 작품이 장소와 경로를 불문하고 결코 무너지지 않는 지금의 완벽한 모습을 타고났다고. 앨리스처럼 예술 작품에서도 더 나은 것에 대한 갈망이 원천적으로 충족되었다고. 요컨대 성공적인 예술 작품은 무언가를 더 바랄 수 있는 단계를 넘어선 상태다. 우리는 그 작품이 지금과 다른 형태, 내용, 방식으로 존재하기를 바라지 않는다. 그런데도 손택은 이렇게 덧붙인다. "모든 예술가는 자신의 작품에 대해서만큼은 그동안 우연, 피로, 외부의 방해 등이 개입했다는 사실을 기억하기 때문에 비평가의 찬사가 거짓이라는 것을 안다. 예술가는 그 작품이 다른 작품일 수도 있었다는 것을 안다." 예술 작품의 이상적인 모습이 앨리스라면 현실의 예술 작품은 브라이던인 것이다.

손택은 예술을 이해하는 이 두 가지 관점을 서로 다른 두 유형의 집단, 비평가와 예술가로 나눠서 설명한다. 우리는 비평가의 관점을 취했다가 예술가의 관점을 취하는 등 그 둘 사이를 오갈 수 있다. 그러나 이 두 관점은 엄연히 다르다. 그런데도 마치 마법처럼 제임스는 그 두 관점을 동시에 적용하는 것처럼 보일 때가 있다. 그럴 때면 우리도 실재 작품과 실현되지 않은 가능성들을 동시에 보게 된다. 프랑스의 소설가이자 비평가인 모리스 블랑쇼 Maurice Blanchot는 아마도 이것이 "제임스 작품의 정수"인지도 모른다고 말한다. 제임스는 "매 순간 현재의 작품 전체를 보여주는 것"과 "다른 형태들을 보여주고, 다른 가능했던 서사들의 무한하고 가벼운 공간을 느끼게 하는 것"을 동시에 추구한다. 또 다른 비평가 조르주 풀레Georges Poulet도 제임스의 소설에 대해 유사한 평가를 내린다. 그는 제임스가 "실제 이야기를 잡아당겨서 늘린 다음 그 안에 자신이 생각한 모든 가능성들을 욱여넣는다. 실제 이야기는 가능성들의 빛나는 후광으로 둘러싸인 중심점이다. 그래서 무한한 동시에 유한하다"고 말한다. 빛의 이미지는 많은 의미를 담고 있다. 우리 눈앞에 놓인 것은 완성된 실체로서의 소설이다. 그러나 소설의 페이지가 밝고 가벼운 무언가로, 아주 먼 곳에서 온 무언가로 빛나고 있다.

예술 작품이 이런 속임수를 제대로 부릴 때, 실현되지 않은 가능성들의 빛이 비춰질 때, 내 감정 또한 반짝반짝 빛나기 시작한다. 이런 순간이면 나는 예술의 불멸성이 아니라 이 특정 시나 영화, 소설이 애초에 존재할 필요가 없었다는 사실을 떠올리게 된다. 그 작품이 영원히 존재할 수도 있다는 것보다는 그 작품이 아예 존재하지 않았을 수도 있다는 것을 떠올리게 된다. 그런데도 그 작품은 지금 여기 이렇게 존재하고 있다.

생리학자들은 우리가 글을 읽을 때 우리 눈이 깡충깡충 건너뛰는 식으로 읽는다고 설명한다. 건너뛰고 멈추고, 건너뛰고 멈추고. 이것을 "단속적 운동saccades"이라고 부르는데, 프랑스어에서 유래한 이 단어는 원래 돛단배의 돛이 바람을 받아 배가 앞

으로 나아가면서 튀어 오르는 모습을 묘사하는 단어다. 살지 않은 삶에 대한 이야기들을 이해하려고 애쓰는 동안 나도 그런 리듬에 따라 움직였다. 단번에 훌쩍 앞으로 나아갔다가 잠시 쉬고, 돌아보고. 그러다 다시 훌쩍 앞으로 나아간다. 읽기의 리듬과 같다. 그 리듬을 타고 나는 또다시 내 질문으로 돌아간다. 살지 않은 삶을 노래한 프로스트의 시는 이야기를 들려주는 것으로 마무리된다. 제임스의 단편소설은 브라이던이 자신이 살지 않은 삶을 떠나보낼 때 끝난다. 그리고 이제 제임스는 작가 생활 말년에 자신이 하지 않은 이야기들을 회상한다. 우리가 살지 않은 삶들과 우리가 읽는 이야기들은 정확히 서로 어떤 관계에 있는 걸까?

I

One Person, Two Roads

한 사람, 그리고 두 갈래 길

당신을 사랑하는 신

The God Who Loves You

칼 데니스
Carl Dennis

_____

내가 결코 될 수 없는 모든 것,
모든, 내 안에서 무시당한 사람들
이것이, 신이 판단하는 나의 가치,
그의 물레가 빚은 항아리[1]

로버트 브라우닝Robert Browning

이런 말을 하기는 조심스럽지만, 살지 않은 삶은 중년의 관심사다. 살지 않은 삶이 있으려면 먼저 삶을 어느 정도 살아야만 한다. 미래에 다른 삶을 살 가능성들이 거의 사라졌다고 느낄 때면 어김없이 과거에 선택하지 않은 길들을 떠올리게 된다. 존 치버John Cheever가 어두운 숲 속에서, 어느 길로 가야 할지 몰라 잠시 멈춰 선 것은 그가 인생의 중반에 다다랐을 때였다.

중년에는 불가해함이, 당혹스러움이 있다. 이 시간 내가 가까스로 알아낸 것은 일종의 외로움이 전부다. 눈에 보이는 이 세계의 아름다움조차 무너져 내리는 것 같다. 그렇다, 사랑조차도. 뭔가가 잘못되었다는, 어디선가 길을 잘못 들었다는 느낌이 든다. 그러나 언제 그런 일이 벌어졌는지 알 수 없고, 알아낼 수 있으리라고 기대하지도 않는다.[2]

치버는 이른 나이에 절망에 빠졌다. 그는 서른 살에 이 글을 썼다. 일반적으로 사람들은 쉰 살 즈음에 이 외로움과 관련된 불가사의함에 맞닥뜨리는 듯하다. "이 지점, 중년이라는 이 지점에 도착하게 된다." 힐러리 맨틀Hilary Mantel은 이렇게 표현한다. "어쩌다 이곳까지 오게 되었는지 모르겠지만, 어느새 오십이 당신을 노려보고 있다. 고개를 돌려 지나온 세월을 돌아보면 당신이 살 수도 있었을 다른 삶들이라는 유령이 설핏 스쳐 지나간다. 모든 집은 유령의 집이다." 그리고 헨리 제임스의 소설 「오십인

남자의 일기The Diary of a Man of Fifty」의 화자는 이런 깨달음을
얻는다.

> 언제나 어떤 후회가 남을 것이다. 뭔가를 이루었다는 느낌
> 뒤에, 어떤 아련한 상실감이 맴돌 것이다. 다소 아쉬워하면
> 서 나도 모르게 궁금한 마음이 들 것이다. 지금과 다를 수
> 도 있지 않았을까… 예를 들면 왜 나는 한 번도 결혼하지
> 않았을까? 왜 나는 그 여자만큼 다른 여자를 사랑할 수 없
> 었던 걸까? 아, 왜 산은 푸르고 햇살은 따뜻할까? 내게 주
> 어진 운명에 무례한 의문들을 던질 것이고, 그러면서 행복
> 이 감소한다.[3]

맨틀은 말한다. 당신은 이 지점에 도착하게 됐지만 어쩌다 이
곳까지 오게 되었는지는 알 수 없을 거라고. 당신은 제임스가 그
랬듯이 잠시 멈춰 서서 자문하게 된다. 로베르트 무질Robert Musil
은 자신의 소설 『특성 없는 남자The Man Without Qualities』를 통
해 이렇게 말한다.

> 인생이라는 여정의 중반에 이르면 어떻게 자기 자신이 되
> 었는지, 예컨대 자신의 유머감각, 세계관, 아내, 성격, 직업
> 과 성공을 어떻게 얻게 되었는지 기억하는 사람은 거의 없
> 다. 다만 앞으로 더는 변화의 여지가 없다는 것만은 확실하
> 게 느낀다. 심지어 자신이 사기를 당했다고 주장할 수도 있
> 다. 실제로 현재 자신이 이런 사람으로, 이런 삶을 살아야

만 할 절대적인 이유를 찾을 수 없기 때문이다. 얼마든지 다르게 전개될 수도 있었다.[4]

될 수도 있었다. 그러나 그렇지 않았다. 그래서 지금 여기 당신이 있다.

누구나 알듯이 현대 문화는 흥미롭게도, 그리고 진부하게도 젊음에 열광한다. 지난 수십 년간 로맨틱 코미디, 청소년 소설, 성장소설 등이 성행했다. 그래서 청년기가 이야기가 되기에 최적인 시기처럼 보일 수도 있다. 그런데 현대인이 푹 빠진 젊은 시절의 이야기를 들려주는 화자는 대개 노인이다. 젊음에 관한 노래를 작곡하는 것은 중년들이고, 그들은 그 노래를 부르면서 젊은이들을 바라본다. 우리는 삶의 경로가 확정되기 전 주어진 선택지들을 비교하고 위험을 가늠하던 그 시절을 어떤 식으로든 되돌아본다. 청년기는 아무것도 정해지지 않아서 선택이 의미가 없는 유년 시절도 아니면서 모든 것이 확정되어서 선택지가 사라진 중년도 아닌, 다양하고 새로운 가능성들로 넘치는 세계다. 버지니아 울프의 『파도』에서는 한 등장인물이 이렇게 논평한다. 젊은 시절에는 "모든 것이 부글부글 끓고 요동쳤다. 우리는 무엇이든 될 수 있었다." 그러나 지금은 "변화가 더 이상 불가능하다. 우리는 묶였다…. 우리는 지금을 선택했다. 때로는 누군가 우리를 대신해서 선택했다는 생각이 들기도 한다. 어떤 집게 같은 게 목 아래쪽을 꽉 잡고 있는 게 느껴진다."

칼 데니스의 시 「당신을 사랑하는 신」의 주인공은 하루 일을 마친 뒤 차를 몰고 집으로 향한다. 지루한 퇴근길이다. 그러나 이런 일상적인 빈 시간 덕분에 그는 회상할 기회를 얻는다. 시는 이렇게 시작한다.

당신을 사랑하는 신은 당연히 마음이 불편할 것이다
당신이 자신의 많은 미래를 살짝 엿볼 수만 있었다면
당신이 오늘 얼마나 더 행복할지를 알기에.
신은 금요일 밤마다 당신을 지켜보는 것이 당연히 괴로울
　것이다
차를 운전해 사무실에서 집으로 향하면서 그 한 주에 만
　족하는 당신을─
화목한 세 가족에게 각각 멋진 집을 팔았다─
신은 어떤 일이 벌어졌을지 아주 잘 알기에
당신이 제2지망이었던 대학을 갔었다면,
당신이 그곳에서 어떤 룸메이트를 배정받았을지 알기에
그림과 음악을 열렬히 사랑하는 그로 인해
당신 안에 평생을 바칠 열정이 타올랐을 것이기에.
당신이 지금 살고 있는 삶보다 30점은 더 높은 삶
어떤 만족 지수를 적용해도 마찬가지, 그리고 그 점수 하나
　하나가
당신을 사랑하는 신의 옆구리에 박힌 가시,
당신은 그런 것을 원하지 않는다
가슴이 따뜻한 당신은
아내가 당신 대신 아이들에게 마음을 쓸 수 있도록

그날 있었던 속상한 일들을 아내에게 말하지 않는다.

게다가 이 신이 당신의 아내를 비교하는 걸 당신이 과연
　원할까

다른 대학에서 당신이 만날 운명이었던 그 여성과?

신이 대화에 등급을 매긴다는 생각을 하면 당신은 마음이
　상한다

거기서 당신이 즐겼을 대화는 통찰력이 더 깊었을 것이다

지금 당신이 익숙해진 대화보다는.

그리고 이 사랑이 넘치는 신이 어떻게 느낄지 생각해보라

당신 아내의 남편이 되려고 기다렸던 남자를 알기에

그는 당신은 꿈도 꿀 수 없을 만큼 그녀를 즐겁게 해주었
　을 것이기에

당신이 정말로 마음먹고 최선을 다한 날조차 비교가 안 될
　정도로.

그런 신이 존재한다면 당신은 밤에 잠을 청할 수 있을까?

다를 수도 있었을 삶들에 괴로워하며 신은 구름 낀 방을
　서성이고 있고,

당신이 그만큼 괴로워하지 않는 것은

오직 당신이 무지해서라면?[5]

이 시의 화자는 "당신의 수호천사를 불쌍히 여기라"고 말하
는 듯하다. 마치 하루 일과에 갇힌 이 평범한 남자가 안절부절못
하는 신의 마음을 달랠 수 있기라도 한 듯이. 이는 다소 능청스
러운 아부다. 그러나 화자는 자신의 방에서 괴로워하며 서성이는

신이 정말로 있다고 우리가 믿기를 기대하는 것은 아니다. 이 시는 부동산 중개업자의 생각을 신의 생각으로 윤색하고 있다. 따라서 이 시에서 풀 죽은 신을 위로하라고 말할 때는 부동산 중개업자에게 스스로를 위로하라고 말하는 것이다.

또한 당신에게도 자신을 위로하라고 말하고 있다. "당신을 사랑하는 신은 당연히 마음이 불편할 것이다/당신이 자신의 많은 미래를 살짝 엿볼 수만 있었다면/당신이 오늘 얼마나 더 행복할지를 알기에." 시의 도입부를 읽으면 자연스레 이 시가 당신에게 말하고 있다는 생각이 든다. 요컨대 이 시의 "당신"은 독자인 당신을 의미하며 그런 당신을 세심하게 살피는 신이 존재한다고 짐작하게 된다. 이 또한 화자의 능청스러운 아부에 불과하다. 어릴 때 나는 집 안에서 장난감이나 동전 등 뭔가를 잃어버리면 이런 생각을 했다. 만약 신이 존재한다면 그는 내 구슬이 어디로 굴러 들어갔는지, 내 동전이 어느 틈새로 빠졌는지 알 거라고. 아주 오랫동안 이것은 내가 신에게, 신의 전지함과 침묵에 가장 가깝게 다가간 경험이었다. 내가 신이 보는 것을 볼 수만 있다면, 아니 적어도 신이 가진 어떤 특별한 능력만 있다면 나도 알 수 있을 텐데. 죽으면 내가 잃어버린 모든 물건을 찾을 수 있을 거라고 생각했다. 천국은 내가 잃어버린 것들과 마침내 재회하는 곳이라고 생각했던 것 같다. 나이가 들면서는 그곳에서 내가 잃어버린 기회들도 찾을 수 있지 않을까 하는 생각도 했다. 신이 사랑이 넘치는 존재라면 그런 신이 당신을 속속들이 안다고 상상하는 것만으로도 위로가 될 수 있다. 데니스의 시에 등장하는 신도 그런 다정한 신이기 때문에 위로가 된다. 그리고 그 신은 부동산 중개업자를 안다. 그가 무엇을 했는지, 무엇을 하지 않았는지 안다. 애덤 필립스의 말처럼 "신의 죽음은 우리가 누구인지 아는 이의 죽음을 의미한다."

도입부에 나오는 긴 문장을 읽고 나서야 당신은 시인이 당신이 아닌 다른 누군가에게 말하고 있다는 것을 알게 된다. 그는 금요일 저녁마다 사무실에서 집으로 차를 몰고 퇴근하는 부동산 중개업자다. 대학에서 특정 룸메이트와 방을 같이 썼고, 그 외에 다른 일들도 있었다. 그러나 이미 시인의 전략은 먹혀들었고, 당신은 이 시에 몰입했다. 당신은 이미 부동산 중개업자에게 자신을 투영했고, 당신과는 다른 사람이라는 것을 알면서도 그의 이야기에 빠져든다. 데니스는 당신에게 당신의 삶이 아닌 삶을 진지하게 돌아보라고 한다. 물론 이 회상도 부동산 중개업자가 하는 것이다. 그는 자신이 살지 않은 삶에 대해, 그의 삶이면서 그의 삶이 아닌 삶에 대해 생각한다. 그렇게 부동산 중개업자가 퇴근길에 상상하는 그가 살지 않은 삶과 당신이 시를 읽으면서 상상하는 허구의 삶이 겹쳐지면서 부드럽게 공명한다.

그런데 왜 부동산 중개업자의 삶에 대한 정보를 신에게 부여한 걸까? 나는 살지 않은 삶에 대한 집착이 대체로 근대사회의 산물이라고 주장하고 있다. 그렇다면 살지 않은 삶에서는 신이란 신은 모조리 추방되어야 하지 않을까? 그러나 살지 않은 삶에 대한 이야기에는 신이 꽤 자주 등장한다. 페르난도 페소아Fernando Pessoa는 「끔찍한 밤에In the Terrible Night」라는 시에서 침대에 누워 괴로워하고 있는 불쌍한 남자를 묘사한다.

끔찍한 밤에, 모든 밤의 본질인 끔찍함 속에서,
불면증의 밤에, 내 모든 밤의 본질인 불면증 속에서,
나는 기억한다, 뒤척이는 졸음 속에서 깨어,
나는 내가 한 것과 내가 이 생에서 할 수도 있었던 것을 기
　억한다.

나는 기억한다, 그리고 분노가
한기나 두려움처럼 내 몸 구석구석으로 퍼진다.
내 과거의 불가역성-이것이야말로 진짜 시체다.

자신의 기억에 갇힌 채 그는 생각한다.

내가 아니었던 것, 내가 하지 않았던 것, 내가 꿈조차 꾸지
　않았던 것.
이제야 보이는 내가 했어야 하는 것,
이제야 명확하게 보이는 내가 되었어야 하는 것-
이것은 모든 신을 초월한 죽음이다.
이것은-그리고 어쨌거나 이것은 최선의 나다-신조차 되
　살릴 수 없는 것이다.[6]

　에밀리 디킨슨Emily Dickinson의 「후회-는 기억이다-깨어 있
는Remorse-Is Memory-Awake」에서도 화자가 어둠 속에서 과거
를 돌아본다. 디킨슨은 묻는다. 후회란 무엇인가? "깨어 있는 기
억… 영혼 앞에 놓인 과거/성냥불로 밝힌/정독이 필요한/압축해

서 쓴 편지."

> 후회는 치유가 불가능하다—질병이다
> 신조차도 불가능하다—치유가—
> 왜냐하면 그것은 신의 제도이므로—그리고—
> 지옥으로 안성맞춤이므로.[7]

그리고 「잃어버린 날들Lost Days」에서 단테 가브리엘 로세티 Dante Gabriel Rossetti는 신과 함께한 자신의 삶을 이렇게 요약한 다. 그는 이렇게 묻는다. "오늘까지 내 삶이 잃어버린 날들,/그날 들은 어땠을까?"

> 여기서는 그것들이 보이지 않는다. 죽은 후에야 보인다.
> 내가 보게 될 얼굴들을 내가 안다는 것을 신은 안다.
> 하나하나가 살해된 자아인 얼굴들, 얕은 마지막 숨을 머금은.
> "나는 당신입니다.—당신은 내게 무슨 짓을 했습니까?"
> "그리고 나는—그리고 나는—당신입니다"(오! 하나하나가
>   말했습니다.)
> "그리고 당신은 영원히 당신으로 지낼 테죠!"[8]

이 시인들은 우울함에 잠겨 열심히 되돌아본다. 한 명은 자신 이 되어야만 했던 자신을 본다. 또 한 명은 성냥불로 밝힌 과거를 본다. 또 한 명은 자신이 없앤 얼굴들을 본다. 다른 무엇보다 이 들의 시는 과거를 되짚어 본다. 그들은 과거에 대해 무엇을 알 수

당신을 사랑하는 신

있을까? 과거에 대해 어떤 감정을 느끼는가? 과거는 현재와 어떻게 연결되는가?

우리는 이미 마지막 질문에 대한 답은 살펴보았다. 우리가 다룬 이야기들에서는 과거와 현재가 우리가 내다볼 수 있는 길, 선로, 경로, 물길로 연결된다. 그래서 지금 우리 눈에 보이는 것들처럼 우리가 과거를 확실하게, 즉각적으로 인식할 수 있는 것처럼 느껴지게 한다. 그러나 당연하게도 우리는 과거를 실제로 볼 수 없고, 내가 아는 과거가 진짜 과거인지 확신할 수 없을 때가 더 많다. 과거는 때로는 색과 모양이 제각각으로 비치는 어지러운 만화경으로, 때로는 흑백사진으로, 때로는 냄새로, 때로는 피부를 따라 흐르다 마음을 옥죄는, 어디서 밀려왔는지 모를 감정의 파도로, 때로는 얼굴에 번지는 작은 미소로 다가온다. 역광을 받은 텅 빈 도로처럼 아주 선명하게 다가오는 경우는 드물다. 이것이 신이 등장하는 이유이기도 하다. 신을 등장시킨 덕에 당신은 자신이 살아온 삶에 비현실적인 확신을 갖고, 당신이 살지 않은 삶에 그보다 더 비현실적인 확신을 가질 수 있다.

그러나 여전히 어디쯤에선가 행정적 실수가 있었던 것처럼 보인다. 이 신들은 일반적으로 신에게 주어지는 표준 권능의 절반만을 부여받았다. 그들은 전지하지만 전능하지는 않다. 페소아의 시에서 신은 죽은 자를 살릴 수 없다. 디킨슨의 시에서 신은 후회를 치유하지 못한다. 로세티의 시에서 신은 살해당한 자아들을 수동적인 태도로 바라보기만 한다. 무능하고 현명해 보이지도 않는 이 신들은 다소 과장해서 어른을 대변하다. 『겨울의 한 소녀A Girl in Winter』에서 필립 라킨은 대다수 사람들이 살면서 어느 순간 겪는 변화와 탈피에 관해 이야기한다. "그때 과거가 떨어져 나가고, 오랫동안 그 과거가 꽁꽁 싸매고 있던 성숙함이 허리를 꼿꼿이 세우고 힘겹게 몸을 일으켰다." 그런 탈피 뒤에 신은 "알지만 더 이상 힘이 없다." 내가 살지 않은 삶을 굽어보는 무기력한 신들은 내가 과거를 되돌아보고 알게 된 것들과 내겐 그 과거를 바꿀 능력이 없다는 상황을 극적으로 부각시킨다. 신들은 알아도 무기력한 나의 동반자가 되어준다.

데니스의 시는 내가 나의 다른 과거들을 상상하는 데는 심리학적인 이유도 있음을 짚어낸다. 이것 또는 저것만 했어도, 하고 말할 때는 내가 더 좋은 삶을 살 수도 있었다고 말하는 것이다. 그렇게 말하면서 심한 상심이나 더 깊은 자학이라는 이불 밑으로 기어들어 간다. 물론 이것은 내가 무엇을 해야 하는지 알았으리라는 것을 전제로 한다. 구매자의 후회Buyer's remorse, 때늦은 정답L'esprit d'escalier, 다른 사람들이 주문을 마친 뒤 내가 느끼는 감정("나도 오리 요리를 시켰으면 좋았을걸!"), 일상의 경험들을 머릿속에서 다시 풀어가면서 하는 각종 사후 선택들. 이것들은 내 삶이 완벽할 수도 *있었다*는 믿음의 자양분이 되는 일상적인 자기비판들이다. 페소아 시의 화자처럼 나는 내가 살지 않은 삶이 "어쨌거나, 최선의 나"라고 믿는다. 스펜서 브라이던처럼 나는 내가 살리지 못한 재능과 기회를 떠올리면서 허영을 부린다. 실패는 오직 내가 주어진 잠재력을 제대로 활용하지 못한 결과에 불과하고 천국은 최선의 내가 가게 될 집이라고 믿는다. "내가 결코 될 수 없는 모든 것,/모든, 내 안에서 무시당한 사람들/이것이, 신이 판단하는 나의 가치, 그의 물레가 빚은 항아리"이다.

「당신을 사랑하는 신」에서 데니스는 버려진 천국에 이름을 붙인다. 바로 대학이다. 운이 좋은 미국인에게 대학은 즉흥적인 놀이를 하는 아동기에서 사무실 칸막이에 갇혀 정해진 일정을 실천하는 성인기로의 전환을 조직하고 고착화하는 곳이다. 등 떠밀리듯이 철이 들기 전, 우리의 크고 작은 가능성들이 빛을 발하는 곳이기도 하다. 어떤 수업을 듣고, 어떤 전공을 선택하고, 어떤 친구를 만나고, 어떤 사람을 사귀고, 어떤 음악을 듣고, 어떤 술집을 들락거리고, 어떤 가짜 신분증을 쓰고… 그런데 이런 가능성들 자체가 중요하다기보다는 자신에게 재능이 있고 그런 재능을 누릴 시간이 충분하다는 느낌이 중요하다. 하루하루가, 아무리 지루한 날이라도, 앞으로 다가올 날들이 한없이 펼쳐져 있으므로 충만하다. 적어도 돌아보면 그렇게 보일 수 있다. 「당신을 사랑하는 신」에서 대학교는 중년의 뒤엉킨 아쉬움을 풀어낼 무대가 되어준다.

이는 너무 이상적인 포장이라는 것을 나도 안다. 이십 대도 혼란의 연속이자 이해하기 힘든 책임을 떠안은 시기일 수 있다. 오늘날 젊은이들은 선택의 여지가 있다면 대학을 선택하면서 처음으로 불충분한 정보만으로 아주 큰 결정을 내리는 경험을 한다. 또 바꿀 수 없는 사회적 요소들, 이를테면 경제적 요소나 사회적 편견이 고집스럽게 버티면서 선택권을 좁히기 때문에 실제로 운신의 폭이 얼마나 좁은지를 처음으로 확실하게 깨닫는 순간이기도 하다. 입학사무처가 보낸 이메일을 읽으면 당신이 어떤 사람인지 한눈에 알 수 있다. 스스로에게 또는 오랫동안 알고 지낸 사람들에게 당신이 어떤 사람인지가 아니라 어른의 세계에 속한 익명의 사람들에게 당신이 어떤 사람인지를 알게 된다. 그 이메일이 진실의 목소리처럼 들릴 수도 있다. 당신은 이제 가족 안이나 학교 안에서의 위상을 고민하지 않는다. 얼굴 없는 수많은 사람들 속에서의 위상을 고민한다. 그리고 이 세상에 있는 모든 대학교의 모든 입학위원회가 당신을 합격시킨다고 해도 당신은 여전히 한 번에 한 학교만 다닐 수 있다. 훗날, 당신을 사랑하는 신이 존재하기를 바라게 되는 것도 당연하다.

현재 당신은 지금 여기 이 삶에서 젊은 시절을 돌아본다. 과거의 가능성들을 떠올리는 것이 괴로울 수도 있지만 또 그런 기억이 건네는 아부가 기분 좋을 수도 있다. 부동산 중개업자는 자신을 사랑하는 신 덕분에 자신이 놓친 기회들의 금빛 후광에서 위로를 얻는다. 부동산 중개업자가 실패했기 때문에 신의 사랑에 보답하지 못했고 오히려 가시 면류관을 씌웠다 해도 그가 느끼는 죄책감은 그저 자신이 엄청난 잠재력을 지녔다는 믿음 속에서 그가 치러야 하는 대가에 불과하다. 자신의 실패를 더 가혹하게 단죄할수록, 자신이 엄청난 잠재력을 타고났다는 것을 더 굳게 믿을 수 있다. 당신은 재판관과 같은 편에 서서, 당연하다는 듯이 또는 안타까워하면서, 그런 높은 기준을 고수하는 스스로에게 경의를 표한다. 갈비뼈에 후회의 가시가 깊숙이 박힌 신과 자신을 동일시하는 것이 하찮은 인간인 채로 있는 것보다는 훨씬 나으니까. 그렇게 당신은 스스로 완벽함 속으로 들어가 표류

하고 머문다. 당신이 무엇을 했는지를 보고, 당신이 무엇을 할 수 있었는지를 보고, 그 둘 사이의 차이를 안다. 각 사건이 무엇을 의미하는지 알며, 자신의 삶을 이야기로 바꾼다.

비약이 다소 심하다고 생각할 수 있다. 그러나 사랑이 넘치는 신의 매력 중 하나는 그런 신의 관심이 의미를 부여한다는 점이다. 신 덕분에 삶은 완전하게 의미 있는 것이 된다. 사랑의 결실로 의미가 탄생한다. 그런데 화자도 신과 같은 역할을 한다. 화자의 관심에서 의미가 생겨난다. 어떤 참새가 떨어졌다면 화자는 반드시 그 참새를 기억한다. 왜냐하면 애초에 화자가 하늘에 띄운 참새였으니까. 화자는 사건을 이야기에 집어넣어 그 사건에 가치를 부여한다. 화자는 별다른 이유 없이, 아무런 대가 없이, 사적인 목적 없이 그렇게 한다. 당신을 위해, 나를 위해, 누구를 위해서든 그렇게 한다. 그런데, 그럼에도 불구하고, 화자는 자신이 들려주는 이야기에 어떤 권능도 행사하지 못한다. 화자에게는 비평가 엘리자베스 어마스Elizabeth Ermarth가 말하는 "경험에 뒤따르는, 일종의 추상적이고도 무력한 깨달음"이 있을 뿐이다. 기독교 신학에서 당신의 수호천사는 당신의 삶을 기록함으로써 그 삶을 수호할 수 있기라도 한 것처럼 당신을 기록하는 천사이기도 하다. 꼼꼼하게 기록된다는 것은 단지 사랑받고 있을 뿐 아니라 보호받고 있는 것이다. 그러나 이런 믿음이 종교적인 색채가 옅은, 더 세속적인 글에서도 유지되는지는 불분명하다.

피크닉이 예정되었다. 손님들이 도착한다. 그들은 당신이 선택한 장소에 감탄하고, 눈에 보이지 않는 하인들이 가벼운 간식을 차려놓는다. 오후를 즐기는 데 필요한 모든 것이 준비되어 있다.

그런데도 모두 지루하다. 그들은 활기와 흥을 원한다. 곧 우리의 주인공도 너무나 지루한 나머지, 상냥하고 수다스럽고 순진한 베이츠 양이 입을 열자마자 그녀를 조롱거리로 삼는다. 불쌍한 베이츠 양. 차마 지켜볼 수가 없다. 그러나 당신은 이미 에마와 자신을 동일시했고 그녀와 한 몸이 되었다. 에마는 무례하게 행동해서 스스로를 망신시켰고, 그래서 당신도 망신을 당했다. 화자는 이 상황을 수습하려는 어떤 노력도 하지 않는다. 그럼에도 불구하고 제인 오스틴의 『에마Emma』에 나오는 이 고통스러운 장면에서 얻는 것도 있다. 이 장면으로 주인공에 대한 우리의 이해가 깊어졌다. 이제 우리는 에마를 더 잘 알게 되었다. 이제 우리는 그녀가 배려심이 부족한, 개선의 여지가 있는 자기중심적인 인물이라는 사실을 안다. 책의 의미가 더 풍성해졌다(오스틴의 소설이 베이츠 양만큼이나 실속 없고 지루하게 느껴질 가능성은 없다고 생각하지만). 이따금씩 다소 시시하고 지루하게 느껴진다면 우리에게는 의미를 찾고 확인해야 할 의무가 있다. 왜냐하면 의미가 분명히 거기에 있다는 것이 전제로 깔려 있기 때문이다. 화자가 뭔가를 언급했다면 거기에는 반드시 어떤 의미가 있을 것이다. *반드시* 의미가 있다? 그렇다. 어쨌든 우리가 전제하는 바에 따르면 그렇다. (좀처럼 상대의 견해에 동의하지 않는 윌리엄 엠프슨William Empson의 고약한 기질을 보여주는 일화가 있다. 그는 비평가 하트 크레인Hart Crane에게 이런 편지를 썼다. "당신의 분석이 지금 이대로도 그럭저럭 옳다고 생각합니다. 다만 그 분석이 빠짐없이 완성되어야만 의미가 있겠죠.") 화자의 문장을 읽으면서 당신은 허구의 세계에 속한 사람들에 대해 초인적인 지식을 얻었다고 느낄 뿐 아니라 당신의 세계, 즉 책 밖의 세계에서도 아주 사소한 것들까지 의미를 지니고 있다고 느끼게 된다. 그렇다면 이것이 바로 중개업자의 그림자 신이 우리에게 선사하는 유일한 희망일 것이다. 당신의 삶 또한 당신이 예술 작품에 쏟는 관심 못지않은 세심한 관심으로, 내가 지금 여기 이 시에 보여달라고 당신에게 호소하는 그런 관심으로 보상받으리라는 희망을 품게 된다.

예술과 삶에 대한 이런 관점은 마음을 사로잡는 매력이 있다. 그런데 「당신을 사랑하는 신」의 화자는 당신이 이런 관점을 포기하기를 바란다. 당신이 사랑이 넘치는, 자신의 존재에 대해 모든 것을 아는 화자일 수도 있다는 생각을 놓아버리기를 바란다. 살지 않은 삶에 대한 미련을 버리기를 바란다. 시의 도입부로 돌아가 보면 당신은 화자가 처음부터 내내 이 "따뜻한 영혼을 지닌" 중개업자를 나긋나긋한 말투로 놀리고 있다는 걸 알 수 있다. "화목한 세 가족에게 각각 멋진 집을 팔았다─…당신이 지금 살고 있는 삶보다 30점은 더 높은 삶"이라면서. 중개업자의 언어는 그가 보유한 매물 목록의 언어와도 같다. 유쾌하고 공허하다. 마치 주택의 가치처럼 삶의 가치도 동네의 비슷한 매물을 둘러보고 매길 수 있는 것인 양 말한다. 화자는 우리에게 이렇게 말한다. 그런 언어를 사용하지 말라고, 그런 언어를 사용하면 스스로에게서 멀어지게 될 뿐이라고, 그러니 지상의 무지한 인간으로 돌아와 그 삶을 표현할 언어를 찾으라고. 이 시는 다음과 같이 마무리된다.

지금의 것과

될 수도 있었을 것 사이의 차이가 신에게는 생생하게 각인
    될 것이다

당신이 더는 존재하지 않게 된 후에도, 당신이 한기를 느낀
    후에도

조간신문을 가지러 눈 속으로 뛰어나가서

수명이 11년 줄어들어서, 당신을 사랑하는 신은

장면 하나하나를 상상해야 한다는 의무감을 느낄 것이다

당신이 신을 상상하면서 구제해주기 전까지는

신이 당신보다 현명하지 않다고, 그가 실은 신이 아니라고,
    친구일 뿐이라고

당신이 실제 대학에서 사귄 그 친구만큼만 친한 친구라고

한동안 연락을 주고받지 않은 그 친구. 오늘 밤 앉아서

당신이 들려줄 수 있는 삶에 관한 편지를 친구에게 보내자

당신이 확신을 가지고 쓸 수 있는, 당신이 목격한 그 삶,

당신이 아는 한 그 삶이 당신이 선택한 삶이니까.[5]

　「당신을 사랑하는 신」의 결말에서 편지를 쓰라는 데니스의
호소와 함께 나는 다시금 살지 않은 삶은 이야기로 이어진다는
나의 주제로 돌아온다. 그런데 데니스는 중개업자에게 그가 살
지 않은 삶에 대해 이야기하라고 하지 않는다. 대신 중개업자가
실제로 산 삶, 그가 선택한 길에 대해 이야기하라고 말한다. 다만
우리는 그 이야기에 대해서는 듣지 못한다. 제임스처럼 데니스도
예술이 우리의 실제 삶에 대해서는 할 말이 별로 없다고 생각하

는 것 같다. 어쨌거나 중개업자가 열정적으로 예술과 음악을 추구한 삶은 중개업자가 실제로 산 삶에 의해 밀려난 다른 삶이었으니까. 화자는 "네 대학 시절에 관한 가극을 써라!" 또는 "네 삶이 아주 좋은 영화 시나리오가 될 것 같은데!"라고 말하지 않는다. 그는 이렇게 말한다. "친구에게 편지를 보내자"고.

그런데 친밀한 이야기를 다루고, 간섭하고, 고백한다는 점에서 이 시도 친구의 편지 같지 않은가? 평상시에 쓸 법한 언어, 단조로운 운율, 호흡을 조절하기 쉽게 구성한 행 길이와 휴지休止 구간 등은 모두 격식을 차리지 않은, 꾸밈없는 일상의 목소리를 만들어낸다. 어찌 보면 아예 시 같지 않기도 하다. 이 점에 대해서는 어떻게 생각해야 할지 잘 모르겠다. 때로는 데니스가 질 좋은 스카치 위스키 한 잔을 손에 들고 의자에 편안히 등을 기대고 앉아 있는 모습이 떠오르기도 한다. 자신이 쓴 시를 되돌아보면서도 그 시의 모든 구석구석이 의미로 충만한지, 그렇지 않은지를 걱정하지 않는다. 그는 만족하고 있는 것처럼 보인다. 가끔은 그런 예술성의 부재가 이 시가 올린 진정한 성과라는 생각이 든다. 순응함으로써 권위를 얻는 경우도 있다. 아마도 이 시는 그런 무심한 가벼움을 통해 순응의 이미지를 전달하고 있는지도 모른다. 그리고 그것이 이 시의 미덕일 것이다. 그것이 이 시의 의도라고 치자. 이 시에 얼마나 만족하는가? 지금 이대로가 아닌 다른 시를 원하는가?

삶의
단독성

**모든 것은 그 자체이며,
그것 아닌 다른 것이 아니다.**[9]

———

조지프 버틀러 Joseph Butler

클라리사 댈러웨이는 초록색 드레스를 들고 파란색 소파에 앉아 있다. 피터 월시가 문을 벌컥 열고 들어왔을 때 그녀는 그 드레스를 수선하고 있었다. 그는 지난 수십 년간 인도에서 살았고, 클라리사에게 내내 편지를 썼지만 그녀는 단 한 번도 답장을 하지 않았다. 그런데 지금 피터 월시가 그녀 옆에 앉아 있다. 그가 왜 나타났을까 궁금해하다가 클라리사는 피터와 결혼했다면 어땠을까 상상하기 시작한다. 아주 오래전, 그녀는 그와 결혼하려고 했고 그도 그녀가 자신과 결혼해주기를 바랐다. 클라리사의 무릎에 놓인 드레스와 그녀가 살지 않은, 피터 월시와의 삶은 서로를 맴도는 듯한 아주 미묘한 관계에 있다. 틈이 벌어지고 속이 비어 살짝 한쪽으로 기우는 듯한 운율처럼.

클라리사는 피터와 살았을 삶에 대해 생각하면서 자신의 실제 삶을 돌아보다가 이미지 하나를 떠올린다. 그녀는 어릴 적 살던 집 근처의 호수를 따라 저 멀리 서 있는 부모님을 향해 걷고 있다. 그녀가 "양팔로 품은 자신의 삶은 부모님과 가까워질수록 점점 더 커지다가 하나의 삶, 온전한 삶이 되었다. 그녀는 부모님 옆에 그 삶을 내려놓고는 말했다. '이것이 내가 만들어낸 삶이에요! 이것이!'" 다시 한번 클라리사의 목소리를 듣고 두 사람의 과거를 기억하고, 현재의 그녀가 사는 집을, 거실을, 정교한 무늬를 새겨 넣은 탁자를, 의자 덮개를, 값비싼 판화를, 그리고 클라리사가 실제 결혼한 남자와 함께 자신의 주변에 모아온 모든 것들을 보자 피터는 그녀의 삶과 자신의 삶이 분리되어 있다는 사실을 더욱더 강렬하게 느낀다. 그는 "늘 계속 그래 왔다"는 것을 새삼 깨닫는다. 한 주 한 주 클라리사는 그녀의 삶을 살았고, 그는 바다 너머에서 그의 삶을 살았다. 이제 나란히 앉아 있는 그들은 밀접하게 분리되어 있다. 각자의 울타리 안에 있지만, 그러면서도 최대한 붙어 있다. 서로 닿아 있지만 분리되어 있다. 서로에게 닿으려면 분리되어 있어야만 한다.

때로는 이런 단독성에서 행복을 느끼고, 심지어 짜릿한 흥분을 느끼기도 한다. 앞서 살펴본 『댈러웨이 부인Mrs. Dalloway』을 쓴 버지니아 울프는 이런 행복을 찾아내는 데 재능이 있었다. 자신의 회고록 중 하나에서 울프는 어린 시절 바다 근처에서 반쯤 깨어 있고 반쯤 잠이 든 상태로 누워 조약돌을 어루만지는 파도 소리를 들은 순간을 회상한다. 창으로 바람 한 줄기가 들어오고 커튼 줄의 무게추 역할을 하는 도토리가 마루 건너편으로 굴러

간다. 울프는 이제 그 순간을 돌아보며 그때 느낀 경이로움을 떠올린다. 그녀는 살아 있었고, 그날 그곳에서 자기 자신으로 존재했다. "만약 삶을 지탱하는 토대가 있다면, 그리고 삶이 계속 계속 채워나가야 하는 그릇이라면 내 그릇을 떠받치는 토대는 의심의 여지없이 그 순간에 대한 기억이다." 그러나 행복감이 다소 잦아들 때면 단독성으로 인해 우리는 독방에 감금된 신세라고 느끼기도 한다. 울프는 이런 감정을 찾아내는 데도 재능이 있었다. 나는 이 특정 몸에, 이 습관에, 이 관점에, 이렇게 말하고 쓰는 방식에, 이 망할 날, 이 망할 생각에 갇혀 있다. 마치 내 피부에 구멍이 하나도 없고 내 두개골에 틈새가 하나도 없는 것처럼. 나는 감옥인 동시에 포로다. 그럴 때면 다른 사람, 다른 삶을 상상하는 것이 탈출구처럼 느껴지기도 한다. 그런데 탈출하는 사람은 누구인가? 탈출해서 어디로 간단 말인가?

———

내가 오직 한 사람이고, 지금 여기에 있는 나라는 사람일 뿐이라고 인식할 때 나는 내가 다른 사람과 완전히 분리되었음을 느낀다. 다른 사람들과의 관계에서 단독성은 곧 분리성을 의미한다. W. H. 오든W. H. Auden은 이런 분리가 곧 인간이기 때문에 느끼는 고통의 한 요소라고 생각했다.

미술관Musée des Beaux Arts
고통에 관해 그들은 틀리지 않았다,
옛 거장들: 얼마나 잘 이해했던가

삶의 단독성

인간 세상에서 그것의 자리: 그렇게 생겨난다

다른 누군가가 먹거나 창문을 열거나 그냥 멍하니 걸어가
　는 동안;

그렇게, 노인들이 경건하게, 열정적으로 기다릴 때

기적과 같은 탄생에는, 언제나 있다

딱히 그것이 일어나기를 바라지도 않았던 아이들이, 스케
　이트를 타는

숲 가장자리 연못에서:

그들은 결코 잊지 않는다

끔찍한 순교도 정해진 수순을 전부 밟아야만 하지만

어쨌거나 모퉁이에서, 어수선한 곳에서

개가 계속해서 개 같은 삶을 살고 고문하는 자의 말이

그 결백한 엉덩이를 나무에 대고 긁어대는 곳에서

예를 들어 브뢰헬의 이카로스를 보라: 모든 것이 등을 돌
　리고 있지 않은가

재앙에게서 꽤 느긋하게; 쟁기질을 하는 남자는

아마도 풍덩 하는 소리를 들었을 것이다, 그 고독한 외침을,

그러나 그에게 그것은 중대한 실패가 아니었다; 태양이 빛
　났다

초록빛 물속으로 사라지는 하얀 다리 위에서

빛났던 것처럼; 그리고 호화롭고 우아한 배에서 보았을 것
　이다

뭔가 놀라운 것을, 하늘에서 떨어지는 소년을,

가야 할 곳이 있었고 조용히 계속 항해했다.[10]

오든이 묘사하는 다른 이들에 대한 무심함은 이제 어느 정도 익숙한, 충분히 예시된 감정일 것이다. 그러나 이 시에서 무심함은 더 근본적인 차이에서, 즉 이들 창조물이 물리적으로 분리되어 있다는 사실에서 나온다. 그들은 같은 순간과 장소를 공유하지만, 각자 언덕 위, 숲 옆, 배 위에 있는, 또는 바다로 빠지고 있는 자신의 몸이라는 울타리 안에 머문다.

———

오든은 이 시의 장면을 피테르 브뢰헬Pieter Bruegel의 〈이카로스의 추락이 있는 풍경Landscape with the Fall of Icarus〉에서 따왔다. 이 시에서 아이러니는 크기와 공간으로 표현된다. 신화 속 두 다리는 겹쳐진 조개껍질 모양의 파도 위에 두 개의 작은 붓질로 표현한 삐져나온 살덩어리이며, 커다란 캔버스의 흐릿하고 축약된 시점 속에서 익사 중이다. 자기가 그린 세계를 위에서 어색한 각도로 내려다보는 브뢰헬은 마치 하늘에서 떨어지는 비극을 우연히 포착한 사진가처럼 그 순간을 포착했다. 그런 면에서 이 그림은 근대적이며, 그래서 오든의 마음에 들었을 것이다. 〈이카로스의 추락이 있는 풍경〉이라는 제목조차 이카로스의 추락은 부차적이라는 인상을 준다. 화가가 그림 속 농부처럼 자신에게 주어진 일인 풍경화 그리기에 집중하고 있는데, 시야 가장자리에 희미하게 떨어지는 물방울 같은 것이 보인다. 화가는 잠시 멈춘다. 그리고 정강이, 무릎, 허벅지를 풍경 속에 집어넣는다.

삶의 단독성

브뢰헬처럼 오든도 자신이 묘사하는 인물들 간 거리를 잰다. 다만 그는 시인의 도구를 사용한다. 극한의 어휘를 지루함의 리듬과 병치한다. "고통"을 "먹거나 창문을 열거나 그냥 멍하게 걸어가는" 식의 늘어지는 시구를 덧붙여 대비시킨다. 그리고 역시나 브뢰헬처럼 자신과 시 속 인물들 간 거리를 잰다. 오든도 위에서 무심하게 내려다본다. 시의 어조는 이 그림이 수많은 명작 중 하나에 불과하고, 정말이지 다른 명작들보다 특별히 더 대단한 것도 아니라고 말하는 듯하다.

———

브뤼셀의 미술관에서 〈이카로스의 추락이 있는 풍경〉 근처에 걸려 있는 〈베들레헴의 인구조사The Census at Bethlehem〉에서도 브뢰헬은 우리의 분리된 독자성을 그리고 있다. 한 남자가 나뭇가지 묶음을 든다. 또 다른 남자는 눈 위에 장갑을 놓고 쭈그려 앉아 스케이트를 신는다. 세 번째 남자는 맥주통을 연다. 한 여자가 비질을 한다. 또 다른 여자는 기가 막히게 불안정한 자세로 미끄러지고 있다. 그런데 또 다른 여자는 닭에게 모이를 준다. 한 명 한 명이 놀라울 정도로 몰입하고 있다. 비평가 레이첼 코언Rachel Cohen의 지적대로 브뢰헬은 그림 속 인물 하나하나에게 대체로 "몸 전체를 쓰는" 단 하나의 행동을 부여한다. 인물들은 그 행동에 집중하면서 그 행동 안에 갇힌다. 움직이지 않는 인물조차 어딘가 가야 할 곳이 있다.

브뢰헬은 몇몇 인물은 한곳에 모으고 일부는 멀찍이 떨어뜨려 놓았다. 흙색 톤의 왼쪽 아래 구석의 무리가 가장 먼저 눈에

위. 피테르 브뤼헬 〈이카로스의 추락이 있는 풍경〉(1558, 벨기에 왕립미술관, 브뤼셀)
아래. 피테르 브뤼헬 〈베들레헴의 인구조사〉(1566, 벨기에 왕립미술관, 브뤼셀)

들어오지만 다른 더 작은 무리들도 있다. 썰매를 타는 아이들과 넘어지는 소녀를 무릎으로 미는 소년, 집을 손보는 두 사람, 함께 걷는 사람들, 싸우는 아이들. 이런 인물들은 아주 가깝게 모여 있지만 새하얀 눈이 시의 휴지 역할을 해 나머지 사람들과 분리한다. 인물들은 거리를 둔 채로 운율을 맞춘다. 두 아이가 막대기를 사용해 얼음 위를 미끄러져 나아간다. 두 아이가 서로 다른 방향으로 눈덩이를 던진다. 띄엄띄엄 선 세 사람이 몸을 숙여 비슷한 봇짐을 지고 있다. 그림이 공간의 매체인 덕분에 브뢰헬은 이 모든 것을 가볍게 해낸다. 여기 한 명, 저기 다른 한 명, 저 멀리 두 사람, 그리고 앞쪽에는 한 무리를 배치하기는 그다지 어렵지 않다.

사람들을 모으고, 세고, 직업을 기록한다. 브뢰헬 자신이 인구통계를 내고 있다. 다시 한번 이상한 각도로 위에서 내려다보며 모든 인물에게 관심을 동일하게 배분한다. 모든 사람은 각자 한 사람으로 취급된다. 오른쪽 중앙에 당나귀를 탄, 누군가는 세상을 구할 거라고 믿는 아이를 잉태한 여자도. 그런데 마리아를 어떻게 세어야 할까? 한 사람으로 세어야 할까, 아니면 두 사람으로 세어야 할까? 그리고 마리아의 배 속 태아는 어떤가? 성 삼위일체이니 세 사람으로 세어야 할까? 베들레헴의 인구통계 조사에서 이런 수수께끼에 대한 우리의 무지를 그려낼 기회를 포착했다는 점에서 브뢰헬의 천재성을 엿볼 수 있다. 그는 또한 이를 우리가 보지 못하는 것을 보여주는 기회로 삼았다. 액자 밖에 있어서 보이지 않는 것이 아니라 액자 안에 있는 데도 보이지 않는다. 겨울의 고요함 속에서 그는 화가의 인구 헤아리기가 좌절하는 지점을 그리고 바로 그곳에서, 임신한 마리아의 발치에서 그는 거리 재기를 멈춘다.

———

그러나 이렇게 말할 수도 있다. 물론 우리는 서로서로 분리되어 있다. 여기에 한 사람이 있고, 여기에 또 한 사람이 있다. 여기에 내가 있고, 거기에 당신이 있다. 그렇지 않다고 생각하는 사람이 있을까? 그렇다면 이 당혹감에 휩싸인 화가에게 주어진 과제 하나는 그런 당혹감을 우리도 똑같이 느끼도록 만드는 것이다. 우리도 화가처럼 그 수수께끼를 탐구하게 하려면 우리 안에 그런 분리되었다는 감정을 불러일으켜야 한다. 그것은 시인과 소설가의 과제이기도 하다. 그러나 시인과 소설가의 매체는 공간적인 것이 아니어서 화가처럼 물리적인 거리를 만들어내기 어렵다. 그런 거리에 대한 우리의 무지를 쉽게 묘사할 수도 없다. 이는 한계로 작용하지만 동시에 기회이기도 하다. 글 쓰는 작가에게도 나름의 자원이, 도구와 재료가 있고 작가는 그 자원을 활용해 비공간적인 거리를 잰다. 공간이 빠지면 거리는 비교의 문제가 된다. 유사성과 차이점을 찾아내는 것이다.

예를 들어 로버트 브라우닝의 시 「안드레아 델 사르토Andrea del Sarto」에서는 화가가 한가롭게 앉아 자신의 화가 경력을 돌아본다. 그는 자신의 삶이 이제 완성되었다고 여기면서 이렇게 말한다. "전체가 하나의 모양으로 맞춰지고 있는 것 같다/마치 내가 내 작품과 나를 동일하게 보듯이/그리고 내가 되어야 하고 해야 할 모든 것,/불가사의한 조각 하나." 그는 자신이 프랑스의 퐁

삶의 단독성

텐블로 궁전에서 살던 시절을 회상한다. 그 시절 그는 왕이 감탄한, 더 나아가 "아뇰로", 즉 미켈란젤로도 감탄한 그림들을 만들어낸 마법 같던 한 해를 보냈다. 훌륭한 작품을 완성할 때마다 새로운 미래를 얻는 것 같았다. 그는 지금 옆에 앉아 있는 아내 루크레치아를 바라보면서 이렇게 말한다. "그리고, 최고의 보상은 건너편에 있는 이것, 이것, 그 너머의 이 얼굴,/내 작품을 기다리는, 배경의 이것/작품을 완성하는 마지막 정점!" 불가능한 것은 없어 보였다. "내 젊음, 내 희망, 내 예술" 그 어느 것에도 한계는 없어 보였다. 당연히 그는 이렇게 말한다. 그가 "때로는 지상에서 벗어날 수 있었고,/[그리고] 영예를 둘렀다"고.

  "좋은 시절이었다, 그렇지 않은가, 내가 왕과 같았던 그 시절이?" 안드레아는 루크레치아에게 말한다. "그리고 당신만 지루해하지 않았어도…" 안드레아가 프랑스에서 보낸 황금기에 종지부를 찍은 것은 루크레치아였다. "당신이 나를 불렀고, 나는 당신의 사랑이 있는 고향으로 돌아왔다." 그러나 이제, 수년이 흐른 뒤 그녀는 여러 연인을 사귀었고, 그에 대한 사랑은 식었다. 지금 그는 그녀를 이렇게 부른다. "나의 달, 나의 모든 이의 달/모든 사람이 바라보며 그의 것이라고 부르는." 우리가 보기에 안드레아는 그대로다. 그는 여전히 고용 화가였고 누구든 돈만 내면 그림을 그려주었다. 그의 그림은 여전히 흠잡을 데가 없었다. 그렇지만 그는 달랐을 수도 있었다고 생각한다. 그는 루크레치아에게 말한다. 그녀가 그에게 "영혼을 주었다면" 두 사람이 "나와 당신이, 라파엘로의 위치로 올라설 수 있었다!"

"명예를 위해 살았으니, 아폴로와 나란히!

라파엘로가 기다리고 있소. 신께로 올라가리 셋이 함께"

당신을 위해서라면 그렇게 했을 것이오. 적어도 그랬을 것

　같소.

아니었을 수도.[11]

　브라우닝은 이처럼 하강곡선을 그리는 아리아를 즐겨 썼다. 희망으로 부풀어 올랐다가 불확실성의 바다로 떨어진다. 시의 말미에 이르면 안드레아는 전형적인 남성의 소극적 공격조차도 힘겨워한다. 그는 순응적인 자기 연민에 빠져든다. 이 시에서 가장 유명한 시구인 "아, 그러나 남자는 자신의 손에 다 넣을 수 없는 것을 향해 손을 뻗어야 한다/그렇지 않다면 천국이 왜 있겠는가?"는 야망을 드러내는 진부한 표현이 되었지만, 안드레아는 그런 야망을 잃은 지 오래다. 그는 이렇게 생각한다. 천국은 내 의도를 높이 사고, 내 실패는 용서할 것이다. 위대할 수 있는 가능성을 지녔었다는 것만으로도 충분했다.

　그렇게 브라우닝은 우리에게 안드레아와 루크레치아 사이의 거리, 현재의 안드레아와 안드레아가 될 수 있었던 사람 사이의 거리를 재게 만든다. 브라우닝이 이런 거리를 만들어낼 때 사용하는 주요 도구, 브라우닝의 붓과 팔레트는 은유와 행의 길이, 어조와 운율이다. 브라우닝의 액자는 극적 독백이다. 이 형식은 브라우닝이 발명했다고 해도 과언이 아니다. 이런 독백을 통해 한 명의 화자와 침묵하는, 혹은 목소리를 내지 않거나 목소리가 들리지 않는 청중이 생긴다. "이것, 이것, 이 얼굴" 하고 안드레아는

루크레치아를 바라보면서 말하지만 루크레치아는 아무 말이 없다. 적어도 우리에게 들리는 말은 없다. 브라우닝의 기법이 얼마나 뛰어난지 루크레치아의 그런 침묵이 안드레아의 목소리보다 더 크게 울린다. 루크레치아의 침묵으로 안드레아의 말은 철저히 고립되고 시는 충만함과 공허함을 얻는다. 아무리 뛰어난 화가라도 안드레아의 목소리와 루크레치아의 침묵을 그려내지 못한다. 그리고 안드레아와 안드레아가 될 수 있었던 화가 사이의 거리도 그려낼 수 없다.

———

예술적 기교가 한없이 뛰어난 브라우닝이지만, 그런 그도 수를 세는 데 곤란을 겪고 있다는 것을 눈치챘을 것이다. 라파엘로, 아뇰로, 안드레아, 루크레치아를 두고 "셋이 함께 신께로"라고 적었다. 다른 곳에서 안드레아는 자신을 두 사람으로 상상한다.

"'내가 둘이었다면, 또 다른 사람과 나였다면,/우리의 머리들은 세상을 굽어봤을 것이다!' 의심의 여지없이."

"우리의 머리들"이라니? 안드레아는 단수인가 복수인가? 살지 않은 삶에 대한 생각은 우리 언어의 가장 작은 단위조차 문제를 만들고 대명사를 혼돈에 빠뜨린다. 안드레아만 그런 것이 아니다. 나도 이 책을 쓰면서 대부분의 시간을 "나"를 "당신"으로, "그들"로, "우리"로, 다시 "당신"으로 바꾸는 데 쓰는 것 같다.

———

"브라우닝은 둘인 것이 분명해." 헨리 제임스는 그의 누이 앨리스에게 알렸다. 그가 말하는 둘은 "감춰진 브라우닝과 드러난 브라우닝"이다. 전자는 사교계에 절대 모습을 드러내지 않는다. 후자는 『남자들과 여자들Men & Women』을 썼다고는 전혀 생각할 수 없는 인물이다. (『남자들과 여자들』은 「안드레아 델 사르토」가 처음 발표된 시집이다.) 제임스는 이해할 수 없었고, 심지어 황당하기까지 했다. 이런 빽빽거리는 천박한 수다쟁이가 그런 세련된 시를 쓴다고? 게다가 믿을 수 없을 정도로 그렇게 많이 쓴다고? 복수라고까지 할 수는 없겠지만 이런 의문에 대한 반응으로 제임스는 「사생활The Private Life」을 쓴다. 브라우닝을 염두에 두고 만들어낸 인물의 이야기다. 클레어 보드리는 작가이며 사회적 명성도 높다. 사교계에서 인기 많은 재담꾼이어서 그의 일정은 몇 주 뒤까지 꽉 차 있다. 사람들은 늘 시내를 쏘다니는 것처럼 보이는 그가 어떻게 그토록 많은 글을, 그것도 그렇게 훌륭한 글을 써내는지 묻는다. 그러다 그의 비밀이 밝혀진다. 보드리는 실제로는 "둘", 보드리 자신과 또 다른 보드리였다. 한 명이 밖에 나가 유흥을 즐기는 동안 다른 한 명은 책상에 앉아 그를 유명 인사로 만들어주는 작품을 쓴다. 안드레아의 추측대로 둘로 지내는 것은 나름의 장점이 있었다. 보드리가 "세상을 굽어봤다"고 나오지는 않지만 보드리는 "이 시대의 문학적 성과 중⋯ 최고봉"으로 꼽힌다.

의미와 공존하면서도 그 의미를 소유하지 못하는 것. 한때는 이것이 신의 직관으로 여겨졌다. 안드레아는 천국을 보고, 보드

리는 영예를 얻는다. 신은 꾸물거리고, 우리는 밀랍으로 만든 날개를 달고 태양을 향해 날아간다.

———

　나는 지금까지 화가와 시인이 인간의 보편적 특성인 단독성, 즉 우리가 서로서로 분리된 존재라는 사실에서, 그리고 그런 단독성을 이해하고 때로는 탈출하려는 인간의 시도에서 영감을 얻는다고 말했다. 물론 이런 단독성에 매료되는 건 화가와 시인만은 아니다. 소설가와 영화감독도 단독성에서 영감을 얻는다. 앞으로 더 살펴보겠지만 심리학자도 다른 삶을 테마로 하나의 산업을 일궈냈고, 철학자도 처음부터 다른 삶에 집착했다. 아리스토텔레스는 이렇게 말했다. "아무리 모든 좋은 것을 다 갖춘 삶(마치 신처럼 좋은 것을 완벽하게 갖춘 삶)이라 할지라도 다른 사람이 되어야만 한다는 조건이 붙는다면 그 삶을 선택할 사람은 아무도 없다. 오직 여전히 자신으로서 그 삶을 누릴 수 있어야만 그런 삶을 선택할 것이다." 아리스텔레스가 이런 주장을 한 근거는 심리적이다. 우리는 자기 자신이기를 포기하고 싶어 하지 않는다. 그로부터 훨씬 뒤에 라이프니츠Leibniz는 같은 주장을 논리적으로 도출한다. "당신이 누구였는지를 모두 잊어야만 한다는 조건이 붙는다면 중국의 왕이 되는 것이 다 무슨 소용이겠는가? 이것은 마치 신이 중국의 왕을 창조하면서 당신이라는 사람을 제거하는 것과 같지 않은가?"

　물론 아무도 아리스토텔레스에게 신이 되겠냐고 묻지 않았고, 라이프니츠에게 중국의 왕이 되겠느냐고도 묻지 않았다. 그들은 아무도 주겠다고 하지 않은 역할을 거절하고 있다. 사실 철학자들 사이에서는 이런 모습을 흔히 목격할 수 있다. 그러나 나는 이것이 진짜 가능성이 아닌 진짜 현실, 즉 한 사람으로 살아간다는 현실에 대해 그들이 내놓은 답변이라고 생각한다. 내가 탐구하고 있는 작가와 화가들처럼 그들도 우리가 아닌 사람, 우리의 것이 아닌 삶을 헤아려봄으로써 우리가 누구인지를 헤아려보고자 하는 것이다. (내가 헤아려보고자 하는 것은 왜 우리가 이런 식으로 우리 자신을 헤아려보는가이다.)

───────

　이런 문제들에 대한 우리의 생각이 뒤죽박죽 엉켜 있을 때가 많다 보니 철학자들은 이에 관한 논리를 세우고, 또다시 세우는 일을 반복한다. 철학 저술가 윌리엄 해즐릿William Hazlitt은 자신이 아닌 다른 사람이 되기를 바라는 사람은 아무도 없다고 말했다. 왜냐하면 그것은 "대리인으로 존재하기"가 돼버릴 테니까. 과연 그 누가 "선택할 수 있다면 당장 내일 대천사 가브리엘이 되겠는가? 가브리엘은 단지 멋진 광경에 불과하지 않은가?" 우리는 다른 사람이 가진 어떤 특성을 가지고 싶어 할 수 있다. 이 사람의 예술적 감각이나, 저 사람의 통찰력을 부러워할 수 있다. "그러나 우리는 여전히 우리 자신인 채로 이를 소유하고 그런 특성과 재능을 누리고 싶어 한다." 아리스토텔레스처럼 해즐릿은 행복과 불행 등 모든 감정들보다 우리에게 더 근원적인 감정은 우리 자신에 대한 원초적인 애착이라고 생각했다. 이것은 허영심과는 달라서 더 근본적이며 더 뿌리가 깊다.

나를 외롭게 만든 사람을 사랑한 적이 있다. 그런데 해즐릿은 내가 그 외로움 자체를 사랑하는 것일 수도 있다는 것을 알아챘다. 시간이 지나면 내가 한때는 건드릴 수조차 없었던 기억도 아련하게 다가온다. 보도가 보이고, 비스듬히 비추는 햇살이 보이고, 놀란 표정인 주변 사람들의 회색 정장이 보이고, 상처받은 내 아이의 얼굴이 보인다. 이것들이 무엇이건 간에 이것들에 관한 기억은 *나의 것*이다. "우리는 언제나 다른 사람의 방식으로 행복해지기보다는 차라리 자신만의 방식으로 비참해지기를 원한다." 해즐릿의 이 말은 프로이트를 연상시킨다. 우리가 원하는 것은 추상적이고 일반적인 행복이 아니다. "습관과 선호로 인해 자신의 일부이고 수천 개의 회상, 결핍, 고통을 통해 우리에게 소중한 것이 된, 자신의 취향과 역량에 꼭 맞는 행복을 원한다." 다른 사람들에 대해서는? 해즐릿은 딱 잘라 말한다. "그들의 생각은 우리의 생각이 아니다. 그들의 행복은 우리의 행복이 아니다."

다른 사람이 되고 싶다고 생각할 때 나는 진정 무엇을 원하는 걸까? 내가 완벽하게 다른 사람이 되기를 원하는 것일 리는 없다. 그것은 교체이지 변화가 아니다. 마침내 내가 망토를 펄럭이며 왕좌에 앉고 왕관이 내 눈썹에 닿을 때, 그런 왕위 수여식을 즐기는 나도 나의 일부일 것이다. 그러나 그것은 나의 어느 부분인가? 나 자신에게 애착을 느낄 때 나는 나의 어느 부분에 애착을 느끼는 것일까?

이런 질문이야말로 철학자들이 아주 좋아하는, 이성적인 동시에 어리석은 질문이다. 코미디언도 이런 질문을 아주 좋아한다. 테드 코언Ted Cohen은 동유럽에 사는 레브라는 남자의 이야기를 들려준다. 어느 날 레브는 친구에게 이렇게 말한다. "내가 차르라면 나는 차르보다 더 부자인 거야." "어째서?" 친구가 묻는다. "네가 차르라면 너는 차르의 전 재산을 가지고 있을 테니까 딱 차르만큼 부자인 거잖아. 어떻게 차르보다 더 부자일 수 있지?"

"왜냐하면" 레브가 말한다. "내가 차르라면 나는 부업으로 히브리어를 가르칠 수 있을 테니까."

———

이 이야기는 코언이 다른 사람을 이해하려면 우리가 흔히 문학의 영역에 속한다고 생각하는 상상력을 발휘해야 한다고 주장하면서 던진 우스갯소리였다. "다른 사람을 이해하려면 스스로가 다른 사람이 되었다고 상상할 수 있어야 한다." 그리고 그런 재능은 "어떤 것을 다른 것이라고 생각하는 재능과 연관이 있을 것이다." 즉 "은유의 재능"이다. 내가 다음과 같은 질문을 던진다고 해보자.

내가 로버트 핀스키Robert Pinsky[12]라면?
내가 기독교인이라면?
내가 바그너의 음악을 사랑하는 사람이라면?

삶의 단독성

그렇다면 나는 다음과 같은 은유를 만들어내는 것이다.

나는 로버트 핀스키다.
나는 기독교인이다.
나는 바그너의 음악을 사랑하는 사람이다.

나는 코언의 말대로 다른 사람의 입장이 되어 그 사람으로 살아가는 상상을 한다. 특정인(로버트 핀스키)이 되는 상상을 할 수도, 특정 유형의 사람(기독교인, 바그너의 음악을 사랑하는 사람)이 되는 상상을 할 수도 있다. 허구의 인물이 되는 상상을 할 수도 있다. 어느 경우에나 나는 자신을 위한 작은 은유를 만들어낸다. 나는 하나를 둘로, 둘을 하나로 센다.

물론 시인과 소설가가 철학자보다는 은유를 도구로 더 자주, 더 당당하게 사용한다. 문학의 언어를 탐구한 놀라운 책『모호성의 일곱 가지 유형Seven Types of Ambiguity』 중반부에서 시인이자 비평가인 윌리엄 엠프슨은 자신이 탐구하는 대상이 과연 어떤 가치가 있는지를 두고 고민에 빠진다. 그는 단 하나의 단어로 두 개의 관념을 전달하는 말장난의 모호성에 대해 이야기하고 있었지만, 은유에도 같은 의문이 제기된다고 생각했다. 그는 이런 질문을 던진다. 왜 "두 단어로 더 간편하게 말할 수 있는 데도 굳이 복잡하게 한 단어를 사용하는 걸까?" 시인이나 비평가인 그가 이런 의문을 제기했다는 점이 뜻밖이기는 하다. 우리는 왜 비유적인 언어를 사용하는가? 엠프슨의 시선은 마르셀 프루스트의 『잃어버린 시간을 찾아서À la recherche du temps perdu』의 한 구절에 닿는다. 소설의 화자가 우리 인간은 현재 다른 장소에 살면서도 특정 장소에서 우리가 살았던 삶을 기억하는 능력이 있다고 지적하는 부분이다. 엠프슨은 프루스트가 매듭짓지 않은 질문을 계속 이어간다. "한 장소(환경, 정신 상태)에서의 삶은 언제나 견딜 수 없는 것이 된다. 두 장소에서의 삶은 환희가 된다. 그렇다면 이런 바람직한 전환은 둘이라는 숫자에서 비롯되는 것이라고 믿어야 할까? n+1개의 장소에서 사는 것은 n개의 장소에서 사는 것보다 무조건 더 가치가 있을까?" 엠프슨의 글은 우리가 어디에서 사는가에 대해 말하고 있지만 그는 우리가 말하고 쓰는 방식에 대해 생각하고 있다. 우리는 왜 의미로 흘러넘치는 단어들을 좋아하는 걸까? 왜 어떤 사람들은 평생 그런 단어들을 발굴하는가? 엠프슨은 이렇게 결론 내린다. "프루스트의 주장은 매우 설득력이 있다. 그는 스타일에서 얻는 즐거움을 바로 그렇게 풀면서 묶는 이중성으로 계속해서 설명할 수 있다고 믿는다. 그래서 논리적으로 통합된 것들은 구문에서 하나로 묶인다. 설명할 수 없는 초자연적인 가치 이론을 제외하면 n+1이 n보다 더 가치가 있다고 믿어야만 한다."

내가 지금껏 읽은 글 중에서 가장 명료한 글이라고 할 수는 없지만, 이런 모호함조차도 마음에 든다. 엠프슨이 시적인 사치와 산술적 금욕을 통합했다는 점이 마음에 든다. (때로는 내가 "하나"라는 숫자, 단어, 사람에 대한 연구 보고서를 쓰고 있다는 생각이 든다.) 그러나 나는 엠프슨이 자신이 묘사하는 것을 예시하

삶의 단독성

는 방식도 마음에 든다. 그는 은유를 설명하기 위해 은유를 만들어낸다. 그의 구문은 그가 논리적으로 통합한 것들을 하나로 묶는다. 나는 그가 이런 말을 하고 있다고 생각한다. 논리적 주장의 결혼식에 은유의 밀월이 축복을 내리면 그 결과로 태어난 후손은 우리를 묶는 동시에 풀어준다. 구속하는 동시에 해방한다. 단어가 그러하듯이, 자녀가 그러하듯이.

애덤 필립스는 환자와 상담한 내용을 들려준다. 이 이야기는 우스꽝스러우면서도 허술하다는 점에서, 그리고 아이의 얕은 오해가 더 깊은 진실을 보여준다고 믿는다는 점에서 디킨스 소설의 한 장면을 연상케 한다.

> 등교 공포증을 앓고 있다는 여덟 살 소녀를 진료하게 되었다. 아이의 여동생이 태어나고 1년 후에 공포증이 시작되었다고 했다. 아이는 두 번째 상담 시간에 어른이 되면 "옷 입히기를 할 것"이라고 말했다. "사람들에게 옷을 만들어준다고?" 내가 묻자 아이는 이렇게 말했다. "아니, 아니요. 옷 입히기요. 그러니까 모든 사람이 같은 유니폼을 입게 하는 거 있잖아요. 교장 선생님처럼요. …생물학 시간에 배웠어요." "모든 사람이 똑같은 옷을 입으면 아무도 특별해지지 않잖아." 아이는 내 말에 잠시 생각에 잠기더니 이렇게 말했다. "그렇죠. 아무도 특별하지 않지만 모두 안전하겠죠." 당시에는 말로 정리되지는 않았지만 모든 사람이 똑같

다면 질투하는 일도 없을 거라는 데 생각이 미쳤다. 그런데 아이의 말에 생각의 흐름이 끊겼다. "선생님이 그러는데 옷 입히기를 하면 엄마도 아빠도 필요 없을 거래요. 그냥 과학자, 한 사람만 있으면 충분하대요. 쌍둥이 같은 거예요. 모든 아기가 똑같아지는 거예요." 이 말에 너무나 많은 것이 들어 있어서 나는 어떤 것을 먼저 다룰지 선택할 수가 없었다. 그래서 일단 대화를 이어가기로 했다. "네 동생이 너와 똑같다면 학교에 갈 수도 있겠구나." 아이는 이렇게 말했다. "그렇죠." 다소 즐거워 보였다. "나는 집에도 있고 학교에도 있을 수 있어요. 모든 걸 다 해요!"[13]

집에 있으면서 학교에도 있다. 두 장소, 환희. 아이는 자신의 말 속에서 자신에게 없는 모든 것을 가진다. 모든 것을 다 한다! 아이의 말을 들은 필립스는 아이가 하지 않은 모든 말에도 귀를 기울이지만 전부 따라갈 수가 없다. 필립스는 의미와 공존하고 있지만 이를 소유하지는 못했다. 그리고 그래서 아주 짜릿하다.

———

내가 갈 수도 있었던 다른 길들을 상상하는 것은 나를 위한 더 많은 삶들을 상상하는 것이다. 이것과 저것, n+1. 나는 이 세계 안에서 또 다른 세계, 내가 거의 만질 수 있고 거의 맛볼 수 있는 세계를 본다. 그 다른 세계는 이 세계의 일부다. 그림자가 사물의 일부이듯, 기억이 인식의 일부이듯, 꿈이 일상의 일부이듯.

삶의 단독성

그러나 충만한 마음이 때로는 갈구하는 마음이 되기도 한다. 기분이 살짝만 가라앉아도 내가 상상한 삶들이 지금 이 삶을 부족하다고 느끼게 한다. 살지 않은 삶이 내 세계를 풍성하게 만드는 대신 내 세계를 갉아먹는다. 친구가 딸을 데리고 나를 찾아왔을 때 내게 아이가 없다는 사실이 뼈저리게 다가왔다. 내게 없는, 내가 사랑하는 상상의 아이가 내 품속 아이보다 더 가깝게 느껴졌다. 내가 부족하다고 느낀 것은 환상일 뿐이라고 말할 수도 있다. 그러나 나는 이렇게 응수할 것이다. 당신은 우리가 실제로 사는 *삶이야*말로 대부분 환상에 불과하다는 사실을 간과하고 있다고. 빌리 홀리데이Billie Holiday가 뭐라고 노래했더라? "나는 달을 보고 있을 거예요, 하지만 당신을 보고 있을 거예요."

———————

잠시 구별을 해보자면,

1. 나는 나로 있고 싶지만, 지금의 나와 다른 특징을 지니고 싶다: 변화
2. 나는 내가 아닌 완전히 다른 사람이 되고 싶다: 교체
3. 나는 나인 동시에 다른 사람이고 싶다: n+1, 혹은 n−1일 수도 있다.

그러나 이 욕구들을 구별하는 경계는 흐릿해서 서로 스며들기도 한다. 그래서 내가 느끼는 것이 무엇인지 알기 힘들 때가 있다.

랜들 재럴Randall Jarrell의 시 「다음 날Next Day」에서는 한 여자
가 장을 보고 집으로 돌아가는 길이다. 데니스의 시에 등장하는
부동산 중개업자처럼 그녀도 꽉 막힌 도로에 갇혀 오도 가도 못
하고 있다. 그리고 생각에 잠긴다.

오늘 아침, 나는 두렵다, 내 얼굴이.
나를 바라본다
백미러에서, 내가 질색하는 눈으로,
내가 질색하는 미소를 머금고. 평범한 주름진 얼굴
흰머리를 발견한다
내게 반복해서 말한다. "넌 늙었어." 그게 전부다, 나는 늙
　었다.

그런데도 나는 두렵다, 장례식에서 그랬듯이
내가 어제 참석한.
내 친구의 싸늘한 꾸며진 얼굴, 꽃들에 둘러싸인 대리석,
옷이 벗겨지고, 수술을 받고, 옷이 입혀진 몸은
내 얼굴과 몸이었다.
그녀가 떠오르고 그녀가 내게 말하는 것이 들린다.

내가 얼마나 젊어 보이는지, 내가 얼마나 특별한지.
나는 내가 가진 모든 것을 생각한다.
그러나 실제로는 아무도 특별하지 않고,

아무도 아무것도 가지지 않았고, 나는 아무도 아니고,

나는 내 무덤 옆에 선다

흔하면서도 고립된 내 삶에 혼란을 느끼면서.[14]

이 시는 화자가 느끼는 혼란을 더할 나위 없이 명료하게 표현했다. "내 친구의 싸늘한 꾸며진 얼굴, 꽃들에 둘러싸인 대리석,/옷이 벗겨지고, 수술을 받고, 옷이 입혀진 몸은/내 얼굴과 몸이었다." 화자는 곧 그녀의 친구다. 그런데 그녀의 친구는 그곳에 누워 있고, 그녀는 여기에 서 있다. 그리고 시를 읽고 있는 나는 그들과 함께한다. 비록 한 명은 죽었고 한 명은 살아 있지만. 그리고 둘 다 실존 인물은 아니지만.

────────

나는 아무도 아니면서 특별하다. 흔하지만 고립되어 있다. 나는 내가 유일하고 분리된 존재라고, 그리고 아마도 구속되고 갇혀 있는 존재라고 느낄지 몰라도, 나는 또한 여러 집단에 속한 구성원이기도 하다. 나와 유사한 사람들, 그리고 내 삶과 유사한 삶, 나의 삶일 수도 있었을 삶을 살아가는 사람들과 함께 집단을 이룬다. 아마도 그 집단은 재럴과 재럴의 단짝 친구만으로 이루어진 작은 집단일 수도, 모든 사람으로 이루어진 큰 집단일 수도, 모든 살아 있는 생명으로 이루어진 엄청나게 큰 집단일 수도 있다. 대개 우리가 속한 집단들은 그 중간 어디쯤에 해당하는 집단일 것이다. 우리는 형제자매 또는 이복형제자매, 급우 또는 동료, 한 여자의 연인, 같은 도시의 거주민일 수 있다. 과거에 우연히 한순간을 공유한 것이 전부일 수도, 같은 기회의 수혜자였을 수도, 같은 재난을 경험했을 수도 있다. 어떤 식으로든 우리는 한데 모였다. 우리 각자가, 우리 모두가, 브뢰헬이 인구 통계 조사를 위해 한데 모아둔 사람들처럼 한데 모였다. 우리는 우리를 가리키는 모호하면서도 적확한 표현대로 "유일한 종one of a kind"이다.

초반에 나는 시가 의미의 직전까지 가는 한껏 고조된 경험을 제공한다고 말했다. 이제 나는 시가 흔하면서도 고립된 다른 사람들과 함께하는 절정의 경험도 제공한다고 말하고 있다. 우리가 시를 이해하면서 경험하게 되는 한 가지(유일한 한 가지는 아니다)는 고립으로부터의 탈출이다. 난해한 시를 읽으면서 정신적 폐소공포증에 빠진다. 조각난 생각들이 머릿속을 꽉 채운다. 그러나 시를 이해하기 시작하면 공간이 열리고, 빛이 들어오고, 빛과 함께 다른 사람들이 들어온다.

———

제시 레드먼 포셋Jessie Redmon Fauset의 소설 『플럼번Plum Bun』의 매력 중 하나는 이 소설이 비범함과 평범함이라는 이중적인 조건을 그려내는 방식에서 나온다. 소설의 주인공 앤절라는 1920년대 필라델피아에서 백인 아버지, 흑인 어머니, 여동생 지니와 함께 어린 시절을 보낸다. 포셋은 자매의 차이점을 극명하게 보여준다. 앤절라는 피부가 하얗고, 지니는 검다. 앤절라는 어머니를 닮았고, 지니는 아버지를 닮았다. 앤절라는 무신론자이고, 지니는 독실한 기독교 신자다. 독자는 두 사람이 다르다는 사실을 즉시 알아챌 수 있지만, 자매들이 그런 차이점을 받아들이기까지는 다소 시간이 걸린다. "너와 내가 별개의 두 사람이고, 각자 떨어져 살아야 한다는 사실을 직시해야 하는 것뿐이야." 지니가 말한다. "샴쌍둥이도 아니잖아. 우리는 각자가 선택한 길을 가야만 해." 아주 놀라운 지적이다. 우리는 다른 사람과 분리된 존재라는 사실을 배워야만 한다. 게다가 이 사실을 한 번에 완벽하게 배우기란 불가능해 보인다. 앤절라는 소설 내내 이 사실을 배워간다. 다른 사람과의 거리를 거듭해서 재고 그녀가 누구와 유사한지, 어떻게 유사한지를 판단한다. 앤절라는 어느 집단에 속하는가?

지니는 필라델피아에 남아서 교사가 되어 평탄한 삶을 사는 데 만족한다. 앤절라는 예술가가 되기 위해 뉴욕으로 간다. 뉴욕에 도착하자마자 맞닥뜨린 그 소란스러움이 마음에 든다. 바람이 피부를 스친다. 모든 것이 부글대고 흥청거린다. 소설을 읽으면서 우리는 도시의 활기가 황홀한 창의성으로 변환되는 것을 느낀다. 앤절라는 "흥분과 충족이라는 파도의 꼭대기 위"에 오른다. 그녀는 이 파도가 "결코 사그라들거나, 부서지거나, 소진되지 않을 것"이라고 믿는다. 앤절라는 자신이 사는 동네의 거리 풍경을 만끽한다. 그곳에 사는 사람들, 젊은 여자와 사업가, 사환과 극장 관객, 거리를 걷는 사람들과 가난한 사람들을 보면서 즐거워한다. 거리를 내다보면서 앤절라는 아주 근사한 그림을 그리는 꿈을 꾼다. 그림의 제목은 "14번가의 유형들"이다. 그녀는 인구통계 조사를 하고 도시의 힘을 담아낼 것이다. 자신의 주변 사람들을 수집하고 분류하면서 그녀는 흥분의 파도에 올라탄다.

그러나 거리를 바라보던 그녀는 불현듯 자신도 어떤 유형으로 분류될 것이라는 데 생각이 미친다. 그녀도 특별한 사람이 아니라 다른 이와 다를 바 없는 사람일 수 있다. 흥분과 충족의 파도가 갑작스럽게 물러나고 거대한 슬픔이 그 자리를 대신한다. 그녀는 고민한다. "그녀도 하나의 '유형'에 불과하다고 여길, 그녀보다 즐거움에 대한, 삶이라는 모험에 대한 감각이 뛰어난" 더 생기 넘치는 사람들이 존재하는 것은 아닐까? 이런 걱정의 파도 또한 지나가지만 소설 내내 되돌아온다. 앤절라는 특별한가, 평범한가?

뉴욕에서 앤절라는 백인으로 살아가고 계속 백인인 척할지 말지를 선택해야 하는 기로에 거듭 서게 된다. 이런 선택의 순간들이 이 소설의 플롯을 만들어낸다. 지니가 도시에 왔을 때 앤절라는 지니를 아는 척할 것인가, 모르는 척할 것인가? 앤절라의 연인이 인종차별주의자임이 드러났을 때 그 연인과 헤어질 것인가? 흑인 학생이 거절당한 장학금을 앤절라가 받게 되었을 때 이에 대해 항의할 것인가? 앤절라의 이야기는 전환점의 연속이다. 계속 백인으로 살아갈 것인가? 앤절라는 묻는다. 사람들이 내가 흑인이라는 사실을 알게 되면 어떤 일이 벌어질까? 내 삶은 어떻게 될까?

"내가 남자라면 대통령이 될 수도 있었다." 앤절라는 생각한다. 이렇듯 다른 성별이나 다른 인종으로 태어난 경우를 상상하는 것은 흔한 추론이다. 다만 그런 상상을 더 자주 하는 집단이 있다. 비평가는 포셋의 이력을 두고 같은 방식으로 추론을 펼

삶의 단독성

쳤다. 예를 들어 역사학자 데이비드 레버링 루이스David Levering Lewis는 포셋이 "'유색 여성'"이 아니었다면 "뉴욕의 출판사에서 일할 수도 있었다. …명석한 두뇌에 어떤 일이든 엄청난 기세로 해치우는 포셋이 남자였다면 무엇을 할 수 있었을지 상상조차 할 수 없다"고 주장한다. 앤절라와 레버링은 길을 가다가 다른 선택을 했다거나 다른 기회가 주어진 상황을 가정하고 추론한 것이 아니다. 이들은 애초에 다른 길에서 출발하거나 다른 패가 주어진 상황을 가정하고 추론한다. 후회는 선택할 권리와 운을 타고난 이들이나 누릴 수 있는 사치다.

이런 구별은 절대적인 것은 아니다. 앤절라는 남자인 척할 수는 없지만 어쨌거나 백인인 척은 할 수 있었다. 그리고 여자지만 남자인 척하는 사람도 있다. 그러나 어떤 대안은 다른 대안들보다 더 상상하기 쉽다. 이런 구별은 사람과 문화에 따라 달라진다. 버나드 윌리엄스에 따르면 "기억, 품성, 신체 기능이라는 측면에서 우리가 누구인가 하는 것은 대체로 우연의 요소가 개입한 산물이라는 사실을 우리는 아주 잘 알고 있으며, 그 요소들이 아주 다를 수도 있었다고 상상하기는 어렵지 않다."

"내 부모가, 이미 오랫동안 생각해왔던 대로, 내가 두 살이었을 때 이민을 갔다면…" 그러나 실제로 그렇게 했다 하더라도 나는 여전히 나였을 것이다. 더 나아가 내가 다른 부모의 아들이었다면, 다른 해에, 또는 아예 다른 세기에 태어났다면… 이런 추론이 우리의 상상을 붙들 수 있는 범위에도 한계는 있다.[15]

이런 추론이 더는 우리의 상상을 붙들 수 없게 되는 지점에서 그 사람의 진짜 모습이 드러나고, 그 사회에서 정체성을 어떻게 구성하는지에 관한 진실이 드러난다. 그런데 이런 추론은 추론에 동원되는 장르에 대한 진실도 보여준다. 신중한 성찰을 하기에 안성맞춤인 기회를 타고난 앤절라는 소설가에게 잠재력이 풍부한 재료를 제공했고, 소설가는 앤절라에게 아주 입체적인 인물 설정과 극적인 플롯으로 보답했다. 『플럼번』은 앤절라의 동생 지니가 아닌 앤절라에 관한 소설이다. 지니처럼 선택권과 기회가 적은 삶은 포셋이 필요로 하는 재료를 제공할 수 없었을 것이다. 지니에 관해서는 말 그대로 그녀가 "무엇을 할 수 있었을지 상상조차 할 수 없다."

소설을 읽는 행위는 우리가 스스로에게 느끼는 애착을 탐색하는 방식 중 하나이다. 앤절라는 처음에는 스스로에게 만족했고, 다음에는 동네 사람들을 내려다보면서 절망한다. 물론 사람이 스스로를 대하는 태도는 그 외에도 여러 가지가 있다. 스스로를 웃기다고 생각할 수도, 진지하다고 생각할 수도 있다. 무모하다, 실험적이다, 거만하다, 호기심이 많다, 편견이 많다, 가끔은 지루하다 등 그 목록은 길다. 소설은 그런 태도에 대한 비전형적인 분류체계를 제공한다. 더 나아가 소설은 자신에게 충실하다는 것이 무엇을 의미하는지 탐구한다. 소설 읽기에 충실하다는 것은 우리 자신으로 있기에 충실하게 임하는 것의 알레고리가 된다.

토머스 하디의 『성난 군중으로부터 멀리Far from the Madding Crowd』에서 젊고 화려한 트로이 하사는 잠시 멈춰 서 자신의 삶을 "모든 면에서 그를 닮았을 수도 있는" 다른 누군가의 삶과 비교한다.

> 트로이는 이런 가벼운 방식으로 다른 사람의 조건을 질투할 수 없다고 수백 번도 더 생각했다. 왜냐하면 그런 조건 하에서는 필연적으로 다른 성격을 지니게 될 것이고, 그는 자신이 아닌 다른 사람이 되고 싶은 마음이 전혀 없었기 때문이었다. 그는 자신의 탄생을 둘러싼 특이한 상황들, 우여곡절 많은 삶, 자신과 관련된 엄청난 불확실성들이 싫지 않았다. 왜냐하면 그의 이야기의 주인공에게는 그런 것들이 어울렸고, 그런 것들 없이는 자신의 이야기 자체가 존재하지 않았을 것이기 때문이었다.[16]

행복하건 불행하건 트로이가 자신에게 충실하다는 것은 자신의 이야기 주인공으로 살기에 충실하게 임한다는 것을 의미했다. 트로이의 불확실성마저도 그에게는 중요했다. 이야기의 주인공이 되고자 하는 욕구는 행복에 대한 욕구보다 *앞선다*. 그의 삶에 의미를 부여하는 것은 그의 이야기다.

그림이 선, 색깔, 형태로 우리의 분리성을 탐구한다면 시는 우리의 분리성을 은유, 어조, 행의 길이, 전체적인 구성으로 탐구한

다. 철학은 우리의 분리성을 논증으로 탐구한다. 소설은 우리의 분리성을 어떻게 탐구하는가? 이 질문에 답하기에 앞서 영광을 꿈꾸는 철학자를 마지막으로 한 명 더 인용하겠다. "내가 나폴레옹일 수도 있었다고 생각한다고 해보자." 윌리엄스가 말한다.

> 그리고 이는 우리 세계의 나폴레옹과 동일한 나폴레옹이 있는 세계가 존재할 수도 있다는 뜻이다. 그 나폴레옹이 '나'라는 점만 다르다. 그렇다면 실제 나폴레옹과 내가 상상한 나인 나폴레옹 사이에는 어떤 차이점이 있는가? …나폴레옹이 된 상상을 하는 행위가 어떤 식으로든 상상으로서 의미가 있으려면, 적어도 내 생각에는, 참여형 이미지가 필요하다. 내가 나폴레옹이라고 상상하려면 단순히 내 겉모습이 나폴레옹과 같은 것만으로는 부족하다. 왜냐하면 그 겉모습에는 내가 충분히 들어 있지 않기 때문이다. 밖에서 바라보는 시선에는 다른 사람이 아닌 내가 바로 나폴레옹이라는 상상을 생생하게 만드는 데 필요한 핵심이 빠져 있다. 예컨대 그런 상상이 만들어내는 장면은 내가 황폐한 아우스터리츠를 내려다보면서 스스로 키가 작다는 것과 이각모를 쓰고 있다는 것과 손에 망토를 쥐고 있다는 것을 어렴풋이 느끼고 있는 모습일 것이다.[15]

스스로를 나폴레옹과 같은 제왕이라고 상상하는 것은 자기만족적 환상이다. 한 친구는 이를 "테스토스테론적" 환상이라고 표현했다. 그러나 윌리엄스가 이 상상을 참여형으로 상정한 것은 설득력이 있다. 내 자신을 다른 사람(왕, 신, 차르, 재벌, 대통령, 시장, 운전면허 시험장의 감독관 등)으로 바꿔서 상상할 때 일어나는 일을 잘 묘사했다. 그리고 피로 물든 벨기에의 전장을 나폴레옹의 관점에서 서술한 글을 읽을 때 일어나는 일을 묘사한 것이기도 하다. "참여형 이미지"는 소설이 제공하는 경험에 어울리는 표현이다. 소설을 쓸 때, 소설을 읽을 때 우리는 두 갈래 길에 선 한 명의 여행자가 된다는 것이 무엇을 의미하는지 엿볼 수 있다.

───────

참여한다는 것은 일부가 된다는 것이다. 다만 오직 일부만을 경험한다. 나는 온전히 아우스터리츠에 있지 않고, 이각모를 쓰고 있지도 않으며, 결코 키가 작지도 않다. 나폴레옹의 입장이 되어도 여전히 나인 채로다. 이런 식으로 말하면 마치 참여가 의도적으로, 의식적으로 일어난다고 생각할 수도 있지만, 내가 소설을 읽는 동안 참여는 무의식중에, 순간적으로 일어난다. 에마가 베이츠 양에게 무례하게 굴 때 나는 부끄러움을 느끼려고 노력하지 않는다. 내가 그런 감정을 인식하기 이전에 그런 감정을 느낀다. 이런 참여를 나타내는 또 다른 단어는 공감이다. 공감은 이미 오래전부터 소설의 윤리적·미학적 덕목의 본질로 꼽혔다. 조지 엘리엇은 "예술은 삶에 가장 가까운 것이다"라고 말했다. 다만 삶 자체가 아니라 삶에 가장 가까운 것이다. "경험을 증폭하는 방법이자 개인의 운명이라는 한계를 넘어 동지인 인간과의 접점을 늘리는 방법이다." 엘리엇의 장편소설은 그녀가 삶에서 그런 상상의 여정을 이어가는 것이 얼마나 힘들고, 얼마나 중요하다고 믿었는지를 보여준다. 또 그녀는 바로 그런 이유로 예술 교육이 필수적이라고 믿었다. "화가이건, 시인이건, 소설가이건 예술가가 우리에게 제공하는 가장 큰 혜택은 우리의 공감 범위의 확장이다."

나는 오스틴의 『설득Persuasion』을 읽으면서 곧장 공감하고 참여하게 된다. 나는 책을 펼치고 책을 펼치는 남자에 대해 읽는다.

> 서머싯셔의 켈린치홀에 사는 월터 엘리엇 경은 즐거운 독서를 위해 오로지 준남작 명부만 읽는 남자였다. 그 책을 읽으면서 남는 시간을 보냈고 괴로울 때는 위안도 얻었다. …자신의 약력을 읽을 때면 절대로 지루함을 느끼는 법이 없었으니까. 그가 가장 좋아하는 책에서 그가 늘 펼쳐 드는 페이지에는 이렇게 적혀 있었다. "켈린치홀의 엘리엇."[17]

오스틴의 통찰력과 유쾌함이 너무나 잘 드러나는 대목이다. 내가 계속 읽어나가려면 닮아야만 하는 남자가 여기 있다. 이 남자처럼 나도 독자다. 우리는 같은 집단에 속해 있다. 그러나 그는 허영심에 젖은 머리가 빈 인간이다. 그는 책을 읽을 때마다 자신의 이름을 찾는다. 나는 이런 남자가 속한 집단에 속하고 싶은 마음이 전혀 없다. 그래서 오스틴은 나를 초대하면서도 나에게 경고를 보낸다. 그녀는 내가 들어가는 것을 망설이게 만들면서도 나를 이야기에 들인다. 원한다면 들어오세요, 오스틴이 말한다. 다만 당신이 어떤 인물과 함께하게 될지는 알아두세요. 『설득』은 그 후로도 초대와 경고를 반복한다. 우리는 스스로 묻게 된다. 우리는 이 인물들과 어떤 점에서 비슷하고 어떤 점에서 다른가? 어떤 것이 참여에 해당하고 어떤 것이 배제에 해당하는가? 우리는 몰입하는 동시에 거리를 둔다. 이런 춤을 추는 동안 독자의 몰입도가 결정된다.

8년 전 월터 경의 딸 앤은 자신의 대모인 러셀 부인의 조언을 받아들여 젊고 전도유망하지만 가난한 웬트워스 대위와 파혼했다. "두세 달 만에 두 사람의 만남이 시작되고 끝났다. 그러나 앤의 고통은 두세 달 만에 사라지지 않았다. 앤이 느끼는 미련과 후회가 오랫동안 젊음의 모든 즐거움을 덮어버렸다. 그리고 꽃봉오리와 생기를 일찍 잃어버린 여파는 오래도록 지속되었다." 웬트워스는 바다와 전쟁터로 떠났고, 앤은 허영심에 찌든 무지한 족속인 자신의 가족들 속에서 고립된 섬으로 남았다. 그들과 함께 있을 때 앤은 단수單數, "오직 앤"이 되고, 러셀 부인의 지적처럼 "단독성이 대개 우리의 고통에서 가장 쓰라린 부분"이 된다. 고독한 앤에게는 될 수도 있었던 것들을 돌아볼 기회가 아주 많이 주어진다. 그 결과 앤은 그녀가 그때 "파혼을 하기보다 약혼을 유지했다면 더 행복한 여자가 될 수" 있었을 것이라고 스스로에게 설득당한다. 그러나 그녀는 약혼을 파기했고, 그로 인해 모든 것이 달라졌다. "한때는 서로에게 모든 것이었는데! 지금은 아무것도 아니라니!"

오스틴은 이 모든 내용을 아주 간략하게 서술한다. 이런 내용들은 앞으로 예정된 플롯의 서곡에 해당하기 때문이다. 웬트워스가 다시 등장하면서 소설이 진짜로 시작된다. 웬트워스는 앤이 기대했던 모든 것이었다. 매력적이고, 성공했고, 부자다. 그러나 그는 앤에게 눈길도 주지 않는다. 그는 앤이 지켜보는 가운데 다른 여자들에게 구애하고, 우리는 앤과 함께 지켜본다. 우리는 앤의 눈으로, 위에서 내려다보는 그녀의 시점에서 이 세계를 바라본다. 그러나 우리처럼 앤은 고립되어 있고 사건에서 소외되어 있다. 웬트워스가 이웃의 여자들과 춤을 추는 동안 앤은 피아노를 연주한다. 앤의 연주는 인물들을 움직이게 만든다. 앤은 그들이 하나가 되었다가 떨어지는 것을 지켜보지만, 그녀 자신은 춤을 추지 않는다. 앤은 이 모든 것을 지켜보면서 자신의 고독을 이성적으로 받아들이려고 애쓴다.

물론 소설이 끝날 무렵 앤과 웬트워스는 재결합한다. 그러나 오스틴은 두 사람이 얼마나 운이 좋았는지 강조한다. 월터 경이 집을 세놓지 않아도 되었다면, 그 집을 웬트워스의 여동생에게 세놓지 않았다면, 웬트워스가 그 여동생을 자유롭게 방문할 수 없었다면, 이웃의 여자들이 미혼이 아니었고, 그래서 웬트워스가 여동생 집에 예정보다 더 오래 머물지 않았다면, 앤이 군중 속에서 돋보일 기회가 없었다면, 남자들이 애송이 사냥개를 데리고 나가지 않았다면, 그들이 모두 산책에 나섰을 때 그 낮고 우거진 나무가 그곳에 없었다면, 코브 출신의 이방인이 그렇게 대놓고 앤에게 찬사를 보내지 않았다면…. 오스틴의 플롯은 나폴레옹이 유배당하고 엘바 섬에서 탈출하기까지의 짧은 기간 동안 일어난 우연의 연속이다. 요컨대 운 좋은 한 영국인 선원이 전쟁의 위험에서 살아남고 해변에서 한 여인과 사랑을 나눌 기회를 얻은 두세 달 동안에 일어난 일이다. 우리는 소설이 시작할 때부터 우리가 어디로 가고 있는지 알고 있었지만, 소설이 끝날 무렵 앤과 웬트워스가 운이 좋았다는 것을 알게 된다. 『설득』은 다른 모든 소설과 마찬가지로 우연의 필연성에 관한 소설이다.

이 점은 마침내 웬트워스가 앤을 품에 안았을 때 두 사람의 대화를 통해 우리에게 전달된다. 두 사람은 "과거로 다시 돌아갔고, 이 재결합으로 그들은 처음에 예정되었던 것보다 훨씬 더 황홀한 행복을 느꼈다." 두 사람은 바스의 언덕을 걸었다. 그리고 "거기, 그 완만한 언덕을 올라갔고, 두 사람에게는 어슬렁대는 정치인들도, 분주한 가정부들도, 유혹하는 젊은 여성들도, 유모들도, 아이들도 보이지 않았으므로 그들 주위의 어떤 무리도 그들이 그렇게 되돌아보고 확인하는 것을 막지 못했다. …두 사람의 대화는 너무나 예리했고 한없이 흥미로웠다." 두 사람의 대화로 인해 "지금 이 시간이 그야말로 축복이 될 것이고, 그들이 앞으로 살게 될 삶들에 대한 가장 행복한 기대가 선사하는 불멸성이 생겨났다"라고 소설은 말한다. 다른 사람들 가운데 있으면서도 그 사람들과 분리된 앤과 웬트워스는 그들의 삶에서 화자이자 청중이 되고, 과거와 현재와 미래를 연결해 시간을 시간의 부패로부터 보존한다. 사랑이 불러오는 첫 충동은 이야기가 되고 일상적이고 영원한 것으로 남는다. "지난주의 모든 작은 변주는 완전히 사라졌다. 그리고 어제와 오늘의 작은 변주는 결코 끝나지 않을 것이다."

나는 이것이야말로 19세기 영국 소설을 통틀어 가장 사랑스러운 문장이라고 생각한다. 그런데 두 연인은 잔잔한 환희에 휩싸여 있으면서도 일어나지 않은 일을 상상하는 것을 멈출 수가 없다. "말해줘요." 웬트워스가 묻는다.

> "만약 내가 8년 만에 영국으로 돌아왔을 때, 그러니까 이삼천 파운드 정도가 수중에 있고 라코니아 호에 배치되었을 때, 내가 그때 당신에게 편지를 썼다면 당신은 내 편지에 답장을 했겠소? 그때도 다시 나와 약혼을 했을까요?"
> "했겠죠!" 이것이 답의 전부였지만, 단호한 말투만으로도 그녀의 뜻이 충분히 전달되었다.

삶의 단독성

멋진 인생

It's a Wonderful Life

프랭크 카프라
Frank Capra

살지 않은 삶을 다룬 대표적인 시가 「가지 않은 길」이고, 대표적인 소설이 「밝은 모퉁이 집」이라면 프랭크 카프라의 〈멋진 인생〉(1946)은 살지 않은 삶을 다룬 대표적인 영화라고 할 수 있다. 이 영화는 한 남자의 일생을 담은 영상을 보여주면서 시작한다. 원로 천사들이 천사 클래런스(헨리 트래버스Henry Travers)와 우리에게 보여주는 영상이다. 영상에 나오는 조지 베일리(지미 스튜어트Jimmy Stewart)라는 남자는 자살을 생각하고 있고, 클래런스는 조지를 구하라는 임무를 받았다. 이 영상의 목적은 클래런스에게 그가 담당하게 된 인물을 간략하게 소개하는 것이다. 클래런스와 함께 우리는 조지가 평생을 작은 마을 베드퍼드 폴스를 벗어나려고 애썼다는 사실을 알게 된다. 그는 자신의 능력에 못 미치는 직장에 붙들려 있다고 느끼고 있고, 아내 메리에 대한 사랑도 식었다. 그는 어떻게든 정직하게 살아보려 하지만 오히려 절망만 깊어진다. 이제 크리스마스이브가 되었고, 조지는 한계에 다다랐다. 자신이 애초에 태어나지 않았다면 세상에 더 도움이 되었을 것이라고 믿는 그는 다리 위에 서서 차가운 겨울 강에 몸을 던지려고 한다.

조지를 살리기 위해 클래런스는 지상으로 내려오고, 자신이 조지에 대해 배운 것들을 조지에게 알려준다. 클래런스도 조지에게 영상을 하나 보여준다. 우리가 본 영상과 모든 것이 같지만 딱 한 가지가 다르다. 이 영상에서는 조지가 존재하지 않는다. 조지의 소원대로 그가 애초에 태어나지 않은 세상을 보여준다. 우리는 조지가 없는 세상이 어떤 모습이었을지 지켜본다. 카프라는

멋진 인생

이를 통해 영화가 우리의 소원을 들어주는 매체에 불과하다는 오래된 주장에 동의하면서도 우리가 실은 자신이 진정으로 바라는 것이 무엇인지 모를 때가 많다는 점을 지적하고 있는 듯하다. 클래런스는 영상을 통해 조지가 진짜 바라는 것이 무엇인지를 일깨워주고, 그의 목숨을 구하려고 한다. 두 사람은 조지가 존재하지 않는 베드퍼드 폴스를 돌아다닌다. 조지가 사랑하는 가족과 친구들은 조지를 알지 못하고, 그래서 조지는 그들을 도울 수가 없다. 자신의 눈에 들어오는 것들을 무기력하게 바라보면서 조지는 살고 싶다는 의지를 되찾는다.

겉으로 보기에 카프라의 영화는 내가 지금까지 말한 것에 대한 예외처럼 보일 수 있다. 조지 베일리는 단순히 다른 길로 가지 않은 것에 아쉬움을 느끼는 것이 아니다. 그는 아예 길을 나서지 않았기를 바랐다. 더 나아가 이 영화의 신들은 무지하지도 무능하지도 않다. 그들은 사람들이 어떤 삶을 살았는지 잘 알 뿐 아니라 그들이 살지 않은 삶에 대해서도 알며, 심지어 그들의 삶을 바꿀 수도 있다. 그런데 나는 살지 않은 삶에 대한 생각이 때로는 극단으로 치닫기도 한다고 말했다. 그래서 모 아니면 도라고, 온화한 목소리로 극단을 말하게 되기도 한다고. 삶 자체를 부정하고 싶어 한 온화한 조지는 당연히 그런 극단에 해당한다. 그리고 클래런스는 비록 천사이기는 하지만 매우 인간적이기도 해서 방황하고, 당황하고, 스스로에 대한 확신도 부족하다. 그는 우리 눈에 보이지 않는다는 점을 빼면 천국보다는 디킨스 소설에 나오는 회계 사무소에 더 가까운, 아주 인간적인 분위기를 풍기는 관료 조직에 속해 있다. 그는 "이등 천사"이며 어서 승진하고 싶어 안

달이 났다. (결혼하지 않은 누나가 그의 살림을 돌보는 모습이 눈앞에 그려지는 듯하다.) 그리고 그는 친구의 모습으로 우리 앞에 나타난다. 실제로도 그는 기도라는 형식으로 누군가가 편지를 보낼 수 있는 친구다. 그리고 놀랍게도 그 친구에게서 편지를 받을 수도 있다. 영화는 조지가 클래런스의 메시지를 읽는 것으로 끝난다. 클래런스는 조지가 강물에 빠질 때 지니고 있었던 쭈글쭈글해진 『톰 소여의 모험』의 속지에 이렇게 적어놓았다. "조지에게: 친구가 있는 사람은 절대 실패자가 아니라는 걸 기억하세요. 추신. 날개 달아줘서 고마워요! 클래런스가."

조지의 존재를 중심으로 한 연결망은 이보다 더 멀리 뻗어간다. 조지는 베드퍼드 폴스에 갇혀 있고, 떠나고 싶은 마음뿐이다. 그는 새로 꾸린 가정과 은행원이라는 직업, 다른 이들의 존경심, 그리고 불운에 붙들려 있다. 무엇보다 그는 너무나도 선한 성품 때문에 붙들려 있다. 그는 단단히 박힌 닻과 연결된 팽팽한 닻줄처럼 꼿꼿한 사람이다. 성미 고약한 베드퍼드 폴스의 폭군 포터(라이오넬 배리모어Lionel Barrymore)가 그런 지적을 했을 때도 조지는 반박하지 않는다. 포터는 "조지 베일리는 흔히 볼 수 있는, 평범한 촌놈이 아니다"라고 말한다.

> 그는 지적이고, 영리하고, 포부가 큰 청년이야. 그는 자신의 일을 싫어하고, 은행업을 싫어해. 그런 점에서 나와 비슷하지. 태어난 순간부터 자신이 직접 세상으로 나가기를 갈망한 청년이야. 청년… 그것도 그 무리에서 가장 잘난 청년이 풀썩 주저앉아 친구들이 세상으로 나가는 것을 보고 있

멋진 인생

어. 그는 여기에 붙들려 있으니까. 그래, 갇힌 채 자신의 삶을 낭비할 수밖에 없는 거지… 내가 그린 그림이 맞다고 보나? 아니면 내가 과장하고 있는 건가?

조지는 이 보잘것없는 마을에서 독보적인 보통 사람이다. 다른 청년들과 다를 바 없지만 차별화된다. 그는 영리할 뿐 아니라 조금 더 나이가 많고, 성숙하고, 키가 크다. 우리는 조지와 그의 주변인들 사이의 거리를 잰다. 조지의 동생 해리는 베드퍼드 폴스를 떠난다. 전시에 고귀한 희생을 하고, 영웅이 되고, 명예를 얻기 위해. 영화에서는 이를 "대통령을 만나러" 간다고 표현한다. 조지의 친구 샘도 베드퍼드 폴스를 떠난다. 부와 술과 유혹으로 반짝이는 천국을 향해. 영화는 그곳을 "뉴욕"이라고 표현한다. 두 사람은 떠나고 조지는 고향에 남는다.

가만히 앉아서 친구들이 세상으로 나가는 것을 지켜본다. 요컨대 이것은 질투에 관한 우화다. 나도 저기로 갈 수 있는데, 저기로 나가야만 하는데. 그러나 나는 여기에 있다. 내가 따로 떨어져 있다는 감각이 강렬하지만, 연결되어 있다는 감각도 그에 못지않게 강렬하다. 내가 다른 장소에 속한다고 말하는 것은 내가 그 장소에 있는 사람들과 같다고 암묵적으로 주장하는 것이다. 그렇지 않다면 어떻게 내가 그곳에 속할 수 있겠는가? 또는 그 사람들과 내가 같다는 것은 이미 전제되고, 나는 이를 주장하는 대신 발견한다. 아리스토텔레스는 질투심에 사로잡힌 사람들의 유형을 나열하는데, 그 목록은 좀처럼 끝이 보이지 않는다. 야망이 큰 사람, 속 좁은 사람, 명성·명예·운·성공·지혜에 집착하는 사람, 자신이 마땅히 가져야 할 것 또는 가졌던 것을 원하는 사람, 자신이 원하는 것을 아깝게 놓친 사람, 한 가지에 너무 많은 것을 쏟아부은 사람, 지위가 높은 사람, 나이 든 사람… 그러나 그는 마침내 그 목록을 마무리한다. "우리는 시간, 장소, 나이, 명성에서 나와 비슷한 사람을 질투한다." 우리는 동종의 사람을 질투한다. "그래서 이런 말이 나오는 것이다. 아, 혈족은 심지어 자신의 혈족에게 질투를 느낄 수 있다. …그리고 이런 말도 나온다. 도공의 적은 도공이다." 이렇게 보면 질투는 공감과 같다. 나와 다른 사람이 유사하기 때문에 느낄 수 있는 감정이다. 그 다른 사람은 다수일 수도, 단 한 명의 사람일 수도 있다. 그런데 공감은 노력이 필요한 감정인 듯하나(나는 다른 사람의 입장이 되는 것이 어렵다) 질투는 별다른 노력 없이도 저절로 생기는 감정이다. 내가 이미 다른 사람의 입장에 있기 때문이다. 적어도 그래야 마땅하다고 생각한다. 내가 권리 또는 디저트 또는 선물로 받은, 내 자리이다. 어찌 된 일인지 그 자리가 내 것이 아니라는 것이 문제일 뿐.

따라서 조지가 누구인지는 그가 부러워하지 않으려고 애쓰는 친구들에 의해 규정된다. 그런데 그는 이에 못지않게 자신처럼 베드퍼드 폴스에 눌러앉은 윗세대 사람들에 의해서도 규정된다. 그는 아버지의 지성과 인품뿐 아니라 주어진 책임을 외면하지 못하는 성실함과 가족에게 헌신하는 마음도 물려받았다. 아버지가 죽자 조지는 아버지가 신협에서 담당하던 일을 물려받았다. 아버지를 닮았다는 사실, 신협에서 아버지가 하던 일에 적임자라는 사실은 빌리 삼촌(토머스 미첼Thomas Mitchell)

과의 비교로 더 극명하게 드러난다. 원래 아버지의 빈자리는 빌리가 채웠어야 했다. 빌리는 조지의 아버지처럼 아내를 잃었지만, 조지의 아버지와 달리 그는 아내의 죽음 이후 무너졌다. 빌리는 영화 내내 이런저런 실수를 하면서 시선을 분산시키는 위태로운 존재이다. 내 지도 학생인 사라 로스가 지적했듯이 이 인물은 카프라의 구원 강박의 증거이기도 하다. 클래런스는 구원받은 빌리의 모습, 사후에 하늘의 별이 된 빌리의 모습을 형상화한 것이다. 천국에서는 착한 마음씨가 쓸모가 있다. 그러나 빌리는 사업에는 재주가 없다.

마지막으로 조지는 포터와도 닮았다. 포터와 닮았으면서 포터의 적이고, 포터도 이 사실을 안다. 두 사람은 다른 이들이 집을 지을 수 있도록 돈을 빌려주는 은행원이다. 두 사람은 (조지의 아내 메리를 제외하면) 마을에서 가장 똑똑한 사람들이다. 그리고 두 사람 다 옴짝달싹 못 하는 묶여 있는 존재들이다. 포터의 휠체어가 영화감독의 의자를 연상시킨다는 지적도 있다. 한 세계의 모든 사항을 지휘하지만 그 세계 안에서 활동하지 못하는 사람의 의자라는 것이다. 체험을 포기하는 대신 권력을 얻은 셈이다. 포터는 베드퍼드 폴스를 손아귀에 쥐고 있지만 진정한 의미에서 거기 살고 있지는 않다. 그래서 그곳에 사는 사람들을 질투한다. 동일한 권력을 지닌 조지는 자신이 같은 운명에 굴복하게 될까 봐 걱정한다. 조지가 건설하는 주택 단지 베일리 파크는 마치 영화 세트장 같다.

따라서 포터가 조지에게 자신의 은행에 취업을 제안한 데에는 그의 사업적 기민함뿐 아니라 심리학적 통찰력도 작용했다고 봐야 한다. 포터의 제안은 실질적으로 자신의 후계자가 되라는 것이었다. 포터의 제안으로 조지를 맡은 스튜어트는 자신의 전매특허인 천천히 끓어오르는 분노 연기를 마음껏 드러낼 기회를 얻었다. 조지는 포터의 계략을 한눈에 알아차리기에는 너무 순진했지만 계속 모를 정도로 멍청하지는 않았다. 조지는 포터와의 미팅 후 메리에게 돌아온다. 메리는 어두운 침실에 누워 있다. 포터의 목소리가 조지의 머릿속에서 울리고 어둠조차 목소리를 내는 것 같다. 우리가 듣는 내레이션은 반 박자 느린 잔상과도 같다. (한 순간이 다른 순간 위에 겹쳐지고, 두 장면이 한 장면이 된다.) "마을에서 제일 좋은 집에서 사는 게 나쁘지는 않겠지. 아내에게 좋은 옷을 많이 사줄 수도 있을 테고, 1년에 두세 번은 뉴욕으로 출장도 가고. 가끔 유럽에 갈 수도 있겠지." 포터의 말이 조지가 메리에게 청혼하면서 했던 말과 겹쳐진다. 포터의 목소리가 조지의 목소리로 녹아들면서 우리는 그 약속을 다시 한번 듣게 된다.

나는 내일 내가 무얼 할지 알아. 내일도, 내년에도, 그다음 해에도. 나는 이 촌구석에서 붙은 먼지를 신발에서 털어내고, 세상을 보러 떠날 거야. …그리고 뭐든 만들 거야. 공항을 만들 거야. 100층짜리 고층건물을 세울 거야. 1마일은 되는 다리를 지을 거야.

포터의 말은 조지의 욕망을 고스란히 조지에게 다시 들려주는 것 같다. 그러나 몽유병 환자처럼 그 생각 속을 헤매던 조지

멋진 인생

는 달을 올가미로 잡는 장면을 그린 오래된 메리의 그림을 본다. 조지의 목소리가 계속 이어진다. 여전히 젊은 시절의 목소리다. "메리, 뭘 원해요? 달을 원해요? 그렇다면 말만 해요. 올가미를 던져서 달을 끌어내려 당신에게 줄 테니." 포터는 조지 대신 조지의 꿈을 소리 내어 말했다. 그 꿈을 현실로 만들어주겠다고 제안했다. 그리고 마찬가지로 세상에 나가 정복할 준비가 된 젊은 시절의 조지는 메리 대신 메리의 꿈을 소리 내 말하면서 그 꿈을 현실로 만들어주겠다고 제안했다. 그러나 지금 조지와 메리는 가난하고, 조지는 두 사람이 부자가 될 수 있는 기회를 막 거절했다. 그렇다면 조지도 포터처럼 거짓 약속을 하는 사기꾼이었던 걸까?

질문에 대한 답은 우회적으로 다가온다. 조지가 어두운 침실로 들어가는 걸 본 뒤 두 사람의 추억이 담긴 노래인 〈버펄로 걸스Buffalo Gals〉를 부르는 메리의 목소리가 들린다. "버펄로 걸스, 오늘 밤 나오지 않겠소/오늘 밤 나와주오, 오늘 밤 나와주오/버펄로 걸스, 오늘 밤 나오지 않겠소/ 달빛 아래에서 춤을 춥시다." 조지는 말없이 그녀에게 청혼을 하고, 그녀는 마치 조지의 생각을 읽은 것처럼 그의 청혼을 받아들인다. 처음에는 조지가 메리의 목소리를 회상하는 것인지, 실제로 듣고 있는 것인지, 그녀의 노래가 오직 조지의 머릿속에서만 존재하는 것인지, 밖에서 들려오는 것인지 확실하지 않다. 솔직히 말해, 그런 것은 중요하지 않다. 포터는 조지를 아는지 몰라도, 메리는 조지의 일부다. 두 사람은 서로 완전하게 분리된 각각의 존재가 아니며, 함께 꿈꾸는 존재다. 조지가 침실 거울을 들여다보자 그의 아내가 보인다. 조지는 아내에게 말을 걸고, 어둠 속에서 아내가 임신한 것을 알게 된다. 우리는 그렇게 다시금 메리를 몇 명으로 세어야 하는가 하는 곤란한 문제에 직면한다. 한 사람인가, 두 사람인가.

카프라가 한 사람이나 두 사람이 아닌 존재하지 않는 사람이 된다는 것을 탐구하고 있다는 것은 확실하다. 영화는 처음에 조지 베일리를 보여준 다음 그를 완전히 삭제해 버린다. 조지는 아예 존재하지 않는 사람이 된다는 것이 어떤 것인지를 알게 된다. 게다가 조지는 베드퍼드 폴스에서 살고 있을 때조차 온전히 그 세계에 살고 있지 않았다. 아버지가 뇌졸중으로 쓰러졌을 때, 은행이 위기에 빠졌을 때, 사랑에 빠졌을 때만 잠시 정신을 차린다. 그 외에는 생각이 여기저기 흩어지거나 내면으로 향한다. (어쨌거나 조지에게도 빌리 삼촌과 같은 피가 흐르고 있지 않은가?) 여기서 카프라는 카리스마가 있으면서도 나서지 않고, 눈에 띄면서도 투명한 존재가 될 수 있는 배우인 스튜어트의 연기력을 십분 활용한다. 클래런스가 보여주는 조지가 없는 세상의 영상은 처음부터 누구나 알 수 있었던 사실을 아주 조금 더 잘 드러낸다. 조지는 단 한 번도 베드퍼드 폴스에 온전하게 존재하지 않았다. 그는 이미 오래전에 떠났다. 이 영화의 과제는 조지를 돌아오게 하는 것이었다.

그런데 조지 베일리가 등장할 때마다 지미 스튜어트도 등장한다. 한 번에 두 사람이 나타나는 것이다. 이런 순간에는 살지 않은 삶에 대한 우리의 논의가 어리석어 보일 수밖에 없다. "연기의 이중성이 선사하는 황홀경" 같은 것을 논의하기에는 다소 무리가 있다. 물론 더 나은 표현을 찾을 수는 있을 것이다. 그러나 영화감독이라는 집단이 그런 이중성에 집착해왔다는 사실에 다시금 용기를 내본다. 사람들이 자신을 몰라보거나 다른 사람으로 오해받거나 다른 사람의 삶을, 그것도 여전히 자기 자신인 채로 사는 주인공을 다룬 영화가 꽤 많다. 그중에서도 〈북북서로 진로를 돌려라North by Northwest〉(1959)가 아마 가장 유명한 영화일 것이다. 끊임없이 조지 캐플런으로 오해받는 로저 손힐은 끊임없이 자기가 조지 캐플런이 아니라고 주장한다. 철학자 스탠리 카벨Stanley Cavell이 지적하듯이 이 영화의 히치콕식 아이러니는 조지 캐플런이 실존 인물이 아니라는 데 있다. 조지 캐플런은 존재하지 않는 인물이다. 잔인한 악당 필립 밴덤(제임스 메이슨James Mason)과 벌이는 숨바꼭질을 위해 CIA가 만들어낸 허구의 인물이다. 그렇다면 로저 손힐은 자기 자신 또는 아무도 아닌 사람이 되는 셈이다. 그리고 그는 아무도 아닌 사람으로 오해받는다. 하지만 또 동시에 로저 손힐은 언제나 배우 캐리 그랜트Cary Grant다(그리고 캐리 그랜트도 다른 의미로 아무도 아닌 사람으로 오해받을 수 있다). 카벨이 지적하듯이 이 영화에는 누군가 손힐에게 배우인 게 분명하다고 주장하거나 형편없는 배우라고 비난하는 장면이 수도 없이 나온다. 마치 히치콕이 이렇게 말하는 소리가 들리는 듯하다. 아무도 아닌 사람이 되기는 쉬워도 아주 엄밀하게, 그리고 기꺼이 한 사람이 되는 것은 아무나 할 수 없는 일이라고.

　내가 아는 한 이런 성과를 『즐거운 학문The Gay Science』만큼 철학적으로 아름답게 설명한 글도 없다. 니체는 어느 날 밤 우리가 갈림길을 맞닥뜨리는 상상을 한다. 이번에도 이 갈림길을 주관하는 신이 있다. 이 신은 무능하기는커녕 엄청난 권능을 지니고 있다. 니체는 이렇게 말한다.

> 당신이 가장 외롭고도 외로운 때 악마가 그 틈을 파고들어 이렇게 말한다. "지금 당신이 살고 있는 삶과 살았던 삶, 이 삶을 당신은 한 번 더, 그리고 수도 없이 반복해서 살아야 한다. 그리고 그 삶에 새로운 건 아무것도 없다. 오로지 당신이 이 삶에서 경험한 모든 고통과 모든 즐거움과 모든 생각과 한숨, 모든 형언할 수 없는 삶의 크고 작은 것들이 당신에게 고스란히 되돌아온다. 그것도 같은 순서와 속도로— 이 거미와 나무들 사이로 비치는 이 달빛조차도. 그리고 이 순간과 나조차도. 존재의 영원한 모래시계를 반복해서 뒤집고 또 뒤집는다. 그리고 그렇게 당신도, 그저 하나의 모래알이 될 것이다!"

> 이런 말을 들으면 이렇게 말한 악마에게 달려들어 이를 부득부득 갈면서 저주하지 않겠는가? 과연 한 번이라도 이런 끔찍한 순간에 그에게 이렇게 답할 수 있을까? "당신은 신이요, 나는 이보다 더 성스럽고 황홀한 이야기를 들어본 적이 없습니다" 하고.[18]

이 삶 이후의 새로운 삶도, 이 삶 이후의 다른 삶도 아니다. 오직 이 삶을 늘 똑같이 거듭해서 산다. 이 거미와 나무들 사이로

　　　　　　　　　　　　　멋진 인생

비치는 달빛까지, 모든 점에서 동일한 삶을.

　아무도 아닌 존재가 되는 것이 위협이라면, 오직 한 사람이 되는 것이 성과라면, 두 사람이 되는 것은 (심지어 그중 한 사람은 캐리 그랜트다) 꿈만 같은 일일 수 있다. 우리가 영화배우들을 보면서 환희를 느끼는 것은 그들이 겉으로 보기에는 너무나 쉽고 자연스럽게 우리 인간의 능력을 보여주기 때문이다. 그들은 우리의 능력을 발견했고, 그것은 바로 우리를 발견했다는 것을 의미한다. 카벨은 이렇게 말한다. 그들은 "우리가 여전히 발견될 수 있음"을 보여준다. "허세와 비겁함의 가면 뒤에 숨은 우리를 누군가, 아마도 우리의 자기파괴를 파괴할 수 있는 신이 발견해줄 것"이라는 희망을 품게 한다. 그러나 우리가 영화배우들을 보면서 환희를 느끼는 또 다른 이유는 그들이 우리 인간의 능력을 뛰어넘기 때문이다. 두 사람이 된다는 것은 단독성에서 벗어나는 것을 의미한다. 클래런스의 영상은 조지 베일리가 빠진 세상을 보여준다. 카프라의 영화는 지미 스튜어트가 더해진 세상을 보여준다. (그 세상은 *지미 스튜어트*의 존재가 묻힌 세상이다. 지미 스튜어트의 어머니조차 그를 알지 못하는 세상이다. 그렇다, 아주 끔찍한 세상이다.) 예술사학자 에르빈 파노프스키Erwin Panofsky는 아주 오래전에 이렇게 말했다. "영화 속 인물은… 배우와 함께 살고 배우와 함께 죽는다."

　그러니 〈멋진 인생〉은 우리 이야기의 가장 중요한 첫 번째 특징인 단독성이라는 관념을 얄팍하게나마 탐구한다고 볼 수 있다. 이 영화는 탈옥을 꿈꾸는 고립된 삶, 그리고 두 사람이 됨으로써 찾은 탈출구를 다룬 영화다. 결혼으로 두 사람이 되고, 임신을 해서 두 사람이 되고, 사업을 하는 두 사람이 되고, 연기를 통해 두 사람이 된다. 카프라의 영화는 또한 우리 이야기의 두 번째 중요한 특징인 두 갈래 길을 보여준다. 이 영화에서 여정이 중심 모티프라는 사실은 이미 눈치챘을 것이다. 인생은 곧 여정이라는 은유의 익숙한 상징들이 나온다. 다리, 교차로, 철로, 여행 안내 책자, 여행 광고, 그리고 사용하지 않은 커다란 여행 가방과 길거리를 성큼성큼 걷는 지미 스튜어트의 모습 등등. 그러나 카프라는 이 진부한 장치들에 변형을 준다. 그는 이런 가능성들을 깊이 고민한 뒤 우리에게 새로운 가능성을 보여준다.

영화 초반 해리는 얼음장같이 찬 강물에 빠지고 조지는 다른 아이들을 부른다. "사슬을 만들자! 인간 사슬!" 앞에 있는 아이의 다리를 잡고 땅에 납작 엎드린 아이들은 익사할 위기에 놓인 해리를 함께 구해낸다. 이것은 영화가 의도적으로 치켜세우는 공동체, 한 남자의 지휘를 받는 공동체라는 이미지를 보여준다. 또 이 영화의 플롯이 길 대신 서투른 지휘관인 주인공이 만들어낸 사슬이라는 형식을 취했음을 보여주는 장면이기도 하다. 카프라는 디킨스의 사슬에서 영감을 받아 이런 플롯 형태를 취했다. 「크리스마스 캐럴A Christmas Carol」의 도입부에서 제이컵 말리의 유령이 등장할 때, 그 유령은 자신이 하나하나 연결한 사슬에 묶여 있다. "나는 내 자유 의지로 이것을 연결했다네"라고 말리는 말한다. "그리고 내 자유 의지로 이 사슬을 둘렀지." 그런 다음 말리는 스크루지에게 이른바 구두쇠의 삶을 사슬처럼 연결된 장면들로 보여준다. 그런데 사슬처럼 연결된 에피소드로 이루어진 카프라의 영화는 디킨스의 『위대한 유산Great Expectations』도 연상시킨다.『위대한 유산』은 대장장이의 양아들이 들려주는 이야기다. 그는 대장간 옆에서 자랐고, 쇠고랑을 찬 범죄자에게 입양되었고, 그 범죄자는 소설 결말에서 강에 빠졌다가 구조된다. 한번은 화자인 핍이 자신의 인생과 플롯에서 결정적인 순간들을 돌아보면서 우리를 향해 이렇게 말한다.

> 그날은 내게 기억에 남을 만한 날이었다. 그날 이후 나는 아주 많이 달라졌기 때문이다. 그러나 어떤 인생이나 마찬가지다. 인생에서 하루가 뽑혀나갔다고 상상해보라. 그로 인해 그 인생이 얼마나 달라졌을지 생각해보라. 이 책을 읽는 당신, 잠시 읽는 것을 멈추라. 그리고 잠시 쇠나 금, 가시나 꽃으로 만들어진 기다란 사슬을 떠올려라. 그 기억에 남을 만한 날이 첫 번째 사슬을 만들지 않았다면 그 사슬은 결코 당신을 구속하지 못했을 것이다.[19]

핍의 논리는 그다지 탄탄하지는 않다. (그 기억에 남을 만한 날 이전의 날들은 어떻게 되었는가? 모든 날이 동등하게 사슬 고리가 되는 것 아닌가? 왜 날이 사슬이 되는가? 왜 *기억에 남을 만한* 날이어야 하는가?) 그러나 그가 자신의 삶이라는 사슬에 묶여 있다고 생각한다는 것만큼은 확실하다. 또 분명 짜여져 있는 다른 사슬도 있을 것이다. 핍의 사슬, 우리의 사슬. 우리 모두의 사슬, 우리 각자의 사슬도 짰다. 비평가 개릿 스튜어트 Garrett Stewart가 지적했듯이 영어에서 2인칭의 단수와 복수는 같은 형태를 띤다. 따라서 핍의 발언은 "(각각의 독자인) 당신, 잠시 읽는 것을 멈추라"와 "(독자 집단인) 당신, 잠시 읽는 것을 멈추라"로 해석할 수 있다. 핍은 우리를 한 사람의 개인으로 부르는 동시에 한 집단, 이 소설을 읽는 독자들에 속한 일원으로서 부른다. 우리의 본질은 이중적이다. 그리고 이 글에서 핍은 비범한 함축으로 우리가 특별하면서도 평범하다는, 이중적인 우리의 본질을 건드린다. 그리고 카프라도 스튜어트와 베일리라는 단 한 명의 특별한 보통 사람을 통해 그런 효과를 낸다.

클래런스와 우리가 본 영상은 완벽하지 않다. 조지 베일리가 겪은 모든 일을 담고 있지는 않다. 카프라처럼 천사들은 선별했고 많은 후보들 중에 몇몇을 골라 편집을 했다. 그러나 우리가 본 영상은 핍의 이야기처럼 조지를 구속한 우연한 사건들의 사슬을 보여준다. 조지의 아버지는 뇌졸중으로 쓰러진다. 그래서 그는 대학교에 가지 못한다. 조지의 동생 해리는 결혼해서 다른 지역으로 떠난다. 그래서 조지는 신협 운영을 떠맡게 된다. 조지와 메리가 막 신혼여행을 떠나려는 찰나 은행이 위기에 빠진다. 이런 사슬이 조지의 삶을 구속하고, 이런 사슬이 곧 그의 삶이다. 그런 다음 클래런스가 조지와 우리에게 조지가 없는 세상이 어떤 모습인지를 보여준다. 조지가 살지 않는 세상에서는 약사 가워 씨가 약국 손님들을 독살하는 것을 막을 수 없었고, 포터가 마을을 나이트클럽과 술집으로 뒤덮어 버리는 것을 막을 수 없었고, 그의 친구 바이올렛은 매춘부가 되었다. 그리고 자신을 사랑해주는 조지의 존재가 없었기에 메리는 머리를 단단히 틀어 올린 도서관 사서가 되었다(이것이 메리에게 줄 수 있는 가장 끔찍한 시나리오였던 듯하다).

다리 위에서 클래런스가 조지를 향해 다가올 때 우리는 조지가 어린 시절 동생을 구한 연못 장면을 떠올리게 된다. 조지의 사랑이 넘치는 수호천사는 세련되지는 않아도 기발한 기지를 발휘해 얼음장처럼 차가운 물속으로 뛰어든다. 조지가 자신을 구할 것이고 그럼으로써 스스로를 구하리라는 것을 알았기 때문이다. 여기서는 클래런스도 연기를 하고 있다고 볼 수 있다. 그런데 그는 조지가 도와준 베드퍼드 폴스의 모든 사람이 올린 기도의 사슬에 의해 소환되었다. 우리는 영화가 시작할 때 죽 이어지는 그 기도의 목소리가 천사들의 귀에 닿는 것을 듣는다. 우리가 분리되어 있다고 생각한 몸들이 서로 연결되어 있다. 서로 다른 사람들의 목소리들이 하나로 연결되어 있다. 사슬은 구속하는 동시에 구원한다. 이것이 깔끔하게 정리된 이 이야기의 교훈 중 하나다. 나무들 사이로 비치는 달빛 속에서 잠옷을 입고 서 있는 애송이 천사가 조지 베일리에게 선사한 선물은 한없는 축복이 아니다. 베일리는 마침내 자신의 사슬을 인정하고 자신을 구속하는 것들과 화해한다.

───────

그렇게 〈멋진 인생〉은 「당신을 사랑하는 신」처럼 한 사람(어떻게 보면 조지도 중개업자라고 할 수 있다)에게 다른 삶에 대한 생각을 버리고 자신의 삶에 안주하도록 권한다. 칼 데니스처럼 카프라는 대안을 떠올리고 우리에게 그 대안을 맛보게 한 뒤 그 대안을 잊으라고 말한다. 현실을 받아들이고 현실과 화해하라고 권한다. 조지의 과제는 선한 사람이 되는 것이 아니다. 스크루지와는 다른 과제를 받았다. 조지는 이미 선한 사람이며, 그래서 자신이 선한 사람이라는 사실을 받아들여야 하는 것이다. 스크루지의 과제만큼 어렵지는 않지만 더 흥미롭다. 그리고 이 과제는 조지의 플롯을 통해서만이 아니라 영화 전반의 분위기를 통해서도 전달된다. 영화는 이 영화가 선하다는 것을 기정사실로 받아들일 준비가 된 것처럼 보인다.

카프라는 데니스처럼 자신이 잘하는 것이 무엇인지 알고 있으며, 영화감독으로서 자신의 장점을 마음껏 펼치고 있는 듯하다. 재능으로 쉽게 얻는 것을 폄하할 의도로 하는 말이 아니다. 뛰어난 재능을 보여주는 또 다른 대화체 형식의 작품, 브라우닝의 「안드레아 델 사르토」와 비교해보자. 안드레아는 우리에게 "나는 후회하는 것이 거의 없다"라고 말한다. "그리고 바꿀 것은 그보다 더 적다/그것이 내 과거의 삶이 지나간 길인데, 왜 바꾸겠는가?" 여기 현실을 있는 그대로 받아들인 남자가 있다. 그러나 그에게 찬사를 보내라거나 그를 본보기로 삼으라는 메시지는 없다. 브라우닝의 시구는 안드레아의 무심함을 모방하면서 그 무심함을 비판한다. 시의 형식, 안드레아를 둘러싼 침묵은 안드레아와 우리 사이에 일정한 거리를 만들어낸다. 물론 데니스와 카프라도 자신의 작품에 열성적으로 임했고, 버려진 초안 내지는 필름도 많았을 것이다. 그러나 두 사람 다 자신이 만들어낸 작품에서 다소 위안을 받고 있는 듯한 분위기를 풍긴다. 이것은 어떻게 해석해야 할까? 순응이 승리했다는 의미일까, 아니면 단순한 감사의 표현인가? 예술은 어떤 전략으로 우리를 예술의 한계와 타협하도록 만드는가? 물론 결국 내가 던지는 질문은 이것이다. 예술은 어떤 전략으로 우리로 하여금 우리의 한계와, 나로 하여금 나의 한계와 타협하도록 만드는가?

삶의
플롯들

나는 이 원고를 정리하는 작업을 잠시 멈추고 부엌에 서서 점심을 만들면서 라디오쇼 〈이 미국인의 삶This American Life〉을 듣는다.

1990년대 보스니아 전쟁이 터졌을 때 아직 어린 소년이었던 에미르 카메니카Emir Kamenica는 가족과 함께 사라예보를 탈출했다. 에미르는 이 이야기를 하면서 자신이 정말 운이 좋았다고 강조한다. 운 좋게도 어머니, 여동생과 함께 자동차를 타고 마을을 벗어날 수 있었고, 운 좋게도 난민 수송선에 오를 수 있었고, 운 좋게도 내내 날씨가 좋았다. 물론 탈출 직전에 아버지가 살해당하는 등 불행한 일도 있었다고 인정하지만 그는 자신의 삶을 행운이었다고 여긴다.

그가 가장 큰 행운으로 꼽는 것은 가족과 함께 미국으로 이민 올 수 있었다는 점이다. 에미르의 가족은 애틀란타에 사는 보스니아 출신 노부부의 집에서 머물렀다. 그러나 애틀란타에서의 삶이 그리 녹록지는 않았다. 그가 다닌 학교의 전교생은 약 900명 정도였는데, 백인은 그중 스무 명 남짓밖에 되지 않았다. 아이들이 보기에 에미르는 백인이었으므로 그는 늘 이런저런 괴롭힘과 위협에 시달렸다. 게다가 에미르는 영어가 서툴렀다. 그래서 에세이 숙제를 받았을 때 보스니아에서 가지고 온 책의 글을 번역해서 냈다고 한다. "이런 내적 독백으로 에세이를 마무리한 기억이 납니다. 대략 이런 내용이었어요. 나는 서서히 슬픔, 후회, 암묵적으로 허용된 부당함, 잊힌 약속들이 썩어나가는 창고가 되어가고 있다. 그 악취가 여전히 코를 찌른다. 그러나 악취에 익숙해지고 나면 나는 그것을 경험이라고 부르게 될 것이다." 에임스 선생님은 이 에세이에 감동했다. 다음 날 에세이를 돌려주면서 선생님은 그에게 조용히 말했다. "어떻게든 이 학교에서 벗어나거라." 에임스 선생님은 이직을 위해 한 지역 사립학교에 인터뷰를 하러 가면서 에미르를 데리고 갔다. 선생님은 이직에 실패했지만 에미르는 그 사립학교로 전학했다.

나머지 이야기는 꽤 빠른 속도로 전개된다. 에미르는 새 학교에서 안전하다고 느꼈고, 수업에 집중할 수 있었으며, 좋은 성적을 받고 졸업해서 하버드 대학교에 장학생으로 합격해 학사와 박사학위를 따고, 지금의 아내를 만나고, 시카고 대학교 경제학과 교수가 된다. 교수로서도 금세 성과를 인정받아서 젊은 나이에 종신 재직권을 얻었다. 라디오쇼의 호스트 마이클 루이스는 이렇게 요약한다. "이 모든 것이 에임스 선생님이 표절 에세이를 읽고 속은 덕분이군요." 에미르는 에임스 선생님이 자신의 앞에 나타나 삶의 경로를 바꿔준 천사라고 말한다.

> 모든 사람의 삶에는 수많은 갈림길이 있습니다. 이 갈림길이야말로 제 삶에서 가장 중요한 갈림길이었어요. 이 갈림길에서 모든 것이 달라졌으니까요. 당연한 얘기지만 제 삶은 완전히 다른 길로 이어질 수도 있었습니다. 에임스 선생님이 아니었다면 저는 계속 클라크슨 고등학교를 다녔을 거예요. 사립학교에 지원하는 건 생각도 못 했겠죠. 더군다나 하버드 대학교에 가는 건 불가능했고요.[20]

"어떤 일이 일어나지 않았다면 나의 삶이 어떻게 달라졌을지 단정하기는 어렵습니다." 루이스가 말한다.

> 그러나 에미르의 경우에는 적어도 참고할 만한 사례가 하나 있습니다. 마찬가지로 보스니아 출신인 친구 에밀이죠. 에밀은 클라크슨에서 구조되어 명문 사립학교로 이송되지 않았습니다. 대신 그는 클라크슨에서 자퇴했고, 몇 번 나쁜 일을 저질렀고, 감옥에도 갔죠. 결국 그는 보스니아로 돌아갔습니다. 에임스 선생님이 없었고, 구조도 없었기 때문이죠.

루이스는 에임스 선생님을 찾아냈다. 에임스 선생님은 에미르를 기억하고 있었지만 그녀의 기억 속 이야기는 조금 다르다. 클라크슨은 좋은 학교였다. 백인 학생도 많았다. 학교 분위기도 험악하지 않았다. 에임스 선생님은 꽤 오랫동안 에미르를 눈여겨보고 있었고 그의 표절 에세이는 전혀 기억하지 못했다. 그녀는 에미르가 수업 발표 시간에 문장을 도표로 설명하는 것을 보았고, 수학 교사와 과학 교사는 그녀에게 에미르가 자신들의 수준을 뛰어넘을 정도로 우수하다고 말했다. 그래서 에임스 선생님은 에미르가 사립학교로 전학할 수 있도록 공들여 준비했다. 에임스 선생님은 또 이렇게 말한다. 에미르는 워낙 재능이 뛰어난 학생이었으므로 공립학교인 클라크슨을 계속 다녔어도 성공했을 거라고. 그렇다면 그녀는 왜 그에게 그렇게까지 수고를 아끼지 않았을까? 그녀는 잠시 생각해보더니 아마도 자신은 남편과 합의하에 아이를 낳지 않기로 했고 그런 결정에 대한 아쉬움으로 더 적극적으로 에미르를 도운 것 같다고 말한다.

그렇다면 에임스 선생님을 만난 것은 그렇게까지 결정적인 사건은 아니었는지도 모른다. 적어도 에미르에게는 말이다. 에임스 선생님은 뛰어난 학생을 다른 학교로 전학시킨 일로 지역 학군 행정실의 눈 밖에 났고, 그래서 그녀의 말에 따르면 "천국"에서 추방되어 다른 학교로 전출되었다. 새 학교의 교장에게 너무나 시달리는 바람에 그녀는 교직을 그만두어야 했다. 현재 그녀는 웨스트버지니아에 살면서 인테리어 디자이너로 일하고 있다. 에미르가 아니었다면… 그녀가 대놓고 이런 식으로 말하진 않았지만 이것이 그녀가 우리에게 남긴 이야기다.

에미르는 자신이 기억하는 자신의 이야기와 에임스 선생님이 기억하는 이야기가 다르다는 사실에 당황한다. 그러나 그는 앞으로도 자신이 기억하는 대로 자신의 이야기를 전할 거라고 했다. 아마도 자신을 도와주다 에임스 선생님이 대가를 치러야 했다는 사실이 포함되겠지만 그 외에는 수정할 것이 없다. 루이스는 이 방송을 다음과 같은 말로 마무리한다.

> 이것이 우리가 스스로에게 들려주는 이야기들입니다. 철로나 고속도로처럼 우리의 인프라인 거죠. 우리는 거의 언제나 이 인프라를 우리가 원하는 대로 만들어나갈 수 있습니다. 그러나 한번 만들어지고 나면 그 인프라 주변으로 내면의 풍경이 생겨나기 시작합니다. 그러니 오늘의 교훈은 자신의 이야기를 어떻게 말하느냐에 신중해야 한다는 것 아닐까요? 적어도 자각은 하고 있어야 합니다. 왜냐면 일단 이야기를 하고 나면, 일단 도로를 만들고 나면, 없었던 것으로 하기가 매우 힘드니까요. 당신의 이야기가 갑자기 나타나 당신의 삶을 구원한 천사에 관한 것이라도 말이죠. 심지어 그 천사조차도 그 이야기를 바꿀 수가 없답니다.

가지 않은 길과 간 길, 갈림길의 순간, 우리가 여행과 교육과 일과 육아에 대해 하는 이야기들, 무엇이 진실이었는가를 둘러싼 불확실성, 무능한 천사, 모든 것이 달라졌다…. 이제 다 만들어진 점심을 앞에 두고 앉은 나는 이런 이야기들이 없는 곳이 없다는 생각이 든다. 탈출은 불가능했다.

삶의 플롯들

1982년에 심리학자 대니얼 카너먼Daniel Kahneman과 아모스 트버스키Amos Tversky는 우리가 대안 과거를 상상하는 방식에 관한 논문을 발표했다. 두 심리학자는 에미르의 이야기보다 훨씬 더 단순한 일상적인 상황, 가장 기본적인 요소만 남은 플롯에 대한 사람들의 응답을 기록했다. 여기서 말하는 가장 기본적인 요소가 과거에 만난 두 갈래 길이라는 점은 금방 알아차렸을 것이다. "크레인 씨와 티스 씨는 같은 시간에 출발하는 다른 항공편을 예약했다. 두 사람은 같은 리무진 버스를 타고 시내에서 출발했고, 꽉 막힌 도로에 갇혀 있다가 예약한 항공편의 출발 시각을 30분 넘긴 후에야 공항에 도착했다." 여기까지는 두 사람의 이야기가 동일하다. 우리는 두 사람이 과거를 돌아보면서, 제시간에 도착해 비행기를 탈 수 있도록, 카너먼과 트버스키의 표현을 빌자면 "머릿속으로 되돌리는 행위"를 통해 도로 정체를 없었던 일로 만드는 모습을 쉽게 상상할 수 있다. 그런데 두 사람이 공항에 도착했을 때 "크레인 씨는 그의 항공편이 예정된 시간에 출발했다는 말을 들었다. 티스 씨는 그의 항공편 출발이 지연되어 막 5분 전에 출발했다는 말을 들었다." 누가 더 기분이 언짢았을까? 카너먼과 트버스키는 겉으로 보기에는 당연해 보이는 이런 이야기들을 만드는 데 천재적인 재능이 있었다. 설문 응답자의 96퍼센트가 티스 씨가 더 속상했을 거라고 답했다. 그런데 두 사람은 똑같이 기분이 언짢아야 하지 않았을까? 꽉 막힌 도로에 갇힌 순간 두 사람 다 비행기를 놓쳤다고 생각했고 실제로도 그랬다. 지금 공항에 나란히 앉아 있는 두 사람은 같은 처지에 놓여 있다. 하지만 타스 씨의 기분이 더 안 좋은 건 당연하다. 비행기를 간발의 차로 놓쳤다는 생각이 머릿속을 떠나지 않을 테니까.

카너먼과 트버스키가 이 논문을 발표한 뒤로 이런 식의 이야기를 고안하는 것이 심리학계의 한 산업이 되었다. 살지 않은 삶에 대한 우리의 집착을 연구하는 것 자체가 그런 집착의 증거이기도 하다. 한 논문은 3등까지 메달을 수여하는 달리기 시합에서 아깝게 2등이 된 선수가 3등 선수보다 훨씬 더 아쉬워하는 경향이 있다고 보고한다. 3등 선수는 메달을 아예 받지 못하는 4등이 되지 않았다는 사실에 안도하는 반면 아깝게 2등이 된 선수는 금메달에 대한 미련을 버리지 못하기 때문이다. 또 다른 논문에서는 두 사람에게 동전을 던지게 했다. 두 사람이 던진 동전이 같은 면이면 두 사람 모두 천 달러를 받는다는 조건을 내걸었다. 리사가 동전을 던졌고 앞면이 나왔다. 제니가 동전을 던졌고 뒷면이 나왔다. 둘 다 돈을 받지 못했다. 사람들에게 "~ 했더라면"이 들어가는 문장을 완성하라고 했을 때 대다수가 "제니가 던진 동전도 앞면이 나왔더라면"이라고 답했다. 그런데 왜 "리사가 던진 동전도 뒷면이 나왔더라면"이라고 말하지 않을까? 어느 쪽이든 두 사람이 돈을 받을 수 있었을 텐데 말이다. 이런 결과는 순서가 주어지면 우리는 일반적으로 앞서 일어난 일보다는 나중에 일어난 일을 바꾸려고 한다는 점을 보여준다. 더 나아가 다른 논문들은 우리가 실행에 옮기지 않은 일보다는 실행에 옮긴 일을 후회하고, 우리가 머릿속으로 통제할 수 없었던 측면보다는 통제할 수 있었던 측면을, 그리고 일상적인 사건보다는 예외적인 사건

삶의 플롯들

을 되돌리려 하고, 적절하다고 여기는 행동보다는 부적절하다고 여기는 행동을 바꾸려는 경향이 있다고 주장한다. 직장에서 집으로 향하는 스티븐의 퇴근길이 두세 가지 사건으로 인해 평소보다 길어진다. 스티븐도 도로 정체를 겪고, 길에 쓰러진 나무 때문에 멀리 돌아오고, 불륜 상대의 아파트에 들른다. 마침내 집에 도착하고 아내가 막 심장마비로 사망한 것을 발견한다. 그는 집에 없었고, 그래서 아내를 병원에 데리고 갈 수가 없었다. 만약 ~ 했더라면.

크레인 씨는 출국 심사대 입구에 앉아서 방금 항공사가 하나 생겼다고 상상할 수 있다. 이름이 크레인인 사람들을 위한 예약석을 늘 준비해두는 항공사가. 이 크레인 우선 항공사의 비행기 한 대가 10분 뒤에 출발할 예정이고, 그 비행기에는 (비즈니스석) 한 자리가 여전히 남아 있다. 그런데 실제로 크레인 씨는 이런 상상은 하지 않는다. 우리는 과거 사건을 *아무렇게나* 바꿔서 상상하지 않는다. "그런 사례에는 이상한 나라의 앨리스를 연상하게 하는 면이 있다. 환상과 현실이 독특하게 섞여 있다"라고 카너먼과 트버스키는 말한다. "크레인 씨가 유니콘을 상상할 수 있다면(그리고 우리는 그가 당연히 그런 상상력을 지니고 있을 것이라고 기대한다) 왜 출발 시각에 30분 늦는 일을 피하는 과거를 상상하는 일에 그렇게까지 까다롭게 구는 걸까?" 우리가 상상할 수 있는 우리의 과거는 무궁무진하지만 일반적으로 아무 과거나 지어내지 않는다. 이후에 카너먼과 데일 밀러가 다른 책에서 주장했듯이 "현실에 대한 대안 생성 행위는 꽤 엄격한 규율을 따르는 듯하다."

심리학자들은 이런 실험을 하면서 우리의 대안을 해부한다. 대안들을 조각조각 나누고 그 조각들을 분류한다. 심리학자들이 인간의 동기를 지나치게 단순화하고 그 목적에 있어서도 지나치게 투박한 것은 사실이다. 『만약 ~했더라면: 후회를 기회로 바꾸는 법If Only: How to Turn Regret into Opportunity』이라는 제목의 책은 "반사실적 사고는 자기 계발에 도움이 된다"고 주장한다. 그러나 심리학자들은 기껏해야 우리의 비이성적인 사고 이면에서 작용하는 논리를 보여줬을 뿐이다. 에미르의 사례가 보여주듯이 우리에게 정말 중요한 이야기들은 심리학자들이 고안한 이야기보다 덜 단순하고, 덜 확실하고, 수치화하기는 더 어렵다. 에미르가 표절을 했던 그 순간이 정말로 그의 인생에서 가장 결정적인 갈림길이었을까? 스치듯이 언급한 그의 아버지의 죽음이나 사라예보에서의 탈출보다 더 중요한 순간이었을까? 미국에 온 것보다도? 더 나아가 정말로 그 순간이 결정적이었다면 그 한 가지 사건이 결정적인 갈림길인 걸까, 아니면 꼬리에 꼬리를 물고 이어진 일련의 사건들(사라예보 탈출, 난민 수송선 탑승, 미국 입국, 거주지 마련, 에임스 선생님과의 만남, 명문 사립학교 입학 등)의 집합이 결정적인 갈림길인 걸까? 이 이야기의 중심인물이 누구인지도 명확하지 않다. 우리는 에미르라고 생각했지만 에임스 선생님일 수도 있다. 이런 이야기, 즉 문학처럼 모호하고 울림이 큰 이야기야말로 우리에게 중요하게 다가온다. 그렇다면 이렇게 설명할 수도 있을 것이다. 심리학자들이 고안하고 해부하는 이야기에서 지식은 얻을 수 있다. 그러나 내가 정말 중요하게 여기는 이야기에서는 아무런 지식도 얻을 수 없다. 적어도 나는 지식을 얻으려고 그런 이야기를 읽지는 않는다. 그런 이야기는 나를 위해, 나와 함께 의미를 만든다. 의미를 만드는 과정은 각기 다른 속도, 다른 리듬에 맞춰 진행된다. 나는 떠나지 못하고 다시 돌아온다. 의미와 같은 시공간에 머물지만 그것을 소유하지는 못하는 그런 마음 상태를 찾아 또다시 길을 나선다. 무엇이 중요하고 왜 중요한지를 알아낼 수 있는 곳, 그것을 한 번 또는 다시 알아낼 수 있는 그런 곳을 찾아서.

———

데이비드 코퍼필드는 자신의 이야기를 들려주다가 잠시 멈추고 심리학적 자기 분석에 들어간다. 이해할 수 없음과 욕구로 들쑤셔진 그의 감정은 불안정하고 거칠다. 수년간 그는 설명하기 어려운 우울함을 느꼈다. 이제 그 우울함이 더 깊어졌다.

그 우울함은 여전히 규정할 수가 없고, 밤에 나지막이 들려오는 구슬픈 음악 한 가락처럼 내게 다가왔다. 나는 아내를 깊이 사랑했고, 행복했다. 그러나 내가 한때 막연하게 기대했던 행복은 지금 내가 누리고 있는 행복과 달랐다. 그래서 늘 뭔가가 부족했다.

내가 스스로와 맺은 협약을 이행하기 위해, 내 마음을 이 종이에 담기 위해, 나는 다시 한번 그 감정을 꼼꼼히 살피고 그 비밀을 벗겨낸다. 내가 부족하다고 여기는 것이 여전히 내 젊은 날의 공상의 산물이고 그래서 실현 불가능한 것이라 생각했다. 그리고 모든 이들이 그렇듯 이제야 그 사실을 깨닫고 있다고 생각했다. 물론 그런 생각에는 자연스럽게 고통이 따랐다. 늘 그렇게 생각했다. 그러나 나는 또한 내 아내가 나를 더 도와줄 수 있었다면, 함께 나눌 상대가 없는 수많은 생각을 함께 나눌 수 있었다면 더 좋았을 거라고 생각했다. 그리고 그것이 가능했다고 생각했다; 나는 알고 있었던 것이다.[21]

고립된 데이비드는 스스로를 친구 삼아 자신의 비밀을 이해하려고 애쓴다. 자신의 생각들을 아내 도라와 나눌 수 없었던 그는 그 생각들을 자신과, 요컨대 우리와 나누는 시도를 한다. 그러나 그가 어색한 구문과 문법을 쓰는 것을 보면서 우리는 그가 스스로를 말로 설명하는 것을 힘들어 한다는 것을 알 수 있다(그가 "나는 알고 있었던 것이다." 바로 앞에 세미콜론을 쓴 것을 보라). 언어는 부서지고, 데이비드의 질문은 그 잔해 속에 덩그러니 놓여 있다. 삶에서 마땅히 기대해도 좋은 것이 있다면 그것은 무엇일까? 어린 시절에 형성한 기대는 얼마나 신뢰할 만한가? 다른 길로 갔어도 그런 기대가 충족되었을까? 이를테면 다른 사람과 결혼했다면? 그것을 어떻게 알 수 있을까?

데이비드는 자신의 삶을 돌아보면서 불행한 불확실성의 두 영역이 겹쳐지는 곳으로 들어선다. 이 실망으로 가득한 고립감은 모든 남편들이 경험하는 것일까, 아니면 그만이 느끼는 것일까? 데이비드는 궁금해한다. 그리고 도라가 아닌 다른 여자와 결혼했어도 그는 불행했을까? 아무리 자신의 내면을 들여다보아도 그

삶의 플롯들

답을 알 수가 없다. 그는 자신이 평범한지, 특이한지도 알지 못한다. 그에게 결혼은 정말로 갈림길이었던 걸까? 그는 무엇이 중요한지 알지 못한다. "두 가지 결론을 내릴 수 있고, 그 두 결론은 양립 불가능하다. 하나는 내가 느끼는 감정은 일반적이고 불가피하다는 것이다. 다른 하나는 내 감정은 특별하고 반드시 느껴야 하는 감정은 아니라는 것이다. 흥미롭게도 나는 이 둘을 조심스럽게 오갔고, 딱히 두 결론이 서로 모순된다는 느낌을 받지 못했다." 그는 자신만이 느끼는 특이한 감정이라고 생각할 때면 다른 사람들과 분리된 느낌이 들었고, 그래서 (비록 소리 내 말하지는 않지만) 자신도 남들과 같았으면, 남들처럼 행복한 결혼생활을 했으면 하고 바랐다. 자신의 감정이 평범한 감정이라고 생각할 때면 모든 결혼한 남자들이 외롭다는 것이므로 그가 더 행복해질 방법은 전혀 없다는 데 생각이 미쳤다.

여기 괴로워할 새로운 기회들이 등장했다. 데이비드가 다른 길을 갔다고 해도 그의 삶이 *전혀* 달라지지 않았을 수 있다. 그가 다른 사람과 결혼했더라도 여전히 밤마다 구슬픈 음악 소리를 들었을 수 있다. "만약 ~했더라면"이라고 말할 때 우리는 철학자 넬슨 굿맨Nelson Goodman이 반사실적 문장이라고 부르는 것을 만들어낸다. 당신은 다른 길을 갔을 수도 있다. 그리고 물론 당신은 그 선택이 매우 중요했다고 생각한다. 그러나 실제로는 그 선택은 조금도 중요하지 않았다. 가끔은 이런 생각에 안도하게 된다. 당신이 큰 실수를 했지만 그 실수가 전혀 중요하지 않았

다는 것을 알게 되면 기쁠 수도 있다. 그러나 그런 반사실적인 생각들은 대체로 우리에게 조롱처럼 느껴진다. 당신이 딸에게 떠나지 말라고 이야기했더라도 딸은 떠났을 것이다. 당신이 그 데이트 약속을 지켰어도 그 남자에게 차였을 것이다. 당신이 "전체 답장"을 클릭하지 않았더라도 그 계약을 따지 못했을 것이다. 퍽도 위로가 되겠다. 당신은 *어떤 조건하에서도* 실패자다.

무엇이 가능했는가에 관한 데이비드의 성찰은 유사한 추론으로 가득한 이 소설에서 단 하나의 예에 불과하다. 데이비드의 결혼생활에서는 그런 추론이 아주 흔한 일이다. 연애 초창기부터 (도라: "당신이 아예 나를 만나지 않았다고 생각해봐요"; 데이비드: "우리가 아예 태어나지 않았다고 생각해봐요!") 결혼식 날 밤 도라가 던진 싸늘한 질문("바보 같은 사람, 이제 행복하세요? … 정말로 후회하지 않을 자신 있어요?"), 그리고 그녀가 죽기 전에 한 말에 이르기까지("아무래도 우리는 소년과 소녀로서만 서로를 사랑하다가 헤어졌어야 했나 봐요. 그게 더 나았을 거예요.") 부부는 끊임없이 데이비드의 삶이 어떻게 달랐을지 비교한다. 데이비드는 추론에 의존한 비교를 할 운명을 타고난 듯하다. 혹은 그에게 내려진 저주일 수도 있다. 데이비드가 태어났을 때, 마녀 같은 그의 괴짜 대모 벳시는 그가 남자아이라는 것을 알고 못마땅해했다. 벳시는 조카딸을 원했고 당연히 그 조카딸에게 자신의 이름을 붙이고 싶어 했다. "이 아이의 누이는 어디 있는 게야? 벳시 트로트우드 말이다!" 그녀는 충격에 빠져 소리를 지른다. "감히 그런 아이는 없다고 말하지 말거라!" 그런데도, 아기 벳시는 태어나지 않았는데도 소설에 종종 등장하다. 데이비드의 누이 벳시는 형제자매가 늘 그렇듯이 데이비드의 어린 시절 내내 그를 따라다닌다. 대모와의 대화에서도 종종 모습을 드러낸다. 그것도 데이비드에게 교훈을 주기 위한 비교의 대상으로. "이리 오거라!" 한번은 벳시 이모가 데이비드를 불렀다. "네 누이 벳시 트로트우드라면 자신이 다른 사람에 대해 어떻게 생각하는지 당당하게 나서서 솔직하게 말했을 게다. 되도록이면 네 누이를 본보기 삼아 네 생각을 당당하게 말하거라!" 말이 없는 가상의 어린 벳시 트로트우드는 이 소설에서 배제된 모든 것을 대변한다. 그녀는 초반에 등장하는 두세 인물 중 하나지만 살아 있지 않다. 데이비드의 엄마와 함께 죽은 이복동생, 데이비드 부부의 사산아, 데이비드의 친구 스티어포스가 상상으로 만들어낸 데이비드의 누나… 데이비드가 자신의 이야기를 마칠 무렵, 요컨대 그가 이른바 "진짜 살아 있는 벳시 트로트우드"인 자신의 딸의 존재를 세상에 알릴 즈음이 되면 그의 세계는 벳시처럼 존재하지 않는 사람들로 북적인다.

데이비드는 태어난 직후 유년기를 보낼 동네의 이상적인 모습을 머릿속으로 그리고 그 동네 주민들을 한자리에 모은다.

나는 아기 바구니에 누웠고, 어머니는 어머니 침대에 누웠다. 그러나 벳시 트로트우드 코퍼필드는 영원히 꿈과 그림자의 땅에서 지냈다. 내가 최근까지 돌아다닌 아주 광활한 지역이다. 그리고 우리 방 창문으로 들어온 빛은 지구에 태어난 그런 모든 나그네와 한때 존재했던, 그가 없었다면 나도 없었을 그 사람의 재와 먼지로 덮인 무덤을 비췄다.[21]

데이비드는 머릿속에서 아기 벳시를 그녀의 땅에 묻는다. 비록 그가 살고 있는 이 세계, 자신의 아버지가 묻힌 교회 마당과 가깝게 붙어 있긴 하지만 어쨌든 완전히 다른 땅에, 꿈과 그림자의 땅에 영원히 묻는다. 그가 벳시를 땅에 묻는 순간에도, 벳시는 데이비드에게 현재 데이비드가 있게 된 조건들을 일깨운다. 벳시가 존재하지 않을 거라는 생각은 자신의 아버지가 존재하지 않았다면 자신도 존재하지 않았을 거라는 생각으로 이어진다. 조건에 대한 생각은 전염성이 강하다.

당신의 모든 집들에는 당신이 될 수 있었던 사람이 떠돈다. 혼령과 유령들이 카펫 밑으로, 커튼의 주름 사이로 기어들어 간다. 그들은 옷장 속과 서랍장 바닥에 머문다. 당신이 가졌을 수도 있는 그렇지만 가지지 못한 아이에 대해 생각한다. 산파가 "남자아이예요"라고 말하면 '여자아이는 어디로 갔지?'라고 생각한다. 당신이 임신했다고 생각했지만 임신하지 않았다면, 당신이 이미 마음에 품은 아이는 어떻게 될까? 첫 문장 이후 제대로 풀리지 않은 그 단편소설과 함께 당신의 의식 속 서랍장에 보관한다.[22]

힐러리 맨틀, 『유령 떠나보내기Giving Up the Ghost』

삶의 플롯들

소설은 보통 앞으로 펼쳐질 이야기를 알고 있는 화자의 회상에 의존한다. 그래서 화자의 말은 신뢰할 수 있다고 은연중에 믿는다. (신뢰할 수 없는 화자도 물론 존재한다. 그러나 그런 화자는 신뢰성의 원칙을 위반한다는 점에서 예외적이고 흥미로운 장치가 된다.) 우리는 화자들이, 심지어 데이비드와 같은 1인칭 화자도 자신이 하는 이야기에 대해 당연히 훤히 알고 있으리라고 생각한다. 그러나 다시 한번 말하지만 우리는 우리의 삶에서 우리에게 어떤 일이 벌어질지 모른다. 어떤 일이 벌어지지 않을지는 더더욱 모른다. 우리가 걷는 길고 구불구불한 길에는 감춰진 것들이 너무나 많다. 우리가 하는 이야기들은 이런 우리의 무지를 제거하지는 못하지만 거기에 의미를 부여하는 방식으로 조종된다. (때로는 이런 전략이 성공한 것처럼 보이기도 한다.) 화자들은 이런 과거의 혼란을 의미가 있는 형식, 즉 플롯으로 구성한다.

플롯에서 시간은 사람들과 마찬가지로 각각 분리된 별도의 단위가 된다. 살지 않은 삶은 사건이라는 개념의 토대가 되고, 더 나아가 극적 요소가 된다. 흐르는 시간에서 한 지점이 선택된다. 마치 그 순간에 모든 것이 달라졌다는 듯이. 우리의 문화적 관습도 이를 돕는다. 문화적 관습은 우리의 이야기가 시작되기도 전에 특정 순간들에 중요성을 부여한다. 이를테면 데이비드처럼 우리는 결혼으로 모든 것이 달라질 것이라는 말을 듣는다. 필립 라킨은 이런 믿음은 조롱받아 마땅하다고 생각한다.

나의 아내에게 To my wife

당신을 선택함으로써 그 공작새의 꽁지깃이 닫힌다
미래는 존재했다, 그 안에 매혹적으로 펼쳐져 있었다
정교한 자연이 제공할 수 있는 모든 것이.
비교 불가능한 잠재력! 그러나 내가
아무것도 선택하지 않을 때까지만 무한하다.
선택 자체만으로 모든 길이 끊어지고 하나만 남아,
미끼 새들은 쫓겨나 수풀에서 날개를 퍼덕인다.
이제 미래는 없다. 이제 나와 당신, 홀로.

그러니 나는 당신의 얼굴과 모든 얼굴을 교환한 셈,
당신의 몇 안 되는 자산을 위해 떠돌이
짐, 가면-그리고-마술사의-예복을 내주었다.
이제 당신은 나의 지루함과 나의 실패가 되었다,
고통의 또 다른 통로, 위험,
공기보다 무거운 실체가 되었다.[23]

결혼은 라킨의 화자를 과장으로, 말장난과 단어놀이와 허세 가득한 말투로 몰고 간다. 시의 빈약함에서 그의 냉소가 느껴진다. 펼쳐져 있다/무한하다, 아무것도/퍼덕인다, 하나/홀로, 예복/실패. 이 시의 어색한 운율에서 나는 이 두 사람이 전혀 어울리지 않는 한 쌍이라는 것을 느낀다. 이것은 소네트, 사랑을 위한 시다. 나는 라킨이 한 번도 결혼하지 않았다는 사실을 떠올리고 안도한다. 그러면서도 그가 한 번에 네 명을 동시에 사귀기도 했다는 사실을 듣고도 놀라지 않는다.

아주 오래전 데이비드 흄David Hume은 이렇게 말했다. "우리는 원인을, 또 다른 사물을 수반하는 어떤 사물로 규정할 수 있다. 요컨대 첫 번째 사물, 그리고 그와 비슷한 모든 사물에는 반드시 두 번째 사물과 같은 것이 뒤따른다. 달리 말해, 첫 번째 사물이 존재하지 않았다면 두 번째 사물은 결코 존재할 수 없었다." 이 사건이 저 사건의 원인이라는 것을 어떻게 알 수 있는가? 이를테면 핍의 말대로 당신 인생을 돌아봤을 때 가장 처음 생각나는 사건을 떠올려 보라. 그리고 그 사건이 아니었다면 당신의 삶이 얼마나 달라졌을지 상상해보라. 우리는 가지 않은 길을 상상함으로써 길이 어떻게 이어지는지 이해한다. 우리는 이 사건과 저 사건의 관계를 발굴하고 증명하기 위해 대안을 고안한다. 때때로 우리가 상상해낸 대안들은 환상적이다. 그리고 우리의 입이 떡 벌어질 만큼 놀라게 한다. "함장님, 그를 돌려보낼 수는 없습니다. 과거를 바꾸면, 엔터프라이즈호 자체가 존재하지 않게 됩니다!"[24] 그러나 이런 이야기들 중에서 가장 뛰어난 이야기를 읽어도(보르헤스의 「두 갈래로 갈라지는 오솔길들의 정원」을 떠올려 보라) 단지 기발하다는 생각만 들 것이다.

사건은 그 사건이 불러온 결과, 또는 그 사건을 불러온 원인에 의해서만 의미를 얻는다고 생각하기 쉽다. 어쨌거나 사소한 것들로 크게 달라지는 것은 없으니까. 그러나 이런 이야기들을 읽으면서 내가 놀란 점은 이런 이야기들의 의미가 인과관계가 아닌

다른 방식으로 생겨날 때가 의외로 많다는 사실이다. 이런 이야
기들을 읽으면서 우리는 우리 삶의 사건들이 인과관계보다 훨씬
더 기발하고 정교한 방식으로 이어진다는 것을 깨닫는다. 라킨의
시를 하나 더 살펴보자.

돌아보기Reference Back

그거 예쁜 곡이네, 당신이 외치는 소리를 나는 들었다
불만족스러운 복도에서
불만족스러운 방을 향해 그곳에서 나는
레코드를 연달아 틀어댔다, 한가하게,
집에서 시간을 낭비하면서, 당신이
그토록 고대했던 시간을.

올리버의 〈강변 블루스〉였다, 그 곡. 그리고 이제
나는, 아마도, 늘 기억하겠지 그렇게
유물이 된 검둥이들이 불어낸 한 무리의 음들이
시카고의 공기에서 나와
전자 신호 이전 호른의 거대한 기억하기 속으로
내가 태어난 이듬해
삼십 년도 더 지나 갑작스럽게 이 다리를 놓은 것을
당신의 불만족스러운 나이부터
내 불만족스러운 전성기까지.

진정으로, 비록 우리의 요소는 시간이지만,

우리 삶의 모든 순간에 열려 있는

먼 시야가 우리에게는 어울리지 않는다.

그런 시야는 우리를 우리의 상실과 연결한다. 더 나쁜 것은

그런 시야가 우리가 지닌 것의 옛 모습을 보여준다는 것,

눈을 멀게 만드는 줄어들지 않은 모습을, 마치

우리가 다르게 행동했다면 그 모습 그대로 보존할 수 있었

　　다는 듯이.[25]

　킹 올리버King Oliver가 부른 〈강변 블루스Riverside Blues〉는 1923년의 음악가들과 각자 다른 방에 있는 라킨과 그의 어머니를 연결하는 다리, 그리고 어머니의 나이와 라킨의 전성기를 연결하는 다리를 만든다. 그리고 라킨의 기억은 그 순간과 이 시를 쓰는 순간을 연결하는 또 다른 다리를 만들고, 라킨의 시는 내가 이 시를 읽는 순간과 지금 당신이 이 시를 읽는 순간을 연결하는 다리를 만든다. 과거에 대한 라킨의 기록에는 크고 작은 다리들이 놓여 있다. 흥미롭게도 두 번째 연과 세 번째 연으로 넘어가는 부분에서 이어지는 "전성기prime"와 "시간time"의 운율은 앞서 사라졌던 운율을 되살려 놓는다. 나는 우리가 "유물이 된 검둥이들이 불어낸 한 무리의 음들이The flock of notes those antique negroes blew"을 읽을 때 눈으로 "무리flock"와 "불어낸blew"을 연결해서 "날아올랐다flew"라는 단어를 만들어낸다고 해석하고, 그 해석을 믿는다. 우리 눈에 보이지는 않지만 시에 존재하는 단어인 것이다. 연주자의 악기에서 날아오른 음들만큼이나 그 자리에 존재하고, 과거가 음악 속에 존재하는 것처럼 존재하고, 눈에 보이지 않

게 존재한다.

라킨은 올리버의 떠들썩한 다성음악의 잠재력에 경의를 표한다. 가능성들의 소리이기 때문이다. 그러나 라킨은 이렇게도 말한다. 이 연주가 시간의 강에 다리를 놓아 오히려 우리를 혼란에 빠뜨린다고. 우리가 다른 선택을 했다면 과거를 있는 그대로 보존할 수 있었다고 믿게 만든다고. 그러나 우리가 할 수 있는 것은 아무것도 없었다. 그렇지 않다고, 우리가 시간이 줄어드는 것을 막을 수 있었다고 생각한다면 그것은 자기만족에 불과하다. 라킨은 이중적으로 소거되는 단어인 "줄어들지 않은undiminished"을 좋아했고 후에 「슬픈 발걸음」에서도 이 단어를 쓴다. 그 시에서 그는 "힘과 고통/젊은이로 지낸다는 것의; 그것은 다시 돌아오지 않으므로,/그러나 그것이 줄어들지 않은 이들이 어딘가에는 있으므로"라고 말한다. 우리가 상실로 규정된다는 것은 우울한 생각이고, 그런 우울한 생각을 하는 것이 시인의 특징이다. 그러나 나는 우리가 얻는 것도 있다고 생각하고 싶다. 〈강변 블루스〉에서 브릿지, 즉 도입부와 후렴구를 이어주는 다리는 조니 도즈Johnny Dodds의 클라리넷과 오노레 듀트레이Honore Dutray의 트롬본 연주로 이루어져 있다. 그 다리를 건너 2절로 가면 젊은 시절의 루이 암스트롱이 연주하는 트럼펫 소리가 들린다. 내 귀에는 그것이 마치 구약성서에 나오는 예리고Jericho[26] 전투에서 예리고 성벽을 무너뜨렸다는 나팔 소리처럼 들린다.

우리가 스스로에게 만들어주는 대안 과거를 말할 때 카너먼과

트버스키는 우리가 과거를 "머릿속에서 되돌리는 행위"를 한다고
했다. 과거를 머릿속에서 되돌리는 이유는 우리가 *실제로*는 과거
를 되돌릴 수 없기 때문이다. 과거는 되돌릴 수 없다. 그러나 다시
한번 말하지만, 살지 않은 삶에 대한 시와 소설은 이 당연한 전제
를 시험하면서 시쳇말로 과거는 정말로 과거인지 묻는다.

경례Salute

제임스 스카일러James Schuyler

과거는 과거다, 그리고 만약
무엇을 하려고 했는데
그것을 하지 않았다는 것이 기억났다면,
하려는 생각을 한 것만으로
충분하지 않은가? 그 다발 모아ㅡ
만들기 계획처럼
한 꽃당 한 송이씩
모아서 클로버,
데이지, 페인트브러시
오두막이 서 있던 들판에서 자란 꽃 그리고
어느 오후 찬찬히 관찰하기
꽃들이 시들기 전에. 과거는
과거다. 나는 경례를 한다
그 다채로운 들판을 향해.[27]

"과거는 과거다"에서 "과거"라는 단어는 과거가 돌아오지 않는다고 말하는 바로 그 문장에서 되돌아온다. 그리고 되돌아오면서 새로운 의미를 덧붙인다. (시간으로서의) 과거는 과거다(지나갔다). 그래서 우리는 이렇게 말할 수도 있다. '과거는 과거다'는 '과거는 지나갔다'라고. 또는 '과거는 과거가 아니다'는 '과거는 지나가지 않았다'라고. '과거는 과거다'라는 구절이 시의 마지막에 다시 등장하는 것도 자연스럽게 느껴진다. 그리고 그것이 새로운 의미를 얻었다는 것도 자연스럽게 느껴진다. 이 구절은 시의 도입부에서는 진부한 표현이다. 누구나 할 수 있는 말이다. 그런데 이제 시가 끝나면서 특별한 표현이 되었다. 바로 이 시에 나오는 것과 같은 마음 상태의 화자 한 사람이 말했기 때문이다. 과거는 우리와 남기도 하고 남지 않기도 한다. 그대로 남아 있으면서 그대로 남아 있지 않는다. 이런 식으로 스카일러의 우아하고 모순된 시는 한 번에 두 가지를 전달한다. n+1의 시다.

이 시에서 과거의 회상은 즉 각각의 꽃을 하나로 모은 새로운 다발이기도 하고 아니기도 하다. 그래서 "모아-/만들기 gather-/ing"다. 스카일러는 자신의 과거를 재배치하면서 소생시킨다. 그러면서 그는 묻는다. 단어들로 꽃을 모으는 행위가 자신의 손으로 그 꽃들을 모으지 않은 것을 충분히 대신할 수 있지 않냐고. 스카일러가 이런 의문을 제기하는 모습이 그려진다.

　　　무엇이
　　　충분한가

아마도 이 하나같이 특별한, 하나같이 흔한 단어들의 모음이 시인이 모으겠다고 마음먹었던 꽃다발을 대신할 수 있을 것이다. 아마도 클로버, 데이지, 페인트브러시로 이루어진 이 시들지 않는 꽃다발이 그에 대한 적절한 보상이 될 것이다.

　

라킨은 "단지 선택만으로 모든 길이 끊어지고 하나만" 남는다고 말한다. 경험은 배타적이다. 그리고 불가역적이다. "다시 올 수 없다." 이 두 가지가 살지 않은 삶의 플롯이 실험하는 핵심 주제다. 이 시poesy는 꽃다발posy인가? 과거는 과거인가? 배타성과 불가역성, 플롯의 이 두 가지 요소는 시보다 소설과 영화에서 더 쉽게 찾아볼 수 있다. 각각의 에피소드가 사슬의 고리처럼 연결되어 있는 〈멋진 인생〉에서는 수도 없이 등장한다. 사슬은 경험의 단수單數이며 바꿀 수 없는 것을 상징한다. 사슬이 만들어지고 우리는 묶인다. 벗어나려면 초인적이든 예술적이든 외부의 힘이 필요하다.

〈멋진 인생〉처럼 막스 오퓔스Max Ophüls의 〈미지의 여인에게서 온 편지Letter from an Unknown Woman〉(1948)는 별개의 사건들을 사슬처럼 엮은 삽화적 구성을 따른다. 한 여인의 분노한 남편에게 도전장을 받은 스테판 브랜드(루이 주르당Louis Jourdan)는 도주할 준비를 한다. 브랜드는 방탕한 피아니스트로, 유쾌한 겁쟁이이기도 하다. 그는 벙어리인 자신의 하인 존(아트 스미스Art Smith)에게 짐을 싸서 택시에 실어두라고 지시한다. 그러자 존은 그에게 편지 한 통을 건넨다. 편지에는 이렇게 쓰여 있다.

"당신이 이 편지를 읽을 때쯤이면 저는 죽고 없겠죠…." 영화는 대략 이 편지의 내용을 따라 전개된다. (이 영화도 우리에게 익숙한 편지라는 형식을 빌린다.) 이 영화도 〈멋진 인생〉처럼 삶의 배타성을 보여주는 에피소드를 연달아 풀어놓는다. 그 에피소드들은 어릴 적 브랜드가 아파트로 이사 온 날부터 내내 그에게 연정을 품은 리사 번들(조앤 폰테인Joan Fontaine)의 이야기를 전한다. 그녀가 브랜드의 연주회장을 따라다닌 사춘기 시절부터 두 사람이 함께 보낸 하룻밤, 사라진 브랜드, 두 사람의 아이를 출산한 일, 나이 많은 남자와 정식으로 결혼해서 얻은 우울하지만 안정된 일상, 그리고 마침내 브랜드의 치명적인 귀환까지.

영화학자 댄 모건Dan Morgan은 오퓔스는 "반사실의 영화감독이 아니다"라고 말했다. 그런데 오퓔스는 콕 *집어* 그런 영화감독이 아니다. 오퓔스는 가능성들을 제시하자마자 그 가능성들을 부정한다. 〈미지의 여인에게서 온 편지〉에는 〈멋진 인생〉만큼이나 많은 전환점이 연달아 나오지만 그 전환점에서 아무 일도 일어나지 않는다. 브랜드는 계속해서 리사와 사랑에 빠진다. 영화 속 남녀 주인공이 특별한가 아니면 평범한가 하는 문제가 계속해서 제기된다. 그들은 자유로운가 아니면 묶여 있는가, 떨어져 있는가 아니면 함께인가. 그들의 삶을 좌우하는 것은 우연인가 아니면 선택인가. 예리한 존이 지켜보는 가운데 이런 모티프가 순환한다. 존은 이 이야기의 진실을 알지만 말할 수가 없다. 그는 자신이 바꿀 수 없는 사건들을 지켜보는 벙어리 신이다.

이 영화를 본 사람들이 대체로 기억하는 것은 내레이션이다. 브랜드의 손에 들린 편지의 내용을 리사의 목소리가 읽어나간다.

　　　　　　　　　　　　　　　　　　삶의 플롯들

그리고 그녀가 묘사하는 과거가 우리 눈앞에 마법처럼 펼쳐진다. 카프라의 영화에서처럼 과거가 바로 영화가 된다. 그리고 이번에도 우리의 경험은 종종 우리가 본 것과 우리가 들은 것으로 나뉜다. 우리의 눈은 과거의 리사를 보고 우리의 귀는 브랜드의 머릿속에서 울리는, 눈에는 보이지 않는 현재의 리사를 듣는다. 그리고 이번에도 마치 천상에서 들려오는 감독의 코멘터리처럼 우리가 영화를 보는 동안 천사의 목소리가 간간이 삽입된다. 오펄스의 영화에서는 그 목소리가 리사의 목소리다. 그리고 그 목소리는 천상이 아닌 무덤에서 들려온다. 마치 우리의 눈은 이 세계를 보지만, 우리의 귀는 다른 세계를 향해 열려 있는 것 같다. 위와 아래, 천상의 음악과 오펄스의 지하 세계. 물론 영화에는 리사의 내레이션이 침묵하는 구간이 있고 과거에 등장하는 인물들이 각자의 말을 한다. 그러나 이따금씩 우리는 그 인물들의 목소리를 들을 수 없다. 카메라에서 서서히 사라지면서 가청 범위를 들락거리기도 하고, 때로는 창문이나 울타리 너머로 보이기도 하고, 거리의 음악가들이 내는 소리에 섞여버리기도 한다. 이런 기법으로 기묘한 낯섦이 생겨난다. 과거와 현재는 서로 다른 방향으로 멀어지고, 멀어졌다. 시간은 분리되었고, 영화는 그런 분리됨을 이해하려고 문법의 한계를 시험한다.

브랜드가 나쁜 선택을 한 것처럼 보일 수 있다. 브랜드가 리사에게 청혼을 했더라면 좋았을 거라는 생각이 들기도 한다. 그러나 그는 선택하지 않는다. 그는 가벼운 쾌락을 찾아 떠돈다. 그가 차라리 리사와 함께하지 않는 것을 선택했다면 도덕적인 행동으로 평가받았을지도 모른다. 그러나 실제로 그는 리사를 제대로 보지도 않았다. 오퓔스는 결정적인 깨달음을 얻는 인물을 브랜드가 아닌 리사로 설정함으로써 아주 훌륭한 아이러니를 만들어냈다. 우리가 감상에 젖어 브랜드가 리사와 사랑에 빠지기를 기다리는 동안 오히려 리사는 그가 자신의 사랑을 받을 자격이 없다는 사실을 깨닫는다. 편지를 쓰기 전 리사는 그를 위해 전부를 받치려 했지만 그가 자신이 누구인지도 모른다는 사실을 알게 된다. 최악의 선택들을 한 것은 리사 자신이었다.

하지만 이 영화가 만들어낸 마지막 아이러니는 가장 극적인 위기의 순간이 브랜드가 자신 앞에 있는 이 여성이 선사하는 기회를 알아보지 못하는 수많은 에피소드 중 하나도 아니요, 심지어 리사가 자신이 그동안 헛살았음을 깨닫는 순간도 아니라는 점이다. 이 영화에서 가장 극적인 순간은 우리가 영화에서 보고 들은 모든 순간, 즉 브랜드가 리사의 편지를 읽고 있는 이 순간이다. 2시간짜리 영화 전체가 아주 긴 전환점이었던 것이다. 우리가 영화의 첫 장면을 잊고 있었다면 우리도 그 전환점을 놓친 것이 된다. 그리고 우리는 브랜드만큼이나 무심한 사람이 된 것이다. 브랜드가 편지를 다 읽을 무렵 심판의 때가 찾아온다. 존은 말없이 그를 현관문 밖으로, 새벽의 어둠 속으로 안내한다. 그곳에는 명사수인 리사의 남편이 기다리고 있다.

———

우리는 우리에게 주어진 삶의 진짜 드라마를 경험할 시간이 없다. 그래서 우리는 늙어간다. 그것이, 오직 그것만이 우리가 늙는 이유다. 우리 얼굴의 주름은 우리를 찾아온

삶의 플롯들

위대한 열정, 악, 통찰이 남긴 기록이다. 그러나 주인인 우리는 집에 없었다.[28]

발터 벤야민Walter Benjamin, 「프루스트의 이미지The Image of Proust」

플롯이 하나인 소설이나 영화에서는 그 플롯을 통해 과거의 배타성보다는 과거의 불가역성을 강조하는 경향이 있다. 카프라는 우리에게 조지 베일리의 운명을 그의 동생 해리, 그의 친구 샘, 그리고 포터의 운명과 비교하도록 이끈다. 오퓔스는 우리에게 리사의 모범적이고 단조로운 삶을 그녀가 브랜드와 함께 살 수 있었을 화려한 삶과 비교하도록 부추긴다. 그러나 두 영화 모두 삶의 불가역성에 대한 인식이 배타성에 대한 인식보다 강하게 작용한다. 조지의 탄생과 리사의 죽음은 이 두 영화의 토대이며, 그 어느 쪽도 되돌릴 수 없다.

이와 대조적으로 플롯이 여러 개인 소설은 사건들의 불가역성과 배타성 모두를 더 균형 있게 다룬다. 그리고 이런 소설에서는 그런 불가역성과 배타성이 아주 극적으로 나타난다. 특히 정교한 플롯을 자랑하는 19세기 소설에서 그런 예를 자주 발견할 수 있다. 19세기 소설은 우리가 창조하는 과거들이 선사하는 미학적·정서적 가능성을 철저히 탐구한다. 앤서니 트롤럽Anthony Trollope의 『그는 자신이 옳다는 것을 알았다He Knew He Was Right』는 이런 문장으로 시작한다. "스물네 살이 된 루이스 트리벨리언의 앞에는 온 세상이 펼쳐져 있었고, 그는 어디로 갈지 선택만 하면 되었다. 그는 많은 선택을 했고, 그중 하나가 만다린섬으로 가는 것이었다. 그리고 거기서 섬의 총독 마마듀크 경의 딸 에밀리 롤리와 사랑에 빠졌다." 트롤럽은 앞으로 벌어질 일의 시작을 『실낙원』을 연상케 하는 장면(『실낙원』에서도 아담과 이브의 앞에 온 세상이 펼쳐져 있었고, 그들은 어디로 갈지 선택만 하면 되었다)으로 시작해서 우리를 준비시킨다. 연애소설에서 가장 중요한 사건인 결혼 상대의 선택을 두고 만들어낼 수 있는 모든 선택지와 그 선택의 결과를 광범위하게 탐구하기에 앞서 마음의 준비를 시킨다. 그리고 이런 선택들이 망가진 세계에서 이루어진다는 사실이 곧장 드러난다. 채 3페이지도 넘기기 전에 트리벨리언은 결혼을 하고, 4페이지를 갓 넘겼을 때 아내가 불륜을 저지르고 있다고 의심하며, 그 뒤로 919페이지 동안 에밀리는 트리벨리언이 자신의 편지를 열어보고, 자신을 창녀라고 부르고, 자신에게 탐정을 붙이고, 자신을 집에서 쫓아내고, 두 사람 사이에서 태어난 아이를 납치하는 것을 견뎌내야 한다. 그동안 트리벨리언은 아내가 불륜을 저지른다는 망상에 사로잡혀 아내뿐 아니라 자신의 친구들에게도 등을 돌리고, 고국을 떠나고, 스스로를 고립시키고, 마침내 술독에 빠져 광기에 사로잡힌 채 죽음을 맞이한다. 에밀리와 트리벨리언은 자신 안에, 그리고 그들의 결혼생활 안에 갇힌다. 두 사람의 플롯은 (두 사람도, 우리도) 견디기 어려울 정도로 숨 막히는 폐소공포증을 야기한다. 절박함을 담고 있는 이 이야기는 빅토리아 시대의 사실주의 작가들이 쓴 많은 소설들 중에서 단연 돋보인다. 이 소설에서 지인의 방문, 편지 쓰기, 하인 감독하기, 사교적인 대화 같은 일상적인 행위들은 점점 희미해지다가 완전히 사라지고 우리는 어느새 황량한 이탈

삶의 플롯들

리아 시골 마을에서 술에 절어 죽어가는 미치광이 주인공과 홀로 남는다.

　이런 급격한 추락은 필수적이다. 트롤럽은 이 소설에서 주인공의 모든 선택이 단 하나의 선택의 그림자 속에서 이루어지기를 원했기 때문이다. 그리고 이 소설의 많은 다른 인물들도 마찬가지다. 『그는 자신이 옳다는 것을 알았다』에는 청혼이 난무한다. 에밀리의 동생 노라는 신사적이고 예의 바르고 귀족 작위를 받게 될 글래스콕의 청혼을 두 번이나 거절하고 결국 빈털터리인 휴 스탠베리의 청혼을 수락한다. 휴의 누이 도로시는 멍청한 깁슨 목사의 청혼을 거절하고 브룩 버지스의 청혼을 받아들인다. 깁슨 목사는 도로시에게 청혼하기 전과 청혼을 거절당한 후 서로 너무나 닮아서 분간하기 어려운 자매들과 사랑에 빠지고 각각에게 청혼한다(그리고 두 사람 모두 그의 청혼을 수락한다). 트롤럽은 이런 부류의 청혼에 있어서 전문가다. 플롯을 따라 청혼이 다가오는 것을 예감하면서 그가 눈을 가늘게 뜨고 온정신을 집중하며 즐거워하는 모습이 눈앞에 선하게 그려진다. 이야기의 전개 속도는 대안들을 고려하면서 갑자기 느려지고 갈림길들이 플롯을 채우기 시작한다. 그리고 화자는 심리학적 분석과 감정 조작이 주는 만족감에 푹 빠진다.

　글래스콕은 무의식적으로 지팡이로 바닥을 두드리면서 노라 롤리 앞에 조용히 앉아 있다. 노라는 그의 후한 제안을 이리저리 재 본다. 트롤럽은 노라의 고민에 영향을 미치는 모든 것들이 상호작용하는 과정을 세심하게 풀어낸다. 그녀는 글래스콕의 물리적 존재를 느낀다. 만약 그녀가 청혼을 받아들이면 그와의 거리는 더 가까워질 것이다. 노라는 글래스콕의 품성이 훌륭하다는 것을 인정한다. 그는 우아한 영혼과 몸짓을 지녔다. 그녀는 물론 서둘러 그에 대한 자신의 감정을 재평가한다(나는 그를 사랑하는가?). 그의 부와 지위, 그녀 가족의 필요와 희망, 사회적 관습도 떠올린다. 여성의 운명에 대한 그녀의 가치관도, 결혼에 대한 순진한 환상도, 방금 들은 청혼의 말도, 이 청혼을 반드시 수락하겠다고 결심한 것도 떠올린다. 그리고 이런 꿈결 같은 숙고의 과정 내내 시간이 흘러간다는 잔인한 사실과 지팡이가 계속해서 나지막이 두드리는 소리를 생각하다가 마침내 노라는 이성적으로는 전혀 이해할 수 없는 선택을 한다. 노라는 글래스콕의 청혼을 거절한다.

트롤럽은 소설 속 인물들에게 한때 가능했던 모든 것을 환기시키며 그들이 얻을 수 있었던 모든 보상을 들쑤시는 데 아무런 거리낌이 없다. 그래서 글래스콕이 노라에게 청혼하고, 거절당하고, 떠난 뒤에 곧장 노라에 대해 이야기한다. 그녀는

자신이 무슨 짓을 저질렀는지 진지하게 돌아보기 시작했다. 자신이 시간이 촉박한 상태에서 선택을 해야만 했고, 그 선택을 후회한다고 독자에게 말한다면 그녀의 생각에 영향을 미친 조건들에 대해 잘못된 인상을 줄 수 있다. 그러나 그 순간 그녀에게는 그녀가 가질 수 있는 모든 것을 재고 마음속에서 헤아려볼 수 있는 기이한 능력이 돌연 생겼다. 그녀는 영국에서 귀족 여성으로 산다는 것이 얼마나 대단한 일인지 알았다. 그녀와 같은 처지에 있으면서도 그

걸 알지 못하는 젊은 여자가 존재하기는 할까? …그녀는 아주 어릴 때부터 자신의 삶에서 얻게 될 모든 물질적 풍요는 오직 결혼에 달려 있다고 배웠다. 그녀가 이 세상에서 안락하게 살 수 있는 유일한 방법은 그녀에게는 없는 것들을 소유하고 있으면서 그녀를 아내로 원하는 적당한 남자를 만나는 것이었다. 이제 너무나도 적당한 남자가 나타났다. 그는 모든 것을 갖추었고, 그래서 이 세상에서 아무것도 부족한 것이 없게 될 터였다. 글래스콕은 그녀에게 멍크햄스가 얼마나 좋은 곳인지 여러 번 말했다. 지금 이 순간 그 어느 때보다도 노라의 머릿속은 멍크햄스에 대한 생각으로 가득했다. 역사가 깊은 저택의 안주인이 된다는 것은 엄청난 특권이었다. 참나무와 느릅나무 숲의 주인이 되고, 넓은 정원을 자신의 마음대로 할 수 있다. 소 떼를 지켜보면서 그 소들이 한가로이 풀을 뜯고 있는 들판이 자신의 것이라는 사실을 떠올릴 수 있다. 그리고 앞으로 영국의 귀족이 될 아이의 어머니가 될 수 있다. 미래의 지도자에게 젖을 먹이고, 키우고, 가르칠 수 있다. 더 이상 무엇을 바라겠는가?[29]

멍크햄스의 안주인이 된다는 것은 대단한 일이었다! 하지만 "그런 가능성이 한때 존재했지만, 이제 희망은 사라졌다." 노라가 그런 생각을 하는 것만으로는 충분하지 않다. 노라의 언니 에밀리, 노라의 어머니와 아버지도 그런 생각을 해야만 한다. 이제 더는 노라의 것이 아니게 된 그 모든 것에 망연자실하는 것이 이 가족의 우울한 소일거리가 된다.

> 자신이 잃은 모든 것, 너무나 쉽게 자신의 것이 될 수 있었
> 던 모든 것에 대한 생각들로 마마듀크 경은 한동안 충격에
> 서 헤어 나오지 못했다. …물론 젊은 여자가 자신이 좋아
> 하지 않는 남자와 결혼해야 한다고 생각하지는 않았다. 그
> 러나 어떻게 글래스콕 같은 구애자를 사랑하지 않을 수 있
> 는지 이해가 되지 않았다. …그는 밖으로 나가 그 모든 것
> 에 대해 생각했다. 마치 자신의 딸에게 천국의 문이 열렸는
> 데, 딸이 그 문으로 들어가길 거부한 것만 같았다.

이 소설의 모든 플롯에서 이런 식으로 결혼의 가능성들을
비교하는 일이 벌어진다. 휴의 누이 도로시는 결혼을 하지 않은
노처녀로 남을지 깁슨 목사와 결혼할지 고민해야 한다. 곁에서
는 그녀를 사랑하지만 편협한 고모가 재촉한다. 그리고 그 고모
도 이런 고민을 한다. "젊은 여자가 결혼생활을 통해 얻게 될 돌
봄과 애정, 하지만 아마도 고된 일상을 추구해야" 하는지 아니
면 "노처녀라는 더 쉽고 안전한 길에 매진해야" 하는지를. 소설
속 인물들이 스스로 자신의 대안과 그 결과를 비교하지 않을
때는 화자가 대신해준다. "그가 지금 그녀에게 가서 부드럽게 한
마디라도 건넸다면 모든 것을 바로잡을 수 있었을 것이다." 에밀
리와 트리벨리언이 다투는 장면에서 화자는 이렇게 말한다. "그
러나 그는 그녀에게 가지 않았다." 더 많은 예를 들 수 있지만
이미 내가 말하고자 하는 바는 전달되었을 것이다. 트롤럽은 살

지 않은 삶을 사랑했고, 그런 삶이 만들어내는 불안과 분노를 사랑했다. 그런 삶에 대해 트롤럽이 느끼는 애착은 전염성이 강해서 독자들에게도 스며든다. 〈타임스〉의 한 논평은『그는 자신이 옳다는 것을 알았다』에서 "트롤럽이 그가 누구인지, 그가 누가 아닌지를 그 어떤 작품에서보다도 더 완전하게 보여주었다"라고 했다.

『설득』처럼 플롯이 하나인 소설에서는 쇠나 금, 가시나 꽃으로 만든 사슬에 묶이는 경험이 대체로 일시적인 현상에 머문다. 그런 소설에서는 후회와 안도가 더 지배적인 정서다.『그는 자신이 옳다는 것을 알았다』도 물론 완전히 실패한 이들이 어떻게 견뎌내는지 탐구한다. 우리는 노라가 그런 실패에 뒤따르는 후회를 애써 물리치는 것을 본다. 사회적 관습을 그대로 지나치는 법 없이 낱낱이 해부하는 트롤럽은 후회의 강도를 한껏 높이기 위해 여자가 "싫어요"라고 말할 때 그것이 정말 싫다는 의미인가라는 진부한 질문을 있는 힘껏 쥐어짠다. 한 번 거절당한 글래스콕은 노라에게 "좋아요"라고 말할 기회를 한 번 더 준다. 그리고 트롤럽은 노라에게 다시 한 번 거절하게 만들 기회를 얻는다. "그렇다면 너는 그의 청혼을 거절한 거니, 두 번이나?" 노라의 아버지는 충격에 빠져 묻는다. 그러나 트롤럽은 경험의 불가역성이라는 핵심 요소를 전달할 때도 소설의 또 다른 핵심 요소인 배타성을 전달할 때와 마찬가지로 가장 효과적인 기법인 비교를 활용한다. 노라가 청혼을 두 번 받으면서 노라와 언니 에밀리의 경험 차이가 더욱 뚜렷해진다. 에밀리는 두 번째 기회가 없었을 뿐 아니라 첫 번째 기회의 결과가 가져온 삶을 견뎌내야만 한다. 에밀리는 말한다. "나라면, 내가 인생을 다시 살 수 있다면, 절대로 남자에게 모든 것을 맡기라는 유혹에 빠지는 일은 없을 거야." 그러나 당연한 말이지만 에밀리는 인생을 다시 살 수 없다.

이런 후회와 안도, 공감과 질투의 소용돌이로 인해 트롤럽 소설의 인물들은 과도한 열정을 표출하고, 스스로를 대서사시의 영웅이나 하찮은 개로 여기고, 초인적인 힘을 향한 원대한 꿈과 종말에 대한 절망적인 생각을 품고, 분노에 휩싸여 칼을 휘두르거나 터무니없는 겸손함을 보여준다. 트롤럽은 친숙한 연애 플롯에서 최대한 극적인 이야기를 뽑아냈다. 때로는 너무나 극단적이어서 정신 나간 이야기처럼 보이기도 한다. 트리벨리언은 광기 속으로 추락하면서 이렇게 외친다. "모든 것을 바꾼다. 나는 모든 것을 바꾸고 싶다. …새로운 몸과 새로운 마음과 새로운 영혼을 가질 수만 있다면!" 그러나 정신이 나가는 것이 드문 일은 아니다. 때로는 다른 삶을 생각하는 것만으로도 지옥에 빠지기도 하니까.

II

Tales of Our Adulthood

어른 시절의 이야기들

어른 시절의
이야기들

살지 않은 삶을 상상하는 것이 내가 여러 길 중 하나를 따라 내려가면서 느끼는 단독성에서 비롯된 것이라면 살지 않은 삶을 생각하게 되는 것은 그런 단독성과 여러 길이 존재하는 상황에 맞닥뜨릴 때일 것이다. 그럴 때면 이런 질문을 하게 된다. 다른 사람들과 마찬가지로, 내가 이 삶을 되돌릴 수 없고 나라는 사람에게서 벗어날 수 없다고 느끼는 것은 언제인가? 이 질문에 대한 답은 개인적이지만, 또한 역사적이고 사회적이다. 프로스트의 시에서 나그네가 선택한 길은 앞서 그 길을 지나간 이들의 발자국으로 뒤덮인, 누군가가 이미 지나간 길이었다.

철학자 찰스 테일러Charles Taylor는 18세기 말 서구에서 자아의 본질과 경험에 대한 성찰에 좀처럼 떨치기 힘든 심리학적 긴장감이 돌기 시작했다고 말한다. 사람들은 자신의 내면 깊숙한 곳에 정체성의 원천, 한계가 없는 사유·상상·기억이 자리 잡고 있다고 믿게 되었다. 또한 내면의 깊이로 자신이 남과 구별된다고 확신했다. 다른 한편으로는 그런 깊숙한 자아에서 스스로 벗어나 자신과 남을, 자신의 삶과 다른 사람의 삶을 객관적으로 바라볼 수 있었다. 높은 곳에서 내려다보면서 그 둘을 비교할 수 있었다. 이렇듯 자기 몰입 성향과 객관적인 비교라는 모순적인 행위가 공존하면서 테일러가 근대의 "깊이를 지닌 주체"라고 부르는 것이 생겨난다. 이 "깊이를 지닌 주체"는 대안 가능성들에 대한 생각을 너무도 자연스럽게 떠올린다. 그리고 우리 각자에게 "내가 걸어야만 하는 고유한 길"이 주어진다고 믿는다. 그런데 도대체 어느 길이 그 길일까?

자아를 이런 식으로 이해하는 것이 자연스러워지면서 가능한 길들의 수가 점점 늘어만 가는 것처럼 보인다. 사회학자 앤서니 기든스Anthony Giddens는 "탈전통 사회의 세계"에서는 "가능한 행동 경로가 무한하고… 어느 순간에나 열려" 있다고 말한다. 모든 길에서 분기점들의 수가 늘어나면서 가능성들의 그물이 만들어졌고, 그로 인해 우리가 각각의 삶의 경로를 이해하는 방식이 완전히 바뀌었다. 기든스는 이렇게 말한다. "그런 대안들에서 하나를 고르는 일은 언제나 '만약'의 문제, 요컨대 '가능한 세계' [중에서] 하나를 고르는 문제이다. 근대성이라는 환경에서 살아간다는 것은" 그런 대안들을 "일상적으로 고민하는 것을 의미한 다고 이해해야 한다"고 말한다. 그러나 "근대성이라는 환경에서 살아간다는 것"은 그에 못지않게 선택하지 않은 길에서 벌어지는 일들에 더 많이 노출된다는 것을 의미하기도 한다. 위기와 우연 도 선택만큼이나 우리의 경험을 결정하는 요소가 되었다.

이런 근대적인 경험의 주요 동력은 물론 시장 자본주의다. 시 장 자본주의는 개인을 고립시키고 선택과 우연을 점점 더 빠른 속도로 생성하고 무한 증식하는 방식으로 행동을 유도한다. 그렇 다고 해서 첫 방직 공장이 세워지고 나서야, 아니면 애덤 스미스 Adam Smith가 『국부론』을 출간하고 나서야 사람들이 자신의 것 일 수도 있었던 다른 삶을 상상하기 시작한 것은 아니다. 그러나 우리를 고립시키고, 우리에게 주어진 기회를 철저하게 계산해 최 대한 활용해야 한다고 몰아붙이는 자본주의 경제 체제는 그런 다른 삶의 자양분이 된다. 선택을 절대 선으로 추앙하기, 우연을 비정상적인 모욕으로 받아들이기, 점점 늘어나는 수도 없는 자 극들, 우리가 해야 하는 반복적이고 무기력한 결정들, 미래를 바 꾸기 위한 과거 돌아보기. 이 모두가 우리가 될 수도 있었지만 되 지 않은 사람들을 먹이고 키운다. 경영대학원에서 대안 과거 연구 가 성행하는 것도 당연하다. 영국 경제학자와 함께 저녁을 먹으 면서 나는 찰스 디킨스에 대해, 구체적으로는 디킨스 소설의 플 롯과 등장인물들의 내면 세계에 관해 이야기했다. 그 경제학자 는 학자답게 이런 질문을 던졌다. "자네의 연구가 누구에게 도움 이 될까?" 잠시 침묵이 흐른 뒤 그는 이렇게 말한다. "어쩌면 경영 자들에게 도움이 될지도?"

어른 시절의 이야기들

근대의 시장 자본주의가 우리가 살지 않은 삶을 먹이고 키웠다면 그런 살지 않은 삶이 휘두르는 힘이 10년 주기로 바뀌는 이유는 특정 역사적·사회적 조건 때문이다. 더 적확히 말하자면, 변화하는 역사적·사회적 조건과 내가 연구하는 살지 않은 삶의 이야기 형식의 끊임없는 변주가 서로 영향을 주고받으면서 그 힘도 달라진다. 깊은 내면을 소유한 자아는 자신의 특별함과 평범함을 동시에 자각하고 있으므로 성찰과 비교를 통해 좁은 일방통행로를 걸어내려 가면서 실현되지 않은 것들과 대면할 준비가 되어 있다. 그런데 그런 자아는 왜 특정 순간에 스스로를 이런 식으로 바라보게 되는 걸까?

역사가들은 근대적인 전문직 사회가 19세기에 출현했다고 말한다. 이전의 농업사회와 산업사회와 달리 전문직 사회는 전문화된 직업들로 구성된다. 개인의 성공 사다리는 물려받은 재산이나 축적된 자본이 아니라 개인의 역량과 교육으로 좌우된다. 특히 영국에서는 전문직 종사자가 사회의 주류 계층이 되었다. 스스로를 직업인 또는 잠재적 직업인으로 여기는 사람이 점점 더 늘어났다. 그러나 그와 동시에 이런 전문직들에는 엄격한 경계가 생겼다. 역사가 해럴드 퍼킨Harold Perkin이 "울타리 전략"이라는 심심한 명칭을 붙인 이 현상은 대개 지원자들을 탈락시키기 위한 시험을 통해 이루어진다. 이상적으로는 모두에게 개방되어야 하지만 현실에서 전문직은 배타적이다. 의사, 직업 군인, 사업가,

목사, 교수, 공무원, 변호사, 판사, 기자 등 각 전문직은 연봉, 특권, 근무일, 안정성, 독립성, 정부와의 관계 등 구체적인 내용들에서 차별화된다. 이를 두고 "모든 직업은 동등하지만 특히 더 동등한 직업이 있다"라고 퍼킨은 정리한다. 그 결과 "여러 단으로 나뉜 각 집단 고유의 사다리가, 동등하지 않은 지위의 평행적인 계급들의 집합"이 탄생했다.

살지 않은 삶의 탄생 조건이 모두 갖추어졌다. 다만 길 대신 사다리가 주어지고 길을 걷는 대신 사다리를 타고 올라가야 한다. 사다리 하나를 선택하면 다른 사다리는 포기해야 한다. 변호사를 선택하면 의사나 은행원은 될 수 없다. 이런 식으로 우리는 스스로를 다른 사람들과 분리하고 자신의 미래를 향해 올라간다. 물론 지금 사다리를 다른 사다리로 바꿀 수 있다. 그러나 아주 고된 노력이 필요하다. 또다시 밑바닥에서 시작해야 하기 때문이다. 그래서 우리는 고개를 숙이고 눈을 고정한 채 한 발 한 발 사다리를 오르고, 우리 주위의 모든 이들도 똑같이 그렇게 한다.

―――――

젊은이가 속세를 선택하느냐 목회를 선택하느냐는 특정 시점 이전에 결정해야 하는 선택들에 달려 있기도 하다. 회계 사무소의 일자리 제안을 받아들이면 그것으로 결정된다. 조금씩 조금씩 습관과 지식이 쌓이고, 한때는 속세만큼이나 가까웠던 목회가 더는 그에게 선택지로 여겨지지 않는다. 처음에는 시시때때로 그 결정적인 순간에 자신이 살해

어른 시절의 이야기들

한 자아가 두 자아 중 더 나은 자아가 아니었는지 의심하기
도 한다. 그러나 몇 년이 지나면 그런 의심의 유효 기간마저
만료되고, 한때 그토록 생생했던 예전의 또 다른 자아는 서
서히 실체가 사라지고 꿈보다도 더 비현실적이 된다.[1]

윌리엄 제임스William James,
「위인들과 환경Great Men and Their Environment」

살지 않은 삶에 대한 상상력을 유독 자극하는 직업이 있다. 앞
서 작가와 영화감독이 그런 직업이라고 말했는데, 법조인도 그중
하나다. 용의자의 변호를 맡은 변호사는 여러 대안을 제시해 의
뢰인에 대한 기소 주장에 의심의 여지를 부여한다. 내 의뢰인이
이런 행동을 했고, 이런 범죄를 저질렀다고 주장하고 있지만, 이
런 가능성들도 있다는 식이다. 예컨대 내 의뢰인은 그 시각 다른
곳에 있었다거나 범죄에 사용된 무기가 다른 것이었다거나 더 그
럴듯한 범행동기를 지닌 다른 용의자가 있다거나… 찰스 디킨스
가 살지 않은 삶에 집착했다는 것을 감안하면 그가 자신의 소
설에 변호사를 그토록 자주 등장시킨 것도 이해가 된다. 『위대한
유산』에서 재거스 씨는 소설이 한창일 때 법정에 등장해 자신의
의뢰인들을 위해 다른 과거들을 상상해내는 마법과도 같은 힘을
발휘한다. 그는 이야기꾼이다.

그러나 선택하지 않은 직업에 대해 생각하게 하는 직업이 따
로 있는 것은 아니다. 어떤 직업을 택해도 마찬가지다. 젊은 시절
당신은 여러 선택지를 앞에 두고 이리저리 재 본다. 운이 좋으면

그런 선택지들은 하나같이 좋은 미래를 약속한다. 당신은 각 선택지가 어떤 미래를 약속하는지 상상해본다. 그리고 그렇게 상상하는 동안 덫이 모습을 드러낸다. 현재의 상상 속 대안들은 당신이 살지 않은 과거가 될 것이고 결국 자신의 삶에 만족하지 못하는 미래의 당신을 발견하게 될 것이다. 갈림길 앞에 선 당신이 각 길이 당신을 어디로 데려갈지 머릿속으로 그리는 동안 다른 한쪽에서는 후회로 이어지는 길이 생겨난다. 이런 의미에서 직업은 천직과 다르다. 천직은 사명이다. 당신이 누구인지, 당신의 본질을 보여준다. 다른 천직을 원하는 것은 단순히 당신의 삶을 바꾸고 싶은 것이 아니라 아예 완전히 다른 사람이 되기를 바라는 것이다. 그러나 직업은 사명이 아니다. 일의 근대적인 분류에 따른 하나의 유형일 뿐이다.

그렇다면 근대문학에서 반복적으로 등장하는 인물 유형의 하나가 자신에게 주어진 선택지 앞에서 얼어버린 젊은 남자라는 사실에 그다지 놀랄 이유가 없다. 이들은 그 어떤 직업에도 정착하기를 거부한 채 갈림길 앞에서 멈추고 만다. 19세기 소설은 그런 특권과도 같은 선택 거부 행위를 그려내는 걸 부전공으로 삼았다. 스탕달, 발자크, 플로베르, 새커리, 엘리엇, 하디 등 모든 작가가 그런 인물을 다뤘다. 트롤럽의 『그는 자신이 옳다는 것을 알았다』에 나오는 휴 스탠베리는 변호사와 기자 사이에서 고민한다. 디킨스의 『황폐한 집Bleak House』에 나오는 리처드 카스톤은 의학에 잠시 발을 담갔다가 법학에 잠시 발을 담갔다가 군대에 간 뒤 미쳐버린다. 이 젊은 남자들은 주사위가 든 컵을 계속 손에 꼭 쥐고 있고 싶어 한다. 누가 그들을 비난할 수 있으랴? 후회의 길을 가고 싶은 사람이 과연 있겠는가?

리처드 카스톤이 죽기 전까지 다양한 직업을 넘나든 반면, 그가 사랑한 여자 에이다 클레어에게 주어진 선택지는 결혼을 하느냐 안 하느냐, 두 가지뿐이었다. 물론 19세기에는 이런 선택 기회조차 없는 여자들도 있었다. 아마도 에이다는 중산층 여성에게 열린 몇 안 되는 길인 가정교사가 될 수도 있었을 것이다. 빅토리아 시대의 '가정교사 소설'의 아이러니 중 하나는 작가들이 여주인공에게 결핍된 기회들을 찾아내는 데 선수였다는 점이다. 헨리 우드Henry Wood 부인[2]의 『이스트 린East Lynne』은 유럽 안팎에서 인기를 얻은 소설로 여러 차례 연극으로 각색되었고 영국, 미국, 호주, 인도에서 영화로 제작되었다. 이 소설에서 레이디 이사벨 칼라일은 아주 매력적인 사기꾼에게 홀딱 빠져 남편과 아이를 버리고 떠났다가, 천벌이라고밖에 할 수 없는 기차 사고를 당해 아무도 그녀를 알아볼 수 없을 정도로 얼굴과 몸이 망가진다. 후회로 괴로워하는 그녀는 남편이 있는 집으로 돌아가지만 그녀가 죽었다고 믿은 남편은 이미 재혼했다. "그가, 내 남편이 다른 여자의 남편이 되었다니!" 이사벨은 울부짖는다. "죽을 것 같다." 그리고 실제로도 죽는다. 다만 그 전에 우리는 그녀가 자기 아이들의 가정교사로 취직해 자신의 집에서 이방인으로 머물면서 자신의 것일 수도 있었던 삶, 자신이 누릴 수도 있었던 결혼생활, 자신이 마음껏 사랑할 수도 있었던 가족 주변을 떠도는 그녀의 삶을 몇백 쪽에 걸쳐 흥미롭게 읽는다. (한 연극에서는 이사벨이 죽은

아들을 팔에 안고 서서 관객을 바라보며 절규한다. "가버렸어! 엄마 소리를 한 번도 듣지 못했는데!") 사랑조차도 남을 통해 경험할 때 가장 예리하게 느낀다는 사실이 우리 인간의 비틀린 변태성을 입증한다고 우드는 믿었다. 이사벨은 마침내 죽음을 맞이하면서 남편에게 이렇게 말한다. "이 집에서 당신의 아내와 살고, 그녀를 향한 당신의 사랑을 보고, 한때는 내 것이었던 다정한 손길을 질투하며 지켜보고! 당신을 잃은 후에야 나는 이토록 뜨겁게 당신을 사랑하게 되었어요."

이사벨의 상황이 지나치게 극단적이라고 느끼겠지만 아주 독실한 기독교인이었던 우드는 자신이 보통의 삶을 보여준다고 생각했다. 우드는 죽을 때 아들에게 소설가로서 자신이 의도한 것에 대해 썼다. "선과 악의 신조를 똑바로 전달하는 것. 삶에서 만나는 갈림길과 그중 한 길을 택함으로써 따라오는 결과들을 보여주는 것."

───────

가정교사는 이제 거의 찾아볼 수 없지만 가정교사 소설은 살아남았다는 사실은 역사적·문학적 변화의 복잡성을 보여주는 작은 증거다. 클레어 메수드Claire Messud의 『위층집 여자The Woman Upstairs』는 교육을 잘 받은 한 젊은 여자의 이야기다. 가난한 데다가 이렇다 할 가족도 없는 이 여자는 사회적·문화적 제약 때문에 교사와 아이 돌보미로 일한다. 여자의 어머니는 루게릭병으로 사망했다. 몇 년에 걸쳐 서서히 죽음을 맞이했다. 어머니의 몸은 "문들이 하나하나 잠기면서 자신의 머릿속이라는 방에 갇힌 수감자가 되었다. 그 방은 벽도 없지만 문도 없다는 점에서 진정한 감옥이었다." 이제 딸인 노라는 문이 없는 자신의 삶에 갇혀 자신으로 죽어갈 운명에 처해 있다. 그녀는 37살이다. "깨달음의 시기, 자신의 삶의 형태가 이미 정해졌으며 지평선이 존재한다는 사실을 꼼짝없이 인정해야 하는 시기, 대통령이나 백만장자가 될 리 없고 아이가 없는 여자라면 아마도 계속 아이가 없을 거라는 사실을 받아들여야 하는 시기"를 맞았다. 한때 그녀는 자신이 층고가 높은 작업실과 아이들이 뛰노는 정원이 있는, 물감으로 얼룩진 앞치마를 입은 예술가가 될 거라고 생각했다. 이제 그녀는 그런 희망을 포기했다. 그녀는 "놀랄 만한 점이 없는 여자", 다른 사람들의 아이들을 돌보는 "애플턴 초등학교 3학년생이 가장 좋아하는 교사"가 되었다. 모든 사진에서 한쪽 구석에서는, 주연 대신 단역에 만족해야 하는 인물이 되었다.

> 누가 노라죠? 얼굴이 잘 생각이 안 나요….
> 왜 있잖아요, 그 착한 3학년 교사요. 파마로 부풀린 머리 한 사람 말고, 왜, 그 다른 사람요.
> 그게 나다. 그 다른 사람. "아니요, 작업실에 있는 그 대단한 화가 말고, 그 다른 사람요."
> "멋진 드레스를 입은 그 미인 말고, 그 다른 사람요."
> "그 재미있는 사람요?"
> "아, 네. 그렇다고 할 수 있겠네요. 그 재미있는 사람요."[3]

"나는 엄밀히 말해 예술가가 아닌 것은 아니다." 노라가 말한다. "그리고 나는 엄밀히 말해 아이가 없는 것은 아니다." 그녀는 불완전한 예술가, 불완전한 엄마, 불완전한 인간이다. 그리고 간단히 말해 그녀는 이것이 삶이라는 것을 받아들인다. 삶은 불완전하다.

이 빛바랜 세계에 샤히즈 가족이 등장한다. 파리에서 막 이사 온 부부와 아들이다. 스칸다르는 1년간 하버드 대학교 교환 교수로 왔다. 시레나는 미술 작가이고 레자는 노라의 반에 배정된 학생이다. 노라는 샤히즈 가족과 사랑에 빠진다. 노라는 필립 라킨의 시를 인용한다. "내 위에 당신의 목소리가 내려앉는다. 다들 사랑이 그래야 한다고 말했던 것처럼—마치 아주 커다란 '네'처럼." 익숙한 모든 것들이 새로워진다. 바람이 불고 그녀는 피부를 스치는 바람을 느낀다. 그녀는 다시금 자신이 특별하다고, 소중하다고 생각하기 시작한다. "모든 것이 이 시간에서 나온다." 그녀는 말한다. "그리고 모든 것이 달라질 것이다." 그러나 노라가 샤히즈 가족의 일원이 되기는 쉽지 않다. 노라는 스칸다르와 잠자리를 같이하고, 시레나와 연애하는 상상을 하고 그 부부의 아들을 봐준다. ("아들이다, 내 아들"이라고 노라는 생각한다.) 중간에는 이런 이야기도 나온다. 노라는 이모, 엄마, 아내, 연인, 가정교사 *같다*고. 노라는 은유적인 의미에서 이 가족의 일상에 참여한다. 이것은 그녀가 은유적으로는 샤히즈 가족 이야기의 독자라는 의미다. 자신의 세계와도 같은 세계에 최대한 가까이 붙어서 산다. 그러나 결국 그 세계에 들어가지 못하고 소설은 끝이 난다.

전문직 사회의 환경은 남자와 여자 모두에게 변화하고 있다.

어른 시절의 이야기들

사회학자들의 연구 결과처럼 한 번에 두 가지 직업 활동을 하거나 은퇴하기까지 두세 가지 직업을 거친 사람이 점점 더 많아지고 있다. 그렇다면 아마도 직업 선택에 대한 기억이 선택하지 않은 직업에 대한 생각을 유발하는 일은 더 드물어질 것이다. 직업이 배타적이고 불가역적이라는 감각도 희미해질 것이다. 밀레니얼 세대에게는 이미 그런 감각이 옅어졌다. 그러나 현재로서는 직업의 쇠퇴가 우리가 선택하지 않은 직업에 대한 우리의 경험을 오히려 더 심화하는 것 같다. 그래서 이런 전문직 사회의 환경 변화 연구에는 이미 우리에게 낯익은 표현들이 등장한다. 예를 들어 사회학자 배리 슈워츠Barry Schwartz는 대다수 노동자가 다시 시작할 수만 있다면 다른 직업을 선택할 거라고 한다. 가능한 직업들의 증가로 인해 그중 하나를 선택하는 일은 혼이 쏙 빠질 정도의 고역이 되었다. 직업을 바꾸려면 당신이 이미 선택한 길을 떠날지 말지 고민하는 동안 따로 시간을 내서 대안 직업을 시험하는 "가지치기 프로젝트"를 수행해야만 한다.

―――――――

"남자는 직업을 선택하기에 적합하지 않은 나이에 직업을 선택한다"라고 니체는 말했다. "그는 다양한 직업에 대해 알지 못한다. 자기 자신에 대해서도 모른다. 그런 다음 그 직업에 온정신을 집중해 경험을 쌓으면서 가장 활동적인 시기를 낭비한다." 우리는 무지한 상태에서 선택한다. 우리가 지금 알고 있는 것들과 비교해보면 직업을 선택할 당시에 우리는 아는 것이 거의 없다시피 했다. 니체는 이런 점에서 직업은 사랑과 같다고 말한다. "성공적인 결혼생활 같은 성공적인 사례는 예외에 불과하다. 그리고 그런 예외조차 이성적인 선택의 결과는 아니다."

결혼은 어떤 면에서는 직업이다. 직업처럼 왼쪽 길과 오른쪽 길이 확실하게 구분된다. 그러나 결혼은 직업보다 살지 않은 삶에 대한 더 절박한 고민을 낳는다. 왜냐하면 우리는 대개 우리가 누구인지에 결혼이 더 결정적인 영향을 미친다고 믿기 때문이다. 또한 살지 않은 삶의 이야기들이 취하는 양식에 결혼이 훨씬 더 잘 어울리기 때문이다. 직업과 마찬가지로, 그러나 더 극적인 형태로 결혼은 배타적이다. 한 사람과 결혼하면 다른 많은 사람과 결혼할 수 없게 된다. 직업을 끝낼 때와 마찬가지로, 그러나 더 극적인 형태로 결혼을 끝내려면 아주 비싼 대가를 치러야 한다. (예전에도 법적으로 이혼이 허용되었다. 다만 실제로 이혼하기는 불가능했다.) 직업처럼 결혼도 아주 먼 미래까지 이어진다. 게다가 단순히 은퇴할 때까지가 아니라 죽음이 우리를 갈라놓을 때까지 이어진다. 만약 이혼하거나 별거하거나 서서히 사랑이 식는 등 우리가 갈라서게 되면, 단독성이 더욱 강하게 휘몰아치면서 되돌아오기도 한다.

――――

『수사슴의 도약Stag's Leap』에서 샤론 올즈Sharon Olds는 자신의 결혼생활을 돌아본다. 남편은 떠나버렸고, 그녀는 무슨 일이 벌어졌는지 이해할 수가 없다. 「2001년 9월, 뉴욕September 2001, New York City」에서 그녀는 이렇게 묻는다.

어째서 그를, 지금,

내가 알 수 없고, 내가 볼 수 없고,

내가 들을 수 없고, 내가 만질 수 없는데,

다른 사람은 알 수 있고, 다른 사람은 볼 수 있고,

들을 수 있고, 만질 수 있는 걸까.[4]

「그에게 가지 않는다Not Going to Him」에서는 이렇게 말한다.

매분 매초, 나는 일어나서 곧장

그에게 가지 않는다,

그것이 내가 지금 하는 것이다, 가지 않는 것,

보거나 만지지 않는 것. 그리고 천백만

육십육만사천

분을 하지 않았다, 나는 마비된 아는 자

하지 않는 것을.

그를 알 수 없고, 볼 수 없고, 들을 수 없고, 만질 수 없다. 그녀는 가지 않고, 보거나 만지지 않는다. 시를 읽으면서 당신은 올즈에게서 썰물이 빠져나가는 소리, 그녀가 홀로 남겨지고, 무너지는 소리를 듣는다.

하지 않는 것에 대한 올즈의 독자적인 지식은 글로 표현할 수 없지만 그래도 그녀는 글로 표현하려고 노력한다. 올즈는 우리 예상과 달리 남편을 잃은 것을 죽음에 비유하지 않고 살아내는 것과 비교한다. 올즈는 "필멸의 삶의 쇠창살에/가로막히지 않았

다, 그러나/서서히 닫히는 선호選好의 문에/가로막혔다.˝

> 남편이 나를 떠났을 때,
> 고통이 있었다. 나는
> 느끼지 않은, 자신을 사랑해주는 사람을
> 잃은 사람이 느끼는 고통.

올즈의 남편은 죽지 않았다. 그러나 아마도 올즈는 남편이 스스로 죽어간다고 느꼈으리라고 짐작하는 것 같다. 올즈의 남편에게는 결혼생활을 끝내는 것이 삶을 시작하는 것일 수도 있다. 「느끼지 않은 고통 Pain I Did Not」에서 올즈는 이렇게 말한다.

> 만약
> 그가 찢고서 탈출할 수 있는 용기가 있었다면, 그의
> 이빨로, 그는 태어날 수 있었으리라.

이는 아주 잔인하면서도 혼란스러운 이미지다. 올즈는 결혼을 그녀와 그녀의 남편이 함께 머물렀던 하나의 몸으로 표현했다. 쌍둥이가 함께 머무는 한 어머니의 자궁처럼. 그러나 나는 올즈의 다른 시를 통해 그녀가 자신을 어머니로 보았다는 것을, 그리고 이 남편이 아버지인 아이를 낳았다는 것을 알고 있다. 따라서 올즈도 결혼 안에 있었지만, 또한 결혼이 올즈의 안에, 아마도 그녀의 기억의 자궁 안에 있었던 것처럼 보인다. 그렇다면 남편이 스스로를 출산시킨 것을 올즈에 대한 폭력으로 해석하는 것이

자연스럽게 느껴진다.

올즈는 이렇듯 몸을 연상케 하는 피비린내 나는 은유에서 시작해 추상화라는 비교적 안전한 곳으로 피신한다. 그러나 그녀의 생각은 여전히 혼란에 빠져 있다.

> 그래서 그는 갔다
> 다른 세계로−이
> 세계, 내가 그를 보거나 듣지 않는 곳으로

진실은 어떻게 표현되어야 할까? 마비된 아는 자이건 아니건 올즈는 다른 세계이기도 한 이 세계에서 그를 보지 않고, 듣지 않는다. 화자의 어조는 다소 부드러워졌지만 나는 여전히 올즈가 열심히 노력하고 있는 것이 느껴진다. 그녀는 아주 열심히 느끼고, 생각하고, 자신의 안팎에서 노력하고 있다. 아마도 자궁에 손을 얹고 있는 느낌이 아닐까 상상해본다. 팔꿈치로 눌러대는 아이를 안팎에서 만져보는 그런 느낌.

─────

나는 어느 여름 저녁 캘리포니아에서 친구와 이야기를 나눈다. 우리는 우리끼리 나란히 앉을 수 있도록 자리를 잡았다. 자카란다 나무 그늘, 유칼립투스 향, 서서히 짙어지는 안개, 모든 것에 깃든 황혼. 하루가 끝났다. 특별한 것은 없다. 그런데 알고 보니 친구는 남편과 별거하기로 합의했다고, 어쩌면 이혼할지도 모른다는 소식을 전하려고 나를 여기로 데려온 것이었다. 두 사람 다

함께 살던 작은 집에 여전히 머물고 있다고 했다. 두 사람은 둘로서 함께 살던 장소에서 따로 함께 살고 있고, 그들의 과거는 여전히 주변을 맴돌면서 현재가 되고 있다. 그 집에서 가장 존재감이 뚜렷한 것은 지금은 존재하지 않는 두 사람의 관계다. 그 관계는 좀처럼 사라지지 않은 채, 그녀를 채우고 비운다. 그녀는 더는 견딜 수가 없다. 무기력과 공황장애에 빠진다. 그녀는 울고 또 운다. 사람들이 지나가면서 어둠 속을 들여다본다.

———

키에르케고르는 이렇게 말했다. "결혼하면 후회할 것이다. 결혼하지 않으면 후회할 것이다. 결혼하거나 결혼하지 않거나, 어느 쪽이든 후회할 것이다." 키에르케고르의 음울한 유머는 그 뒤 얼마 지나지 않아 짓밟힌 희망을 노래하는 시인인 토머스 하디라는 맞수를 만난다. 하디의 시들은 가능하지 않을 법한 실패들을 모아놓은 호기심의 방이다.

한 여자가 전 남편의 무덤 앞에 서 있다. 무덤 맞은편에는 그 남자의 두 번째 아내가 서 있다. 첫 번째 아내는 과거를 돌아보며 그 남자와 이혼한 것을 후회한다. 그리고 "일부다처제 시대의 아내들처럼" 다 함께 살 수 있었다면 좋았을 것이라며 아쉬워한다 (「관 위로Over the Coffin」).

결혼하지 않은 소녀가 임신을 했고, 연인에게 버림받았다. 어느 일요일 아침, 슬픔에 빠진 소녀의 어머니가 유산을 유도한

어른 시절의 이야기들

다는 약초를 소녀에게 건넨다. 소녀와 배 속에 있는 아이가 죽은 직후, 연인은 소녀와 결혼하기로 마음먹고 돌아온다. 소녀의 어머니는 자신도 죽지 않은 것을 후회한다(「일요일 아침의 비극 A Sunday Morning Tragedy」).

늙고 가난한 남자가 자존심을 버리고 구빈원에 들어가게 된다. 구빈원 규정에 따르면 남자와 남자의 아내는 따로 자야 한다. 그러나 담당 부목사는 남자를 불쌍히 여겨 부부가 함께 자도록 허락한다. 안타깝게도 남자는 구빈원에 들어오면서 아내와 따로 자야 하는 것을 작은 위안으로 삼고 있었다(「부목사의 친절A Curate's Kindness」).

모든 생명이 멸종된 뒤 비탄에 젖은 신은 애초에 이 세상을 창조한 것을 후회한다고 설명한다(「지구의 시체 옆에서By the Earth's Copse」). 이 시가, 이 세상과 이 세상의 모든 생명이 신의 불멸하는 마음에서 완전히 빠져나간 「신-잊어버린God-Fogotten」보다 더 절망적인지는 확실하지 않다. 「신-잊어버린」에서 신은 묻는다. "내가 창조했다고?"

하디의 상상은 벽난로 구석구석에 상상의 사산아들을 낳았다. 하디의 후회는 놀라울 만큼 번식력이 왕성하다. 하디는 실현되지 않은 모든 것들, 그가 억지스럽게 "불/부不-"로 표현한 모든 것들에 대해 생각하게 만드는 기발한 상황을 끈질기게 발명했다. 비평가 제임스 리처드슨James Richardson은 하디의 시에는 비움의 접두사가 만연하다고 지적한다. 하디의 시집 『웨섹스의 시들Wessex Poems』만 살펴보더라도 "불완화unsoothed", "불선택unchosen", "부모욕unshent", "불목격unsight", "불인식unaware", "부지unwitting", "불식unconscious", "부주의unheed", "부의심undoubting", "부적절unseemly", "불균등uneven", "부지불unpaid", "불손상unbroken", "불언unspoken", "불안unrest", "불익숙unwontedly", "부고통undistrest"이 사용되었다. 하디는 부재의 시인이 아니라 소거의 시인, n-1의 시인이다.

――――――

그러나 하디의 상상력이 뒷걸음질 친 가장 큰 이유는 결혼, 특히 하디 자신의 결혼생활이었다. 젊은 시절 콘월을 방문한 하디는 에마 기퍼드Emma Gifford를 만났고 이삼 주 후에는 그녀에게 사랑의 시를 바치고 있었다. 그중 하나인 「디티Ditty」에서 그는 그녀와 함께하는 것이 얼마나 황홀한지 노래하는 대신, 그녀 없이 지내는 것이 얼마나 괴로울지 노래하는 대신, 그녀가 없어서 자신이 잃은 것이 무엇인지를 모르는 것이 얼마나 고통스러울지를 노래하면서 그녀를 향한 자신의 사랑을 선언한다.

> 내가 키스를 했을 수도 있다는 느낌―
> 진실한 사랑을 했을 수도―
> 다른 곳에서도, 이곳에서도 그리워하지 않았으리
> 살아가는 내내,
> 그녀 근처로 발길이 닿지 않았다면,

어른 시절의 이야기들

그야말로 쓰라린 형벌.[5]

　에마는 하디의 시가 다소 으스스한 구석이 있다고 생각했고, 그럴 만했다. 그러나 그녀의 약혼자에게 이런 정서는 일상적이고 흔한 것이었다. 하디는 자신의 감정을 조건부라는 쇠붙이로 날카롭게 다듬었다. 무엇이 현실이고 무엇이 실현되지 않았는지에 대한 압축적인 인식은 연인보다는 시인에게 유용한 재능이었다. 하디는 그런 인식을 아이러니의 재료로 삼았다. 하디의 시를 읽으면서 리처드슨은 이렇게 논평한다. "우리는 현재의 것들을 되돌릴 수 없다는 사실과 현재의 것들이 아주 쉽게 달라질 수도 있었다는 사실을 동시에 받아들이도록 강요받는다." 이것만큼 우리의 단독성을 직설적으로 나타낸 문장도 없을 것이다. 하지만 썩 매력적인 생각은 아니다.

　그러나 그렇다고 해서, 당연한 얘기지만, 이따금씩 아주 비참해지는 순간이 없다는 건 아니에요. "내가 내 인생을 망쳤구나"라는 생각이 드는 그런 순간이요. 누구나 그럴 때면 다른 삶에 대해, 내 것일 수도 있었을 더 나은 삶에 대해 생각하게 되죠. 저 같은 경우에는 스티븐스 씨 당신과 함께였다면 살았을 삶에 대해 생각합니다.[6]

　가즈오 이시구로Kazuo Ishiguro, 『남아 있는 나날The Remains of the Day』

결혼의 불가역성과 배타성이 살지 않은 삶에 대한 상상을 자극한다는 것은 사실이다. 그러나 이런 이야기에 결혼이 특히 자주 등장하는 데는 더 흥미롭고, 더 아픈 이유가 있다. 성경과 기독교 문화는 누군가와 결혼한다는 것은 당신이 더는 다른 사람과 분리된 한 사람이 아니라 배우자와 하나가 된 사람, '일체一體'가 된다는 것을 의미한다고 가르친다. 살지 않은 삶에 대한 이야기는 부부의 삶을 두 사람의 삶이 아니라, 즐거울 때나 괴로울 때나 성할 때나 아플 때나, 두 사람이 합쳐져 하나가 된 사람의 삶으로 취급하면서 이야기를 풀어간다. 결혼생활의 실패(그리고 결혼하는 데 실패하는 것도 실패라고 믿는다면 미혼)는 독신의 삶을 더 볼품없는 것, 더 불행한 구속으로 만든다. "그 누구도 다른 누군가가 될 수 없다고 말할 수 있다"라고 지적하면서 애덤 필립스는 이렇게 설명한다. "결혼은 다른 누군가가 되는 것에 최대한 가까이 다가가는 셈이다." 당신이 결혼하기를 원하고, 결혼할 수 있고, 결혼생활을 유지할 수 있다면 말이다.

애니 프루Annie Proulx는 「브로크백 마운틴Brokeback Mountain」의 후반부에서 "일체"가 된다는 것에 관한 잔잔하면서도 복잡한 이미지를 그려낸다. 에니스 델 마르와 잭 트위스트는 서로에게 결혼서약을 하지 않고, 함께 살지 않고, 브로크백 마운틴의 오두막에서 함께 머물지 않은 수십 년의 시간을 흘려보낸다. 두 사람은 1963년 여름 한 양떼 목장에서 일꾼으로 만났다. 둘 다 아직 십

대였고, 고등학교도 졸업하지 못한 미래가 암울한 청년들이었다. 그러나 산에 있을 때면 세상을 다 가진 것 같았다. 두 사람이 섹스에 관해 이야기하지는 않지만, 자연스럽게 일이 일어나도록 내버려 둔다. 그 여름 두 사람이 함께 보낸 날들이 그들의 인생을 통틀어 가장 살아 있다고 느낀 날들이었지만 둘 다 자신이 동성애자라는 사실을 부인한다.

두 사람은 각자 여자를 만나 결혼하고, 아이를 낳고, 취직을 하고, 20년에 걸쳐 드문드문 만난다. 두 사람은 자신들의 현실에 다르게 반응했다. 작은 목장을 운영하거나 멕시코에 정착하는 등 문명과 문명이 개인에게 가하는 구조적인 폭력에서 어느 정도 거리를 두는 삶을 꾸린 잭은 두 사람이 함께 만들어갔을 삶에 대한 미련을 떨치지 못한다. 그는 에니스에게 사랑의 도피를 하자고 설득하지만 에니스는 거부한다.

> 내게 주어진 것들에 묶여 있어. 나 자신이 만든 올가미에 갇혀 있다고. 빠져나올 수가 없어. 잭, 나는 가끔 주위에서 보게 되는 그런 남자들처럼 되고 싶지 않아. 그리고 죽고 싶지도 않고…. 지금 우리가 할 수 있는 것은 아무것도 없어…. 내가 하고 싶은 말은 말이야, 잭, 나는 이 삶을 꾸리기까지 오랜 시간이 걸렸어. 내 딸들을 사랑해. 알마는 어떻고? 그녀는 아무 죄가 없어.[7]

에니스는 "꼭 그래야 한다는 생각"은 안 든다고 말하면서도 "그냥 뭔가 손해 보고 있다는 막연한 느낌"이 들 뿐이라고 선을 굿는다. 그는 혼란스러워 한다. "나는 거리에서 사람들을 보곤 해." 그는 알고 싶어 한다. "다른 사람들에게도 이런 일이 일어날 까?" 잭은 전혀 혼란스럽지 않다. 그는 분노한다. "우리는 함께 좋은 삶을 살 수 있었어. 진짜로 좋은 삶 말이야, 제길." 그런데 "네가 거부한 거야, 에니스." 이제 두 사람에게 남은 것은 "말하지 못했고, 이제는 말할 수 없게 된 것들로 채워진 세월"이다.

타이어 지렛대에 맞아 죽기 전 잭이 기억하고 갈망하는 것은,

> 먼 여름 브로크백에서 에니스가 등 뒤에서 나타나 자신을 꼭 안았던 그 순간이었다. 그 침묵의 포옹은 두 사람이 똑같이 느끼고 있던 순수한 결핍을 채워주었다. 모닥불 앞에서 두 사람은 그렇게 꼭 안은 채 오랫동안 서 있었다. 불은 새빨간 빛 덩어리를 토해냈고, 두 사람의 몸이 만든 그림자는 하나의 기둥이 되어 바위에 드리워졌다. …그 나른한 포옹이 두 사람의 분리된, 힘겨운 삶에서 단 한순간의 마법 같은 소박한 행복으로 그의 기억에 각인되었다.

이 소설에는 살지 않은 삶에 대한 이야기의 모든 특징이 들어 있다. 여행, 결혼, 아이, 즐거움을 잃어버린 삶. 그리고 마지막으로 한 울타리 안에 머물지만 분리되고 개별적인 삶들이 만든 단 하나의 이미지, 둘이 하나가 되는 황홀한 결합의 그림자가 드리워진 단 하나의 이미지.

어른 시절의 이야기들

살지 않은 삶을 만들어내는 다양한 요소들은 시간이 흐르면서 서로 다른 속도로, 다른 방식으로 상호작용하면서 변했다. 눈에 띄는 변화도 있고, 확실하지 않은 변화도 있다. 그래서 살지 않은 삶의 진화 과정을 정확하게 기록하기는 어렵다. 동성애자들을 둘러싼 조건도 지난 50년간, 때로는 그 변화가 눈에 보이고 귀에 들릴 만큼 빠르게 변했다. 우리는 역사가 과거로 우리에게 멀어지면서 보내는 음파 소리를 들을 수 있다. 「브로크백 마운틴」에서 이야기가 시작되는 1963년과 이 소설이 발표된 1997년 사이에 조건들이 급격히 변했다. 1997년부터 현재까지도 계속 변했다. 그리고 아마도 내가 이 책을 쓰는 지금부터 당신이 이 책을 읽는 순간까지도 계속 변할 것이다. 그런데도 프루가 들려준 이야기는 여전히 우리의 이야기로 이해된다.

직업과 결혼 간의 관계도 마찬가지로 급격하고 극적인 변화를 겪었다. (물론 그 변화의 속도도 우리의 경험을 좌우한다. 우리는 우리의 부모를 보면서 거리를 잰다.) 메그 월리처Meg Wolitzer의 장편소설 『인터레스팅 클럽The Interestings』은 주인공이 첫 갈림길에 선 순간을 정확하게 특정한다. 1974년 7월 초 헬리콥터 한 대가 백악관 마당에서 전직 대통령을 싣고 날아오른다. 예술캠프에서 한 소년이 소설의 주인공인 줄스에게 기적과도 같이, 아무런 이유 없이 잘나가는 아이들 무리에 초대했고, 줄스는 좋다고 답한다.

그녀가 *싫다*고 했다면 어떻게 되었을까? 훗날 그녀는 고딕 호러를 통해서나 경험할 법한 기이한 쾌감을 느끼며 궁금해하곤 했다. 가볍게 던진 초대를 거절하고 그냥 자신의 삶을 살았더라면. 술에 취한 사람, 눈이 먼 사람, 멍청한 사람, 자신이 짊어진 작은 행복 꾸러미에 만족하는 사람으로 아무것도 모른 채 구르고 넘어지면서.[8]

1980년대, 1990년대, 2000년대를 통과하며 에이즈의 유행과 911테러 사건, 뉴욕의 치솟는 부동산 가격 등을 겪으면서 이성애자이건 동성애자이건, 남자건 여자건, 이 소설의 모든 인물은 가능성을 하나씩 차례차례 내려놓는다. 줄스는 자신을 사랑하는 이선과 결혼하지 않는다. 자신이 꿈꾸던 배우가 되지 않는다. 친구들처럼 그녀도 자신이 될 수 있는 유일한 한 사람이 된다. 소설의 결말은 소설의 시작처럼 그 순간을 정확하게 특정한다. 스카이프로 영상통화를 하고, 각종 '마스터 과정'들과 의료관광이 성행하고, 뮤지션들은 브루클린 그린포인트에 산다. 대략적으로 말해 지금이다. 월리처의 소설 속 인물들의 쇠퇴는 한 세대, 내 세대의 쇠퇴처럼 느껴진다. 그들처럼 우리는 모두 조금씩 조금씩 꺾이고 깎인다.

직업 선택과 배우자 선택. 이런 선택의 기억이 살지 않은 삶을 떠올리게 하는 가장 흔한 장치일 것이다. 그러나 나는 우리의 부모, 형제자매, 자녀에 대한 생각이 우리의 내면을 그보다 더 깊

어른 시절의 이야기들

숙한 곳까지 헤집는다고 믿는다. 우리 문화가 가족관계를 중시하고 가족에 대한 생각이 우리 안에 격한 감정과 혼란을 불러일으키기 때문이다. 또한 가족의 속성이 살지 않은 삶의 이야기 형식에 잘 어울리기 때문이기도 하다. 직업과 결혼도 그렇지만 가족도 우리를 죽을 때까지 벗어날 수 없는 길로 들어서게 한다. 그리고 그 길은 배타적이고 불가역적이다. 심지어 그 길은 죽은 뒤에도 끝나지 않는다. 더 나아가 결혼처럼 가족도 우리에게 단독성에서 벗어날 수 있는 탈출구가 돼주겠다고 약속하기 때문에 강력한 힘을 발휘한다. 가족 구성원과 생물학적으로 연결된 경우에 그 신체적 유사성이 그런 약속을 보증한다. 그럴 때 나는 내 몸 밖에서 나를 보게 된다. 그러나 자녀를 입양했거나 대리모로 아이를 출산했을 때도 여전히 실현되지 않은 가능성들을 떠올리게 된다. 1990년대 말 미국 가수 멜리사 에서리지Melissa Etheridge와 그녀의 파트너는 정자 기증자를 찾고 있었다. 최종적으로 그들은 두 명 중 한 명을 선택해야 했다. 데이비드 크로스비David Crosby 와 브래드 피트Brad Pitt였다. 십여 년이 흐른 뒤 에서리지는 기자에게 이렇게 말했다. "십 대가 된 아이들은 말하죠, '브래드 피트가 내 아버지일 수도 있었는데…. 그랬다면 나도 끝내주게 잘생겼을 텐데'라고요."

부모 자식 관계는 우리 자신을 탈출하는 것이 가능하다는 희망을 준다. 그래서 자녀의 죽음이나 아이를 가질 기회의 상실은 우리를 우리 자신 속으로 더욱 깊숙이 파고들게 만든다. 이런 점

에서 실패한 결혼과 비슷하지만 대개 우리는 더 비통함을 느끼고 그 여파는 더 오래간다. 에밀리 브론테Emily Brontë의 『폭풍의 언덕Wuthering Heights』에서 히스클리프의 지칠 줄 모르는 야망은 그가 자신과 같은 이름을 가진, 언쇼의 죽은 큰아들의 대용품이었다는 사실에서 비롯되었다고도 해석할 수 있다. 『이스트린』에서 이사벨의 슬픔은 아들이 죽었을 때 한층 더 무겁게 쏟아져 내린다. ("내가 그러지 않았다면 – 내가 애초에 그런 일을 저지르지 않았다면 – 모든 것이 달라졌을 텐데!") 하디의 『더버빌가의 테스Tess of the D'Urbervilles』에서 테스는 아들이 죽자 차라리 죽음이 삶보다 더 낫다는 생각을 한다. 제임스의 『대사들The Ambassadors』에서 스트레더는 죽은 아들을 가슴에 묻는다. 리베카 웨스트Rebecca West의 『군인의 귀환Return of the Soldier』에서 우리는 등장인물들을 햇볕이 잘 드는 죽은 아기의 방에서 처음 만난다. 끝없이 이어지는 이런 고통의 서사는 라이오넬 슈라이버의 『생일 이후의 세계The Post-Birthday World』, 메리 고든의 『내 젊은 날의 사랑The Love of My Youth』, 케이트 앳킨슨의 『삶 이후의 삶Life after Life』, 엘레나 페란테의 소설들, 루실 클리프턴Lucille Clifton와 레이첼 주커의 시 등 최근 작품에서도 발견된다. 문학에서도, 문학 밖 현실에서도 너무도 흔히 접하는 익숙한 절망이다 보니 리디아 데이비스Lydia Davis는 자신의 전매특허인 간결하고 무미건조한 문체에도 불구하고 독자들이 그 서사에 반응할 거라고 확신할 수 있었다. "살면서 어느 순간 그녀는 자신이 아이를 가지고 싶어 하는 것이 아님을 깨닫는다. 그녀는 아이를 가지지 않는 것을 원하지 않았고, 아이를 가진 적이 없지 않기를 원했다." 이 글에 데이비스의 「이중 부정A Double Negative」의 이야기 전체가 담겨 있다.

결혼, 직업, 자녀 양육을 둘러싼 조건들의 변화가 지난 몇십 년 동안 집중되면서 이런 경험들이 훨씬 더 치열해졌다. 그것도 특히 여성에게. 직업적으로 성공하기를 원하는 엄마들은 아이가 없는 직장 여성, 경력을 포기한 엄마들, 아이 양육에 크게 관여하지 않는 남자 동료들을 곁눈질한다. 아이를 키우기 위해 스스로 일을 그만두었거나 그만둘 수밖에 없었던 엄마들은 여전히 일을 하는 주변의 여성들을 곁눈질한다. 그리고 자의든 타의든 아이가 없는 여자들은 아이가 있는 여자들을 곁눈질한다. 정답인 길은 없는 듯하다. 모든 좋은 길은 나머지 길을 배제한다. "여기에 함정이 있다." 매기 넬슨Maggie Nelson이 말한다. "*나는 글을 쓰면서 동시에 아이를 안아줄 수 없다.*" 그녀가 쓴 모든 문장은, 내가 읽는 그녀의 모든 문장은 그녀가 아이를 안고 있지 않다는 사실을 암묵적으로 전달한다. 결과물을 얻기 위해 치러야 하는 대가가 바로 내려놓기인 듯하다. (넬슨의 저 문장을 처음 읽었을 때, 나는 *내* 책을 한 줄로 요약했다고 느꼈다.)

가족 간 신체적 유사성이 자신으로부터의 탈출을 약속한다면 유사성의 부재는 그런 약속을 깨뜨린다. 흑인이 백인인 척하는 패싱에 관한 이야기들은 자연스럽게 이 점에 초점을 맞춘다. 포

셋의 『플럼번』처럼 그런 이야기들은 흑인인 형제자매, 부모, 자녀와 전혀 닮지 않은 인물들을 다룬다. 그런 인물들에게는 선택지가 더 많고, 다른 가족보다 더 많은 기회를 얻는다. 그래서 훌륭한 주인공인 것이다.

제임스 웰든 존슨James Weldon Johnson의 『한때 흑인이었던 남자의 자서전The Autobiography of an Ex-Colored Man』의 이름 없는 혼혈인 화자는 재능이 있고, 피부색이 하얗고, 큰 꿈을 지닌 래그타임[9] 피아노 연주자이자 작곡가이다. 그는 "위대한 남자, 위대한 흑인 남자"가 되어 "흑인 인종의 우월성을 증명하고 명성을 얻고" 싶어 한다. 그는 북미와 남미와 유럽 대륙, 서민층과 부유층, 흑인 세계와 백인 세계를 넘나들며 순회공연을 다닌다. 그의 이야기는 아주 긴 문화 여행기이기도 하다. 그는 그 모든 문화에 낄 수 있지만 그 어느 문화에도 속하지 못한다. 화자로서 그의 가치는 이런 분리된 사회적 세계를 넘나들면서 안내할 수 있는 능력이다. 그리고 그 능력은 그의 특이하고 애매모호한 인종적 배경에서 나온다. 그런 그의 앞에 놓인 길도 세월이 흐르면서 고정되고 배타적이 된다. 그의 이야기가 좁아지면서 결말에 가까워지면 그는 백인 여자와 결혼하기로 결심하고 위대한 음악가가 되겠다는 꿈은 접는다. 그와 그의 아내는 아이를 낳아 기르고, 그는 "돈을 좀 번, 주변에서 흔히 볼 수 있는 성공한 백인"으로 통한다. 그는 그럭저럭 행복하다. 그러나 아내는 죽고, 두 아들과 남은 그는 자신의 자서전을 이렇게 끝맺는다.

내 아이들을 사랑하므로 내가 나인 것이 감사하고, 지금과 다르기를 바라지 않는다. 그래도 때때로 빠르게 누레지는 원고가 담긴 작은 상자를 열어볼 때가 있다. 사라진 꿈, 죽어버린 야망, 희생된 재능의 존재를 유일하게 증명하는 잔재를 볼 때면 어쩔 수 없이 이런 생각이 든다. 결국 나는 더 못한 나를 선택한 것이 아닐까. 고작 죽 한 그릇을 얻기 위해 내 장자長子의 권리[10]를 팔아버린 것은 아닐까.[11]

글쓰기(화자의 글쓰기와 존슨의 글쓰기)는 운 좋은 소수만이 경험할 수 있는 그런 양가감정을 담기에 안성맞춤인 그릇이다. 그가 만난 대다수 흑인은 여자건 남자건 그런 장자의 권리를 애초에 부여받지 못했다.

———

"시카고, 10월 10일 일요일. 사랑하는 엄마에게" 랭스턴 휴스 Langston Hughes의 짧은 소설 「패싱Passing」은 패싱을 다룬 또 다른 작품이다. 무거운 주제를 익숙하고 평범한 편지라는 형식으로 가볍게 풀어냈다. 한 아들이 간밤에 길에서 자신의 어머니와 마주쳤고, 오늘 그 아들은 어머니에게 편지를 쓴다. "저는 개가 된 것 같았어요, 어제 시내에서 엄마를 보고도 말 한마디 않고 그렇게 모른 척 지나쳤으니까요." 그는 말한다. "하지만 엄마는 최고였어요. 아들인 걸 티 내기는커녕 저를 아는 척도 안 했잖아요." 그는 피부가 희고 어머니는 피부가 검다. 그는 화이트칼라고, 어머니와 그의 형제자매는 하급 노동자다. 그는 대학을 나왔고, 그들은 대학을 다니지 않았다. 그는 백인 여자 친구가 있고, 여행 다니는 삶을 상상하고, 동료들이 인종차별적인 말을 해도 함께 웃는다. 그는 백인으로 통한다. 여느 평범한 철부지처럼 무신경하게 어머니의 마음에 상처를 주고, 게다가 그 상처에 특권이라는 소금을 뿌린다. 그런데 실은 그의 어머니도 그가 그런 삶을 누리기를 바란다.

이 아이러니만으로도 이미 충분히 신랄하지만 이 이야기의 결정타는 마지막 단락이다. "편지는 피부색을 자유로이 넘나들 수 있어서 다행이에요." 그는 이렇게 편지를 끝맺는다. "자주 만나지는 못해도 편지는 쓸 수 있잖아요. 안 그래요, 엄마?" 다른 맥락에서는 이런 문장이 차이를 초월하고 인류의 보편성을 보여주는 글쓰기의 힘에 찬사를 보내는 문장으로 해석되었을 수도 있다. 그렇기에 이 문장들이 더 잔인한 자기 예찬처럼 느껴진다. 이 편지는 철부지 청년이 자신과 어머니가 실제보다 훨씬 더 많은 것을 공유한다고 스스로를 속이도록 부추긴다. 지금 여기, 흑인 여자에게 보내는 허구의 편지를 읽는 백인 남자인 내가 있다. 나는 그녀와 마찬가지로 편지를 읽는다. 휴스는 우리에게 같은 편지를 읽게 함으로써 한자리에 모이게 한다. 구체적인 내용을 추상화함으로써 글쓰기는 내가 다른 모든 사람의 이야기에 끼어들 수 있게 한다. 내가 모든 작가, 모든 독자의 혈족이라고 생각하게 만든다. 나는 내가 피부색의 경계를 뛰어넘고, 이 흑인 여성의 입장이 되었다고 믿을 수 있다. 휴스의 소설 속 아이러니가 날린 결정타는 방향을 돌려 나를 향해 돌진한다.

어른 시절의 이야기들

우리의 가족, 그중에서도 부모, 자녀, 형제자매로 인해 살지 않은 삶에 대한 생각이 특별한 힘을 얻는다고 말했다. 우리의 몸이, 우리가 단지 우리 자신일 뿐 아니라 우리 자신인 동시에 다른 사람일 수도 있다고 말하는 것처럼 느껴진다. 가족이 되면 우리는 설명할 수는 없지만 어떤 식으로든 단독성에서 벗어나 둘이 된다. 이런 점에서 가족은 결혼보다 더 강력한 힘을 지닌다. 성경이 펼치는 고집스러운 주장에도 불구하고, 당신이 들은 모든 사랑 노래에도 불구하고, 결혼은 *진정한 의미에서* 두 사람을 한 사람으로 만들지 않는다. 그것은 은유에 불과하다. 그러나 우리의 자녀는, 우리가 낳은 자녀, 우리가 낳지 않은 자녀, 우리가 낳았지만 지금은 곁에 없는 자녀는 은유와 직설의 경계가 늘 명확한 것은 아니라는 사실을 일깨워 준다.

베라크루스Veracruz

조지 스탠리George Stanley

베라크루스에서, 바람 & 선원 & 시끄러운 새들의 도시에서,
노인인 나는, 바닷가 옆 말레콘 위를 걸었다,
그리고 내 아버지를 생각했다, 젊은 시절
브라질을 꿈꾸면서, 아바나의 말레콘을 걸었던,

그리고 나는 아버지가 브라질에 갔더라면

& 마법을 배웠더라면 좋았을 텐데 하고 생각한다,

그리고 나는 아버지가 브라질 마법으로 무장하고
샌프란시스코로 돌아왔더라면, & 내 어머니가 아닌,
어머니의 남동생과, 그가 진정으로 사랑했던 사람과 결혼
  했더라면 좋았을 텐데 하고 생각한다.

나는 아버지가, 테이레시아스[12]처럼, 스스로 여자가 되었
  다면,
& 삼촌의 아이를 가졌더라면, & 나를 여자아이로 낳았더
  라면 좋았을 텐데 하고 생각한다.

나는 내가 샌프란시스코에서 여자아이로 자랐다면,
키가 크고, 진지한 여자아이로 자랐다면 좋았을 텐데 하고
  생각한다.

& 나는 결국 베라크루스에 왔을 것이고,
& 말레콘 위를 걷고, 선원을 만나고,
멕시코인 선원이나 다른 국적의 선원을—
아마도 브라질에서 온 선원을,
& 그가 나와 결혼하고, & 나는 그의 아이를 가지고,
그렇게 마침내 내 아들을 낳았을 텐데—내가 사랑하는
남자아이를.[13]

어른 시절의 이야기들

어떤 생성과 재창조, 결혼과 임신, 성 정체성 확립과 재확립의 마법이 이런 구문들을 빚어냈을까? 시인은 갈림길이 된 항구들을 파악하고 앞으로 나아가는 동시에 되돌아간다. 우리는 말레콘에서 말레콘으로, 브라질에서 브라질로 이동한다. 그리고 그 과정에서 일련의 변주를 경험한다. 베라크루스의 말레콘과 아바나의 말레콘, 브라질과 샌프란시스코. 노인 젊은이 아버지 어머니 삼촌 남동생 딸 아들. 그래서 모든 것이 이 시에서 전하는 그대로이지만, 또한 다를 수도 있었다. 이 남자가 아들을, 자신이 사랑하는 남자아이를 낳을 수도 있었을 정도로, *그렇게까지* 다를 수 있었다. 화자는 다른 사람이 되기를 원하는 것이 아니라 다른 사람이었기를 원하고, 그래서 지금 다른 사람이기를 원한다. 지금의 화자는 자신이 아닌 다른 사람이 되고픈 열망을 극적으로 표현할 수 있는 능력이 전부인 사람이다.

화자가 실현되지 않은 기회들과 가지 않은 길들을 후회하고 있다는 것은 의심의 여지가 없다. 그는 그런 기회들과 길들을 짊어진 채 바닷가를 걷는다. 그러나 「베라크루스」를 읽었을 때 내가 느낀 감정은 우울함보다는 신선한 놀라움에 가까웠다. 나는 단어에서 단어로 나아가면서도 내가 어디로 가는지 몰랐다. 이 휴지 다음, 저 쉼표 너머, 이 줄표 건너, 저 마침표 이후에 무엇이 있는지 알 수 없었다. 나는 갈매기처럼 빠르게 내려앉았다가 빙글빙글 날아올랐다. 이런 놀라움 중에서 가장 유쾌한 것은 샌프란시스코에서 단순히 "여자아이"가 아닌 "키가 크고, 진지한 여자아이"로 자라고 싶었다고 말한 것이었다. 그 점을 아주 부드럽고 구체적으로 표현했기 때문인 것도 있다. 화자의 뜬구름 잡는 듯한 화려한 소망들의 마지막에 그는 불쑥, 아주 잠시나마, 이런 소박한 이미지를 그 자체로 잔잔한 시행 위에 띄운다.

아바나에서 화자의 아버지는 브라질로 가는 꿈을 꿨지만 가지 않았고 그곳에서 마법을 배우지도 않았다. 이제 여기 멕시코에서 화자는 자신의 마법을 발견하고 그 마법의 주문을 외운다. 그는 동성애자이고 사랑이 넘치는 신이다. 당당하게 진실을 밝히는 그의 마법 능력에 의해 우리는 시가 끝날 즈음 단어의 소용돌이, '&' 기호의 사슬, 행과 연의 구문 걸치기가 아이를 낳았다고 느낀다. 스탠리는 "그렇게 마침내 내 아들을 낳았을 텐데─내가 *사랑했을*/남자아이를"이라고 하지 않았다. 그는 "내가 *사랑하는*/남자아이를"이라고 했다. 사랑받고 있는 그 남자아이는 지금 실재로 존재한다. 그 아이는 유령 같은 존재나 실재하지 않는 세계에서 길을 잃은, 놓친 기회가 아니다. 보들레르가 시인에 대해 한 말은 이 화자에게도 적용된다. 그는 자기 자신이면서도 자신이 되고 싶은 누군가가 되는, 그 무엇과도 비교할 수 없는 특권을 누린다.

─────

큰아이는 나를 닮았고, 때때로 나처럼 행동한다. 우리 둘 다 짜증이 나면 짙은 눈썹을 찡그리는 버릇이 있고, 서두를 때의 걸음걸이가 똑같고, 불안할 때 같은 방식으로 숨는다. 우리는 분리된 두 개인이지만 그와 나는 공통점이 너무나 많다. 큰아이뿐 아니라 다른 아들 녀석도 마찬가지다. 내 성격 중 일부를 아들

에게 발견하고 아들의 성격 중 일부를 내 안에서 발견한다. 태어
난 직후 죽은 첫째 딸에게도 적용되는 이야기다. 어떻게 설명할
수 있을까? "내 아이들이니까요"라는 답변으로 충분하지 않다
면 말이다.

———

우리가 자녀와 함께 있을 때만큼 다른 삶에 대한 상상이 언
어를 위기에 빠뜨릴 정도로 강력한 힘을 발휘하는 때도 없다.
내 아이들, 그들은 나의 일부인가 아니면 나와는 전혀 별개인
가? 아빠들에게도 물을 수 있는 질문이지만 생물학적인 엄마들
에게 물었을 때 답하기가 더 까다로워지는 질문이다. 생물학적
인 엄마는 두 사람 또는 한 사람이었으며, 임신 중에는 두 사람
이자 한 사람인 경험을 했기 때문이다. 9개월 이상을 형이상학
적으로 그리고 신체적으로, 속이 뒤집히도록, 황홀할 정도로, 지
루할 정도로 하나로 지냈다. 이는 아이를 출산한 엄마들, 유산한
엄마들, 사산아를 출산한 엄마들, 낙태 시술을 받은 엄마들 모두
에게 해당된다.

그웬돌린 브룩스Gwendolyn Brooks가 쓴 이 시는 좀처럼 보기
드문 기세로 이런 형이상학적인 질문을 둘러싼 현실을 다룬다.

어머니The mother
낙태는 당신이 잊도록 내버려 두지 않을 것이다.
당신은 당신이 가졌지만 갖지 않은 아이들을 기억할 것이다.
머리카락이 없거나 조금 있는 축축한 조각들,

공기를 머금어본 적이 없는 가수와 노동자들.
당신은 방치하거나 때리지 않을 것이다
그들을, 조용히 시키거나 사탕으로 달래지 않을 것이다.
당신은 손가락을 빠는 버릇을 끊게 하지 않을 것이고
찾아오는 유령들을 내쫓지 않을 것이다.
당신은 나지막한 한숨을 억누르면서 떠나는 일이 없을 것
   이고,
목마른 엄마의 눈길로 그들을 잠시 음미하려고 돌아오지
   도 않을 것이다.

나는 바람의 목소리에서 내 흐릿한 죽은 아이들의 목소리
   를 들었다.
나는 수축했다. 나는 이완했다
결코 빨려보지 못한 가슴에는 내 흐릿한 아가들이.
나는 말했다, 내 사랑아, 내가 죄를 지었다면,
네 운을 그리고 네 완성되지 못한 뻗은 손에서 네 삶을 내
   가 빼앗았다면
네 탄생과 네 이름을,
네 끊이지 않는 아기 울음과 네 놀이를,
네 헛된 사랑 또는 아름다운 사랑, 네 반항, 네 결혼, 가슴
   앓이, 그리고 네 죽음을,
내가 네 첫 호흡을 독살했다면,
부디 믿어주길 내 의도가 의도적이 아니었다는 것을, 비록
   내가 징징거릴 일은 아니지만,

그 범죄가 내가 아닌 다른 이의 것이었다고?–

어쨌거나 너는 죽었다.

혹은, 그게 아니라,

너는 아예 만들어지지 않았다.

그러나 그것도, 안타깝게도,

틀렸다: 오, 내가 뭐라고 말해야 할까, 진실을 어떻게 말해
   야 할까?

너는 탄생했다, 너는 몸이 있었다, 너는 죽었다.

다만 너는 한 번도 킥킥 웃거나 계획을 세우거나 울지 않았
   을 뿐이다.

부디 믿어주길, 나는 너희 모두를 사랑했다.

부디 믿어주길, 나는 너를 알았다, 희미하게나마, 그리고
   나는 사랑했다, 나는 너를 사랑했다

너희 모두를.[14]

　화자가 낳지 않은 이 아이들은 누구 또는 무엇인가? 그 아이
들은 어떤 현실을, 어떤 과거를 지녔는가? 그 아이들은 죽은 걸
까, 아니면 아예 만들어지지 않은 걸까? 진실은 어떻게 말해야
하는 걸까? 브룩스의 언어를 통해 낙태가 만들어낸 패러독스들
이 탈출한다. "너는 탄생했다, 너는 몸이 있었다, 너는 죽었다"는
모든 것을 말해주고 아무것도 말해주지 않는다. 브룩스의 목소리
가 내리는 지시는 그녀에게 무기력함이라는 권위를 부여한다. 그
녀조차도 그녀의 과거 앞에서 어쩔 줄 몰라 한다.

　"부디 믿어주길, 나는 너희 모두를 사랑했다./부디 믿어주길,

나는 너를 알았다, 희미하게나마, 그리고 나는 사랑했다, 나는 너를 사랑했다/너희 모두를." 이렇듯 시의 결말에서 어머니는 자신의 경험을 말한다. 그러나 시를 시작할 때는 "나는/내가"라고 하지 않고 "당신이/당신은"이라고 말했다. "낙태는 *당신이* 잊도록 내버려 두지 않을 것이다." 화자는 자신의 경험을 일반화했다. 자신처럼 낙태한 것을 잊지 못하는 사람들이 많이 있다고 전제한다. 화자가 개인으로, "나"로 등장하기 전까지 그녀는 한 집단의 구성원이다. 그리고 그 집단의 "당신"에 독자도 포함되는 것 같아서 독자의 마음을 불편하게 만든다. (나도 포함되는 걸까? 내 경험이나 내 성별과 상관없이? 여기서 나는 나와 화자 또는 "당신"과의 거리를 어떻게 재야 할까?) 그러다 이 "당신"은, 탄생했고, 몸이 있었고, 죽은 아이들이 등장하는 지점에서 지위가 불안정해진다. 개인과 집단을 둘러싼 숨바꼭질이 점점 더 불편해지고, 심지어 고통스러워진다. 우리는 단독성이라는 공통점을 공유한다. 심지어 탄생했고, 몸을 가졌고, 죽은 이들, 한 번도 킥킥 웃거나 계획을 세우거나 울지 않은 이들과도 공유한다.

브룩스의 아이들이 내는 목소리는 바람을 타고 몸이 없는 조각으로 그녀에게 온다. 몰리 피콕Molly Peacock의 시 「선택」에서는 화자의 과거 임신 경험이 "커다란/형체가 없는 연기"로 되돌아온다. 이 영혼은 화자를 도우려고 나타났지만 좀처럼 도울 수가 없다. 이번에 방문한 신도 미완의 사랑만을 건넨다.

어른 시절의 이야기들

선택The Choice

내 임신의 유령, 커다란

형체가 없는 연기, 나보다 훨씬 더 커다란,

불안해하는 나를 위로하러 온다,

하지만, 그것도, 나를 불안하게 하고, 나는 피한다

멀찍이, "나를 내버려 둬"라고 말하면서, 그리고 그 유령은,

언제나 자비롭게, 말한다, "너는 도와주기가

정말 까다롭구나." 유령은 이 일을 꽤 자주 했나 보다,

내가 길을 잃었다는 것을 그토록 능숙하게 알아차린다

그리고 비었다는 것을. 그것은 충만함과 있는 그대로의

세상과의 더딘 연결을 되돌려 놓는다.

내가 그것이 나를 품도록 하면, 그 포옹은

아기보다 엄마에 더 가깝다. 우리는 얼마나 자주 잊는가

그 차이를. 아직 척추가 없는

작은 죽은 것이 아니라, 영혼이다

우리 모두가 가졌어야 할 부모의, 그리고

가능성의. "나는 죽을 운명이었어요." 그것이

왜 그것이 죽을 *운명이었다*고 말했는지를 생각하면

확실한 위안을 얻는다 나는 그 태아를 얼마나

뻔뻔하게 이용했는가, 그 짧은 임신이 우리에게 보여준 것,

그것의 아빠와 내게, 이런 선택지들을, 쪼그라들지 않은

선택지로 살아 있는 선택지를, 아직 결정되지 않아서
또는 결정되어서 살아 있는, 양쪽으로 방향성을 가지고 맥
　동하는,
왜냐하면 어떤 실수는 반복되고, 또는 교정되므로,
버림받은 과거의 시간들이 지금은 잡히면 머문다.[15]

이번에도 당신이 가졌지만 가지지 않은 아이들의 현실을 이해하기가 어렵다. 어찌 된 영문인지 그 아이들은 당신이 가졌어야 했지만 가지지 못한 부모이기도 하다. 화자는 우리가 누구인지 혼란스러워한다. 그런데 또 어찌 된 영문인지 이 형체가 없는 영혼은 그녀에게 충만함과 있는 그대로의 세상과의 연결을 되돌려준다. 그녀는 자신이 목격한 삶으로, 자신이 선택한 삶으로 돌아온다. "살아 있는 선택지를, 아직 결정되지 않아서/또는 결정되어서 살아 있는, 양쪽으로 방향성을 가지고 맥동하는" 선택지가 있는 삶으로.

─────

"너는 올 수 없지만 그런데도 너는 간다"라고 시인 엘리자베스 제닝스Elizabeth Jennings가 자신의 사산아에게 쓴다. 진실은 어떻게 전해야 하는 걸까? 살지 않은 아이들은 있는 그대로의 세계와 어떤 식으로 연결되는가? 혼란에 빠진 우리는 은유를 만들어낸다. 이런 아이들은 바람의 목소리, 연기 같은 유령들

이다. 나는 "잠든 채 태어나다"라는 문구가 새겨진 비석을 본 적이 있다.

———

결혼과 이혼의 이야기(한때는 하나였으나 더는 하나가 아닌 존재가 된 이야기)를 들려주기 위해 샤론 올즈는 가정법을 활용한다. 『수사슴의 도약』은 가능했던 것에 대한 이야기다. 그런데 「지금 서른 살인, 우리의 유산된 하나에게To Our Miscarried One, Age Thirty Now」라는 제목의 시에서는 당연히 가정법을 쓸 것이라고(예를 들면 "지금쯤 서른 살이 되었을, 우리의 유산된 하나To Our Miscarried One, Who Would Be Age Thirty Now"와 같은 식으로) 예상하기 쉽지만 올즈는 아예 동사를 빼버린다. 그래도 이 정갈한 약강 오보격Pentameter[16] 시에는 유산된 아이가 어디선가, 어떻게든, 지금 살아가고 있다. 그래서 "지금 서른 살인, 우리의 유산된 하나에게"인 것이다.

제목에 나오는 "하나"를 의미하는 "One"이라는 대명사는 최소한의 대명사다. 아무것도 아닌 것은 아니다. 그러나 딱히 구체적인 무언가도 아니다. 이것은 거의 아무것도 아닌 것을 지칭하는 이름이다. 올즈는 유산된 아기에 대해 아는 것이 거의 없다. 남자아이인지 여자아이인지, 금발인지 갈색 머리인지, 영리한지, 차분한지 웃긴지도 알 수 없다. 작가 앤 카슨Anne Carson은 형용사가 "세상의 모든 것을 그것의 정해진 자리에 부착하는 작업을 주도한다. 형용사는 존재의 빗장이다"라고 말했다. 그러나 이 시에 나오는 아기는 세상에 부착되지 않았다. 빗장이 잠기지 않았다. 한 조각 구름, 형체가 없는 연기, 바람을 타고 흐르는 목소리조차도 아니다. 그래서 "하나"라는 단어에도 상실이 담겨 있다. "하나"는 물론 숫자이기도 하다. 이 세상에 살아 있지 않은 하나들을 어떻게 세어야 하는가 하는 질문은 아주 오래된 질문이다. 윌리엄 워즈워스William Wordsworth의 시 「우리는 일곱이다We Are Seven」에서는 어린 하녀가 그녀의 형제자매가 여섯 명이라고 고집을 부려 시인은 혼란에 빠진다. 왜냐하면 그중 둘은 "교회 묘지에 묻혔"기 때문이다.

올즈의 시는 이렇게 시작한다.

> 나는 너를 한 번도 본 적이 없지만, 너의 구름만 보았지만,
> 나는 네가 두려워, 우리가 기대했던 네 존재와
> 네가 너무나 달랐으므로. 그리고 마치
> 네가 기다렸던 듯해, 그때, 그런 기다림이 행해지는 곳에서.
> 왜냐하면 내가 내 옆을 보면—그렇게 여기
> 네가 있어, 몸체들의 세상에, 내 아내로서의 삶이
> 현재인, 그리고 그와의 모든 행위가 있는 곳에,
> 마치 지금으로부터 수천 년이 흐른 뒤
> 너와 내가 어느 대기실에 있는 듯이
> 우리 사이의 차이가 전혀 문제되지 않는 곳에.[4]

유산된 하나를 이해하기 위해, 무엇이 중요하고 무엇이 중요하지 않은지를 이해하기 위해, 올즈는 비교하고 차이를 관찰한다. 그녀가 몸체들의 세상이라고 부르는 여기에서는 "너와 나" 사

이의 차이는 사소하고, 마찬가지로 "너"와 "우리가 기대했던 네 존재" 사이의 차이도 (놀랍게도) 사소하다. 몸체들의 세상이라는 이곳, 유산된 아기와 부모가 원했던 아이 사이의 차이가 두렵지 않은 이곳의 정체는 무엇인가? 이곳은 누가 봐도 더는 존재하지 않는 것들, 비교적 평온하게 과거의 것들의 다시 모아진 장소다. 올즈의 아내로서의 삶, 남편과의 행위, 부부의 유산된 하나가 머무는 장소다. 고양된 기억들이 현재의 것들로부터 멀리 옮겨진 장소, 물질이 없는 추상성의 장소다. 마법을 부리는 공간이다. 올즈의 문장은 가정법으로 시작하지만("마치"가 쓰인다) 놀라운 또 놀라게 하는 직설법으로 끝난다.

－그렇게 여기
네가 있어

이 몸체들의 세상에서 올즈는 그저 가리키기만, 자신의 손가락을 들어 가리키기만 하면 된다. 올즈는 화들짝 놀란다. 하나가 "마치"에서 "있다"로 순식간에 이동했다는 안도감 속으로 뚝 떨어진다. 아주 깊은 외로움을 느끼지 않은 사람은 그런 안도감을 느낄 수 없을 것이다. 그녀는 자신이 외롭다는 것을, 이 하나에 대한 그리움 때문에 외롭다는 것을 발견했고, 남편이 떠난 후에야 그런 외로움이 그녀의 눈에 들어왔다고 말하는 것 같다.

"나는 너를 한 번도 본 적이 없지만, 너의 구름만 보았지만"이라고 화자는 말한다. 그러나 그때 그녀는 스스로 보고 또 알게 된다. 그녀는 상실의 비교를 통해 시야를 확보했고, 그 시야 속 풍경은 잔인하다.

> 그가 나를 떠난 것은 별것 아니야,
> 네가 이 땅을 떠난 것에 비하면-이 땅에서 바뀌는 너의
> 　자리들,
> 바뀌는 형태들-넌 네 작업복인 팔다리를 떨구고, 집을 옮
> 　겼어, 자궁에서 나와
> 변기와 연결된 배관과
> 하수구를 따라 강과 만으로.
> 고통 없는 조각들이 되어

　남편이 결혼에서 벗어나 다시 태어난다고 상상한 「느끼지 않은 고통 Pain I Did Not」에서처럼 올즈는 몸을 떠올리게 하는 피투성이 장면을 스스로가 직시할 수밖에 없도록 만든다. 그러나 이번에도 그녀는 추상성으로 도피한다. 유산된 하나의 몸은 또다시 너라는 관념으로 대체되어 형체가 없어도 의미를 얻는다.

> 너라는 관념은 돌아왔다 그곳으로
> 오늘 내가 너를 볼 수 있는 찰나의 즉흥
> 부분적인 것들의 신에게로

　이 작아진 신, 온전하지 않은 신, 유산된 하나를 부분으로 바라보는 신은 올즈의 결혼처럼 완결되지 않은 불완전한 것들을 굽어살핀다. 그리고 새로운 고독에 싸인 그녀의 곁에 머문다. 우리

　　　　　　　　　　　　　어른 시절의 이야기들

가 살펴본 다른 신들과 달리 이 즉흥의 신은 할 수 있는 것이 있다. 적어도 올즈는 그렇게 기대한다.

> 내가 완전히 떠나고 나면,
> 파란색 벙어리장갑을 낀 손으로 나를 안아주련
> 앞으로 갈 길을 위해. 나는 생각도 못 했어
> 너를 다시 보게 될 줄, 나는 너를 찾을 생각을 못 했어.

"나는 생각도 못 했어/너를 다시 보게 될 줄"은 솔직한 표현 같지만 그 다음에 올즈는 단어들을 더 붙이고 그로 인해 균형이 깨지는 것을 막는다. "나는 너를 찾을 생각을 못 했어." 시를 쓰면서도 올즈는 돌아가야 한다고 느낀다. 돌아가서 복구하고, 방치된 자신의 아이에게 키스를 하고, 이 시를 자신의 작은 신에게 올리는 기도로 바쳐야 한다고. 속죄해야 한다고.

———————

나의 일부이면서 나의 일부가 아닌 아이는 떠나고 돌아온다. 신은 떠나고 돌아온다. A. R. 아먼스A. R. Ammons의 「부활절 아침Easter Morning」은 이렇게 시작한다.

> 내게는 실현되지 않은 삶이 있다,
> 완전히 뒤집혀 멈춘,
> 깜짝 놀란 나머지:
> 나는 그것을 내 안에 품는다 마치 임신한 것처럼 또는

마치 내 무릎 위 아이가 앉아 있는 듯
나이가 드는 대신 머무는

그 아이의 무덤으로 나는 가장
자주 돌아오고 돌아온다
무엇이 문제인지 묻는다, 무엇이
문제였는지, 그 모든 것을
다른 필연성의 빛 아래서 바라본다
그러나 무덤은 치유하지 않는다
그리고 그 아이는,
뒤척이며, 내 무덤을 나와 함께
나눠 써야 한다, 남은 것으로
견뎌낸 노인과[17]

   작아지는 것에 대한 세심하고 간결하게 조절된 리듬, 종결되지 않은 도입부가 곧 불안정한 도치 구문으로 탈바꿈한다. "나는 그것을 내 안에 품는다 마치 임신한 것처럼 또는/내 무릎에 앉은 아이처럼"와 같은 시행을 예상하지만 "나는 그것을 내 안에 품는다 마치 임신한 것처럼 또는/마치 내 무릎 위 아이가 앉아 있는 듯"이라고 썼다. 이런 작은 혼돈은 연이 끝날 무렵 나이가 드는 것과 머무는 것을 간접적으로 구분하면서 한층 더 깊어진다. 이 삶은 누구의 삶인가? 나이가 들지는 않지만 머무는 이 삶은? 이 삶은 태아처럼 화자의 안에 있을 수도, 어린 아기처럼 그의 무릎 위에 있을 수도 있고, 지금은 치유되지 않은 무덤에 있으면서 미래에는 화자의 무덤을 나눠 써야 한다. 이것은 화자의 삶인가 아니면 다른 누군가의 삶인가?

그 남자는 자신의 "고향"으로 돌아왔다고 한다. 그곳에서는 "방문하기가 편리하다/모든 이를." 고모와 삼촌, 엄마와 아빠, 그리고 다른 이들도. 왜냐하면 이들 가족과 친척들이

> 모두 묘지에
> 모여 있다, 죽어서, 그들이
> 휘저었던 세상은, 고난과 즐거움을
> 누렸던 세상은, 사라졌다

그리고 이 묘지에 그 남자가 서 있다. 그의 안팎에서 과거와 현재가 함께 겹쳐진다. 땅속에 묻힌 그의 가족 또한 "닫혔다, 피부 밑으로 파고들어 간 굴처럼 닫혔다"-존재할 수 없었던 그의 안에 있는 아이도 그의 밖에 서 있다. "도로 옆/소小사건이 난 곳에서, 울부짖는다/도와달라고."

"소小사건mishap"은 기묘한, 하디가 썼을 법한 단어다. 화자를 무너뜨린, 모든 이를 무너뜨린 사건을 지칭하기에는 지나치게 약한 단어다.

> 이제
> 우리 모두는 비통한
> 미완未完을 산다, 공포의
> 매듭을 든다, 묵묵히 악을 쓰면서, 계속 나아간다

텅 빈 결말에 충돌한다
완결이 아닌, 충만함이
들어와 스스로 소진되어 나간 구체球體가 아닌

「부활절 아침」의 뾰족한 모서리들, 폭주와 도치, 혼돈. 이것들은 비통한 미완, 공포의 매듭, 텅 빈 결말의 목소리다. 이것들은 계속 나아간다는 것이 무엇인지 말한다. 계속 살아간다는 것, 어린 시절을 버텨내는 것, 다른 사람의 죽음 이후에도 살아남는 것에 대해 말한다. 아먼스의 시구들은 시적으로 구체가 아니며, 완전하지 않고, 완벽하지 않다. 우리처럼 뒤에 남은 것들이다.

나는 등걸 위에 선다
아이의, 내 자신이건 죽은 내 어린 동생이건, 그리고
최대한 멀리까지 소리를 내지른다,
나는 이곳을 떠날 수 없다, 왜냐하면
내게는 이곳이 가장 소중하고 가장 끔찍한,
삶에 가장 가까운 삶
잃어버린 삶.

"예술은 삶에 가장 가까운 것"이라고 조지 엘리엇은 말했다. 그렇다, 그리고 예술은 때로는 "가장 소중하고 가장 끔찍한,/삶에 가장 가까운 삶/잃어버린 삶"이다. 나는 그 삶을 여기, 내 무릎 위에 붙들고 있다. 나는 그것을 여기, 이 묘지에서 본다. 나는 그것을 내 안과 밖에서 느낀다. 한없이 가깝게, 한없이 멀게.

이곳이 내가 있을 곳
내가 버티고 실패해야만 하는 곳

이런 거칠고 갈기갈기 찢어진 감정 위로 화자는 자신의 결말로 향한다. 마치 깨달음을 얻은 듯 그는 오늘이 부활절이라고 말한다. "그림책 같은, 글자처럼 완벽한/부활절 아침"이다. 그는 개울을 따라 걷고 있었다. 새가 "생기 넘치는/목소리로" 노래하는 것을 듣는다. 오전 햇살 속에서 그는 이전에 한 번도 본 적이 없는 무언가를 본다. "커다란 새 두 마리/아마도 독수리"가 시적인 패턴을 그리며 함께 나는 것을 본다. 두 새는 잔잔한 바람을 타고 날아오르고, 방향을 바꾸고, 헤어지고, 활강하고, 휘휘 돌고, 솟아오르고, 다시 만나고, 쉬고, 마침내 나무들의 지평선을 쪼개며 가로지른다. 아먼스의 「부활절 아침」은 이렇게 끝난다.

풍요로운 광경이었다
장엄하고 고결했다. 패턴과 경로가
있었으므로, 그런 패턴과 경로를
깨고 다른 패턴과 더 나은 경로를
탐색했으므로, 그리고 돌아왔으므로. 나무의 수액만큼 성
　스러운
춤, 그 표현은 영원토록 지속된다
마치 개울의 물결무늬 돌의 동그란
무늬들처럼: 신선하다 마치 우리를 쪼개며
가로지르는 고통의 물줄기처럼

태양으로부터.

자연은 오래도록 지속되는 표현을 통해 우리의 부분적이고, 불완전하고, 일시적인 삶을 복구한다. 이 시가 살지 않은 삶에 최고의 품격을 부여하는 시라는 생각이 들 때가 있다. 부활의 영혼에 경의를 표하고 일상적인 경험의 촘촘한 친밀성 속에서 영혼을 발견한다. 그러면서도 "다른 사람들이 가는 것에 준비되지 않았던/존재할 수 없었던 내 안의 아이"도 포기하지 않는다.

———

내가 지금까지 설명한 주제가 형제자매 관계에는 적용하기 힘들다고 생각할 수도 있다. 그리고 실제로도 꼭 들어맞지는 않는다. 나이 많은 형제자매에게 동생의 등장은 갈림길처럼 느껴질 수 있다. 그러나 나중에 등장한 아이에게 형제자매는 그냥 이미 거기에 있는 존재다. 삶에서 만난 갈림길이라기보다 풍경의 주요 특성에 가깝다. 그런데도 「부활절 아침」에서 볼 수 있듯이 형제자매는 함께 겪는 배제의 경험을 더 생생하게 만든다. 심리학자 줄리엣 미첼Juliet Mitchell은 형제자매가 "자신이 유일하지 않으며 누군가가 자신과 똑같은 자리에 서 있다"는 것을 받아들일 수밖에 없게 만드는 존재라고 설명한다. 아먼스와 그의 동생은 두 사람이지만, 하나의 몸, 하나의 무덤, 하나의 등걸, 요컨대 가장 소중하고 가장 끔찍한 하나의 장소를 점유하고 있는 듯하다. 미첼이라면 두 사람이 "좌표는 같고 정체성은 다르다"고 말했을 것이다.

어른 시절의 이야기들

아먼스는 동생의 죽음에 대해 쓰면서 자신의 경험을 일반화한다. "우리 모두는 비통한/미완未完을 산다"고 말한다. 시의 과제 중 하나는 특정 경험에 충실하면서도 그것을 일반화하는 것이다. 단독성을 그대로 보존하면서도 "나"와 "내 동생"에서 "우리"로 옮겨가야 한다. 시인은 단수와 복수에 통달한 대가다. 형제자매 관계는 특정한 것과 일반적인 것, 유일성과 평범성을 조율하는 법에 관한 기초교육 과정을 대신한다. 나는 내가 정확하게, 온전하게, 오직 지금 여기 있다는 것을 알지만 어느샌가 지금 여기에 이 다른 사람도 있다는 것을 발견한다. 미첼은 이렇게 말한다. "형제자매는 대상자의 유일성을 위협하는 인물들 중에 단연 최고봉이다." 형제자매의 존재는 생기를 불어넣기도 하지만 생기를 완전히 제거하기도 한다. "자신과 유사한 누군가를 사랑하는 데서 오는 환희와 자신의 자리에 서 있는 누군가에 의해 말살당하는 트라우마를 동시에 경험한다." 미첼이 지나치게 극단적인 언어를 사용하는 것처럼 들릴 수 있다. 그러나 형제자매 관계는 *실제*로도 극단적이고 치명적이다. 동생의 등장으로 내가 제거될 수 있다. 미첼은 형제자매의 존재 자체가 "대상자의 자아가 죽음을 맞이하는 경험"이라고 한다.

그러나 제거되지 않는다. 그리고 살아남는다. 그렇게 동생은, 형은, 누나는, 형제자매는 가르침을 준다. 죽음을 경험하고도 살아남는다는 것, 아이의 등걸에 서 있다는 것에 관한 가르침을.

―――――

우리는 두 사람이지만 하나의 장소에 있다. 미첼의 장소 은

유는 자연스러우면서도 혼란스럽다. 모든 비교가 그렇듯이 완벽하지 않고, 설혹 완벽해도 효과적이지 않았을 것이다. 미첼의 장소 은유는 사람으로 산다는 것의 두 가지 측면, 즉 배타적인 단독성이라는 측면과 일상적인 평범함이라는 측면을 다룬다. 아먼스가 이 장소에 붙인 이름 중에는 무덤과 묘지도 있다. 그는 무덤 밖에 서 있으면서 그 안에 누워 있기도 하다. 아먼스가 이 장소에 붙인 또 다른 이름은 무릎이다. 그는 마치 임신한 것처럼 동생을 품는다. 죽은 그의 동생은 그의 몸 안과 밖에 있다. 나는 대개 내 몸이 오로지 나만의 것이라고 생각한다. 그러나 우리 몸조차도 다른 이들이 들어오고 나가는 장소가 될 수 있다. 우리가 사용하는 대명사에서 이 사실이 드러난다. 대명사는 공간이 넉넉한 모호성의 장소다. 프랭크 비다트Frank Bidart의 엘레지 「에이즈 망자를 위하여For the AIDS Dead」에서는 "당신은/나, 하나, 당신을 의미한다, 그리고 당신이//끊임없이 말을 붙이는 당신 내면의 당신도"라고 말한다.

지금 나는 진부하거나 기발한 일을 벌이려는 게 아니다. 내 분야가 아닌 주제에 대해 전문가를 자처하려는 게 아니다. 나는 흔히 시인들이 고통스러운 압박감을 느낄 때면 우리가 겪는 혼란을 기록한다는 점을 설명하고 싶은 것이다. 그들은 우리의 체화된 정체성에 대한 사실들, 우리의 삶·임신·무덤의 시작과 끝, 그리고 그 사이를 채우는 모든 복잡한 순간들에 우리가 겪는 당혹스러움을 기록한다. 나는 언어가 이런 혼란의 경험을 전달하기에 적합한 매개체라는 그들의 믿음을 충실히 전하려고 노력하는 중이다.

그러나 언어에 대한 생각은 언어가 묘사하는 것에서 벗어나게 해주는 안식처가 되기도 한다. 우리는 우리의 고통과 다른 사람의 고통을 미화한다. 시는 그런 사실 또한 인정한다. 여기 비다트의 시 전문이다.

에이즈 망자를 위하여

프랭크 비다트

당신이 지금까지 살아남은 전염병. 그들은 살아남지 못했다.
그들이 침대에서 한 일을 당신이라고 하지 않은 것은 아니다.

시를 쓰면서, 나는 "당신"을 향해 내리꽂는다. 당신은
나, 하나, 당신을 의미한다, 그리고 당신이

끊임없이 말을 붙이는 당신 내면의 당신도.
정의나 논리도 없이, 의미도

없이, 당신은 살아남았다. 그들은 살아남지 못했다.
그들이 침대에서 한 일을 당신이라고 하지 않은 것은 아니다.[18]

"내리꽂다"는 분리하는 동시에 들러붙는다. 나, 하나, 안팎의 당신을 붙드는 동시에 떨어뜨린다. 이런 것들과 이런 것들을 나타내는 단어들, "당신"과 "'당신'"을 붙드는 동시에 떨어뜨린다. 당신은 같은 장소에서, 같은 일을 한다. 그런데도 "당신은 살아남았다. 그

들은 살아남지 못했다." 그리고 당신도, 나도 그 이유를 모른다.

―――――

초반에 나는 우리의 단독성이 우리의 필멸성과 별개의 관념이라는 점을 강조했다. 단독성은 그 자체의 차별화된 사유, 차별화된 정서를 지닌다. 물론 단독성과 필멸성은 밀접한 관련이 있다. 죽음에 대한 생각은 단독성에 대한 생각을 더 또렷하게 만든다. 미래의 어느 시점에 삶이 끝난다는 사실이 더 구체적으로 다가올수록 현재의 당신은 과거의 살지 않은 삶들에 대해 더 자주, 더 깊이 생각하게 된다. 그러나 살지 않은 삶의 이야기들은 당신 자신의 죽음보다는 다른 이들의 죽음을 곱씹게 만든다. 다른 이들의 죽음 이후에도 살아남는 것, 요컨대 죽음이 아닌 계속 살아가는 것에 초점을 맞춘다.

―――――

아내에게 바친 하디의 엘레지는 그가 그녀에게 남긴 으스스한 첫인상에 충실하다. 「떠남 The Going」은 그녀의 죽음을 하디가 미처 알아차리지 못한 전환점으로 표현한다. 그는 그녀가 죽을 때 그 자리에 그녀와 함께 있지 않았기 때문이다.

I

아침이 벽 위에서 굳는 것을 보았다
감흥 없이, 알지 못한 채
당신의 중대한 떠남

실현, 그리고 모든 것이 바뀌었다는 것을.[5]

모든 것을 바꾼, 그가 알아차리지 못한 순간은 놓친 기회들로 이루어진 결혼의 결실 없는 결말이다. 하디 부부는 서로 남남이 된 지 오래였기 때문이다. 그는 아내의 떠남조차 놓쳤다. 그의 기억에서처럼 시에서도 동사가 오지 않는다. 하디는 "당신의 중대한 떠남이/벌어졌다"라고 하는 대신 "당신의 중대한 떠남/실현"이라고 썼다. (하디가 쓴 시에서 하디가 쓰지 않은 시를 읽을 수 있다.) 결핍의 도락가 하디는 두 사람이 함께한 시간이 아니라 두 사람이 함께하지 않은 시간을 회상함으로써 자신의 헌신적인 사랑을 노래한다. 그가 아내와 함께하지 않은 산책, 아내가 그 없이 다녀온 자동차 여행. 그의 시는 잃어버린, 한 번도 찾지 못한, 그런데도 또다시 잃어버린 친밀감을 애도한다.

이것은 난해한 애도처럼 보인다. 그러나 소원해진 친구나 치매를 앓은 부모의 죽음을 떠올려 보라. 어떤 일이 벌어졌고, 당신은 그 사람을 잃었다. 이제 그 사람을 다시 잃는다. 이런 상실을 이해하기 위해 하디는 함께 가지 않은 길로 되돌아간다.

산책The Walk
당신은 나와 함께 걷지 않았다
요즈음 언덕 꼭대기 나무까지
담 길들을 따라,
지난날들처럼,
당신은 쇠약했고 걸을 수 없었다,

그래서 끝까지 오지 않았다,

그래서 나는 혼자 갔다, 그리고 개의치 않았다,

나는 생각하지 않았다 당신이 뒤에 남겨졌다고

나는 오늘 그곳을 올랐다

바로 전에 했듯이

주변을 둘러보았다

익숙한 땅을

이번에도 혼자서

그렇다면 다를 게 무언가?

단지 은밀하게 맴도는 감각

그 후 돌아와 어느 방에서 느껴진

시를 큰 소리로 읽으면 시의 리듬에 의해 당겨지고 비틀거리게 되는 것을 느낀다. 첫 행의 가벼운 약강격iambic[19] 운율은 행이 바뀐 뒤에도 "요즈음"까지 계속된다. 그러다 두운이 띄엄띄엄 이어지는 "언덕 꼭대기 나무to the hill-top tree"로 보내버린다. "요즈음late"과 "담gate" 사이의 운율에 대한 기억이 "길들ways"과 "날들days"의 짧은 모음 각운에 머문다. 연 중간에 있는 특이한 2행 연구couplet를 스쳐 지나가고 나면 당신의 발걸음은 불안정하고 중심을 잃는다.

당신은 나와 함께 걷지 않았다

요즈음 언덕 꼭대기 나무까지

어른 시절의 이야기들

담 길들을 따라,

지난날들처럼,

당신은 쇠약했고 걸을 수 없었다,

그래서 끝까지 오지 않았다,

그래서 나는 혼자 갔다, 그리고 개의치 않았다,

나는 생각하지 않았다 당신이 뒤에 남겨졌다고.

연의 마지막 행을 읽으면 당신은 "나는 생각하지 않았다" 다음에 잠시 멈추게 된다. 그래서 아주 잠시나마 시인은 계속 걷는다. 개의치도 않고, 생각하지도 않는다. 그러다 당신은 알게 된다. 그것이 아니었다. 그는 아내가 *뒤에 남겨졌다*고 생각하지 않았다. 마찬가지로 시의 첫 행에서 당신은 잠시 멈칫하게 된다. 시인의 아내가 아예 그와 함께 걷지 않았다는 사실에 주목하면서. 그러다 그의 아내가 그와 함께 걷지 않은 것이 요즈음이라는 사실을 알게 된다. 설명, 재고再考, 회귀와 반복. 당신 생각의 작은 움직임들은 하디가 가장 몰두하고 있는 것이 무엇인지를 간략하게 보여준다. 그의 아내는 죽었다. 그는 자신의 결혼을 다시 돌아본다. 그는 자신의 결혼을 아주 특정한 방식으로 다시 돌아본다. 그는 아내가 자신과 같은 감정을 느꼈는지, 두 사람이 어울리는 한 쌍이었는지, 함께 행복했는지 묻지 않는다. 그는 이렇게 묻는다. 내가 놓친 것은 무엇인가?

'요즈음' 그는 아내를 뒤에 남겨두었다. 이제 그의 아내가 그를 뒤에 남겨두었다. 그는 과거에 혼자 걸었다. 이제 다시 그는 혼자 걷는다. "그렇다면 다를 게 무언가?" 두 번째 연의 2행 연구는 이런 최종적인 질문을 제기한다. 그리고 그 답과 마주하기 전에 잠시 멈추게 한다.

단지 은밀하게 맴도는 감각
그 후 돌아와 어느 방에서 느껴진

이 두 행에서 하디는 38년 동안 자신의 아내였던, 지금은 죽은 여자를 언급하지 않는다. 예컨대 이렇게 말하지 않는다.

단지 은밀하게 맴도는 감각
그 후 돌아와 그녀의 부재에서 느껴진

그는 "그 후 돌아와 *우리* 방에서 느껴진" 또는 "그 후 돌아와 *아내* 방에서 느껴진"이라고 말하지 않는다. 하디는 "어느 방에서 of a room"라고 말한다. 그는 특정 방, 두 사람이 함께 살았던 방을 밀어내고 그것을 어느 방으로 일반화한다. 당신이나 내가 알 만한 어느 방으로. 그렇게 우리는 방으로 초대된다. 그러나 거기까지다. 우리가 방에 들어서자 하디는 슬쩍 빠져나간다. 자신의 경험을 일반화해서 그 경험을 객관적인 것으로 만든다. 하디의 뛰어난 솜씨는 요란하지 않다. 모든 단어 중 최소한의 단어라고 할 수 있는 "어느a"라는 정관사를 선택함으로써 모든 것이 달라지게 만든다.

내가 누구인지 발견해줄 사람을 찾고 있다면 어디서 그를 찾을 수 있을까? 친구? 동료? 부모, 배우자, 자녀? 친척? 죽은 자? 나의 거리를 재기 위해 나는 얼마나 멀리까지 갈 각오가 되어 있는가?

「나방의 죽음The Death of a Moth」은 버지니아 울프의 대표적인 에세이 중 하나다. 이 에세이는 다섯 단락으로 구성된 엘레지다. 울프는 9월 어느 아침 나방과 죽음에 대해 노래하면서 부서지기 쉬운 구체성과 묵직한 추상성 두 가지를 아주 부드러운 손길로 조심스럽게 다룬다. 울프는 서재 창문틀에서 나방을 발견한다. 창문 너머로는 서식스의 들판이 펼쳐져 있다. 울프의 눈길을 끈 것은 나방이 내뿜는 에너지였다. "그 에너지가 떼까마귀와 밭 가는 농부, 말, 그리고 심지어 메마른 구릉까지 깨우는 것 같았다." 나방은 창문 너머로 보이는 모든 것과 하나다. "나방을 보고 있자니, 이 세상의 거대한 에너지로 만들어진, 아주 가늘지만 정제된 섬유 하나가 나방의 여리고 자그마한 몸에 꿰인 것 같았다. 나방은 자주 유리창을 가로질렀고, 그때마다 나는 생명의 빛줄기 한 가닥이 내 눈에 보이는 거라고 상상할 수 있었다. 나방은 거의 온전한 생명이었다."

나방은 날개를 퍼덕이다 추락한다. 다시 날아오르지만 또 추락해 창틀에 떨어진다.

> 나방이 어려움에 처했을지도 모른다는 생각이 들었다. 나방은 더는 몸을 일으키지 못했다. 다리를 버둥댔지만 소용이 없었다. 나는 나방이 몸을 일으킬 수 있도록 돕고자 연

필을 내밀었지만, 그때 문득 그런 헛된 몸짓과 서툰 동작은 죽음이 가까워서라는 생각이 들었다. 나는 연필을 도로 내려놓았다.[20]

울프는 창밖으로 시선을 돌리고, 들판은 이제 고요하다. 오후가 되자 일손들이 멈췄다. 새들은 먹이를 찾아 개울로 떠났다.

말들이 가만히 서 있었다. 그러나 그 힘은 여전히 그대로 거기에 있었다. 무심하게, 무정하게, 그 무엇도 딱히 보살피지 않은 채 바깥에서 한 덩어리로 모여 있었다. 어쩌면 그 힘은 자그마한 누런 나방과 대치하고 있었다. 어찌할 도리가 없었다. 그저 다가오는 최후에 맞서는 그 작디작은 다리들의 놀라운 투쟁을 지켜보는 수밖에 없었다. 그 최후는 마음만 먹는다면 도시 하나를 통째로, 아니 도시 하나뿐 아니라 인류 전체를 집어삼킬 수도 있었다. 나는 알았다. 그 무엇도 죽음 앞에서는 승산이 없다는 것을.

울프는 이 세상의 거대한 에너지가 짓누르는 연약한 몸을, 가느다란 실과도 같은 한 생명의 투쟁을 무기력하게 지켜본다. 그녀는 무능한 수호천사다. 능숙하게 기록을 남기는 수호천사다. "나방이 지금과 다른 모습으로 태어났더라면 살 수 있었을 모든 가능한 삶에 생각이 미치면 나방의 소박한 행위를 연민의 눈으로 바라보게 된다." 그런데 울프의, 당신의, 우리의 운명도 나방의 운명과 다를 것이 없다.

속죄

Atonement

이언 매큐언
Ian McEwan

그녀는 결코 예술가가 되지 않을 것이다.
그녀에게는 자기 자신 외의 다른 사람이 된다는
관념 자체가 없다.[21]

조지 엘리엇George Eliot

신은 아마도 신의 세계를 가능성의 가정법으로
말하기를 원했을 것이다.
…신은 세계를 만들고, 세계를 만들면서
그 세계가 당연히 다른 모습일 수도 있었다고
생각하기 때문이다.[22]

로베르트 무질Robert Musil

언어가 도달할 수 있는 인간의 깊이에 정해진 끝은 없다. …그런데도 우리의
분리성에 끝이 없다. 우리는 아무 이유 없이 끝없이 분리되어 있다.
그러나, 그렇다면, 우리는 우리 사이에 끼어드는 모든 것에 책임을 져야 한다.
그 이유에 대한 책임은 없지만 그것을 유지해야 하는 책임이다. 그것을 거부하지
않은 책임은 지지 않더라도 이를 묵인한 것에 대해서는 책임을 져야 한다.
그것으로 인한 책임은 지지 않더라도 그것에 대해서는 책임을 진다.[23]

스탠리 카벨Stanley Cavell

나는 말과 글이 드러내는 모든 것을 알 수 없고, 말과 글이 감추는 모든 것을 알 수 없다. 요컨대 나는 내가 말과 글로 인해 어떤 책임을 얼마나 지게 될지 완벽하게 알 수 없다.

이언 매큐언의 『속죄』의 전반부는 1935년 6월의 어느 주말, 영국 서리에 있는 잭과 에밀리 탈리스 부부의 저택을 무대로 펼쳐진다. 가족 파티가 열리고, 에밀리와 그녀의 두 딸 세실리아와 브리오니, 아들 레온이 한자리에 모인다. 그 밖에도 쌍둥이인 조카 피에로와 잭슨, 그리고 쌍둥이의 누나인 조카딸 롤라, 레온이 런던에서 사귄 부자 친구 폴 마셜, 그리고 탈리스가의 도움을 받고 자란 정원사 로비 터너도 참석한다. 막 대학을 졸업한 세실리아와 로비는 그 주말 서로 사랑에 빠지고 극적인 장면을 연출한다. 이 장면을 스스로 어엿한 작가라고 여기는 열세 살 브리오니가 열심히 관찰한다. 세실리아와 로비는 아이와 어른 사이에 잠시 머무는 여름 시기를 보내고 있다. 그들의 정체된 하루하루에는 가능성의 나지막한 울림이 깔려 있다. 서로에게 은밀한 유혹의 눈길을 보내기에 안성맞춤인 시간과 장소다. 흥분과 불안과 낯선 시간이 정지된 채 붕 뜬 느낌이 드는 시간과 장소다. 그들 앞에 온 세상이 활짝 열려 있다. 어디를 선택할까? 대학교는 세실리아에게 어떤 길을 열어주었을까? 어디에서 살아야 할까? 그녀는 누구와 결혼하게 될까? 모든 순간이 그녀의 눈앞에 가능성을 들이미는 것 같다. 무엇을 입고, 먹고, 하고, 말해야 할까? 폴 마셜이 도착하기 전 세실리아는 생각에 잠긴다. "어떤 남자를 처음 만나게 되면 가끔 그러듯이, 이 남자가 자신과 결혼하게 될 남자일까, 이 순간이 그녀가 앞으로 평생을 감사하는 마음으로, 또는 떨칠 수 없는 깊은 후회로 기억하게 될 순간일까" 궁금해한다. 그리고 대학교를 우등으로 졸업한 로비는 무엇을 해야 할까? 어떤 직업을 구할까? 교사? 대학교수? 작가? 의사? 어느덧 저녁이 되고, 시간은 점점 느리게 흐르다가 멈춘다. 로비에 대한 것은 세실리아에게도 적용된다. 로비에게는 시간이 넘치도록 많다. 그것은 "써버리지 않은 운이라는 호사"다. "그는 이전에는 단 한 번도 자신이 젊다는 사실을 의식한 적도 없었고, 뭔가가 시작되기를 욕망하며 안절부절 기다려본 적도 없었다.

하지만 그 모든 가능성이 한순간에 무효가 된다. 오후에 브리오니는 세실리아가 깨진 꽃병 조각이 떨어진 분수에 들어가려고 로비 앞에서 옷을 벗는 장면을 본다. 그 후 브리오니는 로비가 세실리아에게 새롭게 느낀 욕정을 적은 쪽지를 읽는다. 그리고 그보다 더 후에는 두 사람이 저택 안 서재에서 다급하게 성관계를 맺는 중에 뛰어든다. 하루가 끝날 무렵, 어둠 속에서 브리오니의 사촌 롤라가 강간을 당하자, 어떤 상황인지 제대로 파악하기도 전에 브리오니는 로비를 범인으로 지목한다.

소설 2부의 플롯은 이 사건이 불러온 암울한 결과를 보여준다. 로비는 교도소에서 5년을 보내고 보병대에 배치된다. 때는 1940년이고 로비는 됭케르크[24]로 철수 중이다. 페이지를 넘기는 동안 시체들이 쌓인다. 하늘에서 쏟아지는 폭격으로 시민들이 혼비백산한다. 여자와 아이가 있던 자리에는 구덩이만 남는다. 폭탄이 터지면서 로비는 공중으로 솟구쳤다가 땅으로 떨어진다. 진흙이 입안을 가득 채운다. 로비가 행군을 하는 동안 그를 매몰차게 범인으로 몬 가족에게 큰 실망과 분노를 느낀 세실리아는 탈리스가와 인연을 끊고 런던에서 간호사로 일한다. 브리오니도 런던에서 간호사 교육을 받고 있다. 간호 현장의 묘사도 전장 묘사만큼이나 피투성이다. 결정해야 할 문제와 생각할 틈 없이 정신없이 밀려드는 작업들로 채워진 병원 생활의 리듬은 전장의 리듬만큼이나 집요하다.

이런 사건들이 벌어지는 동안 소설 속 인물들은 각자 내면에서 다양하고 특별한 경험들을 쌓아가고 이를 통한 각자의 단독성이 아주 정교하게 서술된다. 소설 초반에 조숙한 브리오니는 잠시 무거운 주제를 숙고한다.

> 세실리아로 사는 것은 브리오니로 사는 것만큼이나 생생한 경험일까? 언니도 부서지는 파도 뒤에 숨겨진 진짜 자아가 있는 걸까, 언니도 이런 걸 생각하며 시간을 보냈을까, 자기 손을 눈앞에 펼쳐 들고 찬찬히 살펴보면서. 다른 사람들도 다…? 만약 답이 '그렇다'라면 이 세상은, 이 사회는, 20억 명이 목소리를 내는, 모든 사람의 생각들이 똑같이 취급되기를 요구하고 모든 사람의 삶이 똑같이 대접받기를 요구하는, 모든 사람이 자신이 특별하다고 생각하지만 아무도 특별하지 않은, 참을 수 없이 복잡한 곳이다. 하찮음 속에 빠져 익사할 수도 있는 곳이다. 그러나 만약 답이 '아니다'라면, 그렇다면 브리오니는 겉으로는 꽤 지적이고 유쾌하지만, 자신 같은 생생하고 사적인 *내면*의 감정이 결여된 기계들에 둘러싸여 있는 셈이 된다.[25]

속죄

브리오니가 던진 질문에 소설은 답하지 않는다. 적어도 구체적인 글로 답하지는 않는다. 다만 극적인 장면들을 통해 암시한다. 전장의 로비에게는 절박함 속에 모든 것이 명료하게 다가온다. 그리고 그런 경험은 그에게 자신이 한 개인으로 분리되어 있음을 받아들이도록 강요한다. 다음은 이 소설에서 맨 처음 등장하는 전장의 이미지다.

> 나무에 걸린 다리. 다 자란 플라타너스는 잎이 막 무성해지고 있었다. 다리는 20피트 위, 나무둥치가 처음으로 갈라지는 곳에 박혀 있었다. 맨살이 그대로 드러난 다리는 무릎 바로 위에서 깔끔하게 잘려 있었다. …핏자국도, 뜯겨나간 살점도 없었다. 완벽한 다리였다. 창백하고, 매끈하고, 꽤 작은 것이 아마도 아이의 다리인 듯했다. 갈라진 곳에 걸린 각도로 인해 마치 감상용 또는 교육용 전시물처럼 보였다. '이것이 다리입니다'라고 말하는 듯했다.

곧, 로비는 "말이 끄는 쟁기를 따라 걷고 있는 한 남자와 그의 콜리종 개"를 본다. 그 남자는 퇴각 행렬에는 눈길도 주지 않는다. 로비는 생각한다.

> 미친 듯이 사냥감을 쫓는 사냥개들 같았다. 옆 울타리 너머에는 달리는 자동차 뒷좌석에서 한 여자가 뜨개질에 여념이 없었고, 새집의 휑한 정원에서는 한 남자가 아들에게 공 차는 법을 가르치고 있었다. 그렇다. 쟁기질은 여전히 계

속될 것이고, 곡식이 자랄 것이고, 누군가 이를 수확하고 빻을 것이고, 다른 이들이 그것을 먹을 것이고, 모든 사람이 죽지는 않을 것이다.

모든 인물이 혼자이고 분리되어 있다. 그러나 그들은 자신을 이해하고, 우리는 비교를 통해 그들을 이해한다.

거울에 자신의 모습을 이리저리 비춰본 세실리아는 얇은 검정 실크 드레스가 마음에 들지 않아 결국 벗어버린다. 그녀가 가진 옵션들을 고민하다가 세련된 물결무늬 실크 드레스를 골라 입는다. 다시 거울 속 자기 모습을 본 그녀는 다시 한 번 옷을 벗는다. 마침내 그녀는 자신이 처음부터 입고 싶었던 옷을 입는다. 새로 산, 등이 깊게 파인 초록색 드레스다. 옷을 입고 벗고 다시 입은 그녀는 향수를 뿌리고 장신구를 착용한 다음 거울 속 자기 모습이 아닌 문밖을 바라본다. 그런데 놀랍게도 누군가 자신을 보고 있다. 쌍둥이 중 한 명이 울면서 그녀 앞에 서 있다. 이 낯선 집에서 저녁 식사 자리에 어울리는 옷을 찾지 못했기 때문이다. 그 무렵 로비는 타자기 앞에 앉아 머릿속으로 세실리아에게 쓸 편지를 구상하면서 어떤 말투로 써야 할지 고민한다. 예의를 차려야 할까, 장난스럽게 써야 할까? 과장을 섞어야 할까, 하소연을 해야 할까? 초안을 몇 번이나 고쳐 쓰면서 그는 자신이 어떻게 보일지 걱정한다. 잠시 몽상에 빠진 그는 이렇게 쓴다. "꿈에서 나는 네 보지에, 네 달콤하고 촉촉한 보지에 키스를 해. 머릿속에서 온종일 너와 사랑을 나누는 상상을 해." 당연히 이렇게 쓸 수는 없다. 시계를 확인한 그는 서둘러야겠다고 생각한다. 그는 새 종이를 꺼내 손으로 편지를 새로 쓴다. 마저 단장을 마치고 어머니와 대화를 나눈 뒤 편지를 집어 들고 나선다. 직접 세실리아에게 주지 않고 브리오니에게 편지를 전해달라고 부탁한다. 엷어지는 빛 속으로 브리오니가 사라지는 것을 흐뭇하게 지켜보다가 그는 자신이 엉뚱한 편지를 전달했다는 것을 깨닫는다. 로비와 세실리아는 평행적인 삶을 산다. 그들은 남들에게, 서로에게 어떤 모습으로 보여야 할지 고민한다. 그들은 여러 가능성을 시도해본다. 그들이 어떻게든 자신들의 미래를 만들려 고군분투하는 동안 다른 사람들, 어린 아이들이라는 형태를 띤 세상이 그들을 막아서며 불행한 결말로 인도한다.

부서지는 파도 뒤에 감춰진 브리오니처럼 로비와 세실리아는 각자 자신의 울타리 안에 숨어 있고 그 울타리를 벗어나도록, 서로에게 울타리를 열도록 등 떠밀린다. 두 사람의 성관계는 의도적으로 침습侵襲적이다. "그들은 대담하게 서로의 혀끝을 어루만졌다. …[그것들은] 살아 있는 미끈한 근육, 축축하게 젖은 살 위의 살…. 그녀는 그의 뺨을 깨문다. 유희라고 하기엔 너무 세게… [그녀의] 세포막이 갈라지기 [전에]." 나중에 브리오니가 간호사로 하는 작업은 지켜보기 불편하지만, 마찬가지로 침습적인, 전투가 열어놓은 몸을 고치는 작업이다.

외과수술용 집게로 그녀는 그의 뺨에 움푹 팬 구멍에서 피로 흠뻑 젖어 엉겨 붙은 기다란 거즈 붕대를 조심스럽게 떼어내기 시작했다. 붕대를 전부 떼어내자 해부학 수업에서 사용한 모형과 닮은 점은 거의 없었다. 이것은 처참했고, 진홍빛이었고, 날것이었다. 뺨이 사라진 자리로 그의 위아래 어금니가 보였고, 끔찍하게 긴 혀가 반짝이고 있었다. 브리오니가 차마 쳐다볼 수 없었던 더 위로는 눈구멍을 에워싼 근육이 드러나 있었다. 너무나 속속들이, 결코 보여질 일이 없던 것들까지.

사랑과 전쟁에서 사람들은 감춰지고 드러난다. 멀찍이 떨어지고 하나가 된다. 페이지를 넘기면서 우리는 그들 사이를, 그들의 몸, 그들의 생각 사이를 오가며 거리를 잰다. 세실리아는 그녀가 깨진 꽃병을 감쪽같이 보수해서 아무도 꽃병이 깨진 사실을 모를 거라고 생각한다. 그러나 브리오니가 놀이방의 활짝 열린 창으로 꽃병이 깨지는 장면을 봤다는 것을 모른다. 브리오니는 우리가 그녀를, 이를테면 더 멀리 떨어진 창을 통해 봤다는 것을 모른다. (뭔가 소중한 것이 깨졌다. 누군가 몰래 이를 원래대로 온전하게 복원하려고 노력했다. 그리고 다른 누군가가 그 과정 전체를 지켜봤다. 우리는 이것이 이 소설 전체의 우화라는 것을 알게 된다.)

독자적인 개인들, 결정적인 사건들, 갈림길. 이런 장치들과 함께 인물들은 자신이 아닌 사람들로 이루어진 불행한 무리에 섞여서 1935년 6월 그날이 낳은 결과를 살아간다. "그녀가 문이 없는 단 하나의 방에서 삶을 살아가야 할 것"이라고 걱정하는 브리오니처럼, 그들은 내내 "다른 사람의 과거를, 다른 사람으로" 살아간다. 소설이 결말을 향해 나아가는 동안 그들의 것이 아닌 삶과 그들이 아닌 사람이 가하는 압박은 점점 더 높아지기만 한다.

브리오니는 도시를 가로질러 세실리아를 찾아간다. 자신이 저지른 일을 되돌릴 방법을 찾기 위해서다. 브리오니는 자신이 로비를 오해했다는 것을 깨달았고, 자신의 진술을 번복하고 싶어 한다. 그녀는 이제 폴 마셜이 강간범이라고 확신한다. 그러나 런던 남부를 걸어가면서 그녀는 지금의 자신 못지않게 진짜인, 또 다른 자신의 존재를 느낀다. 그 다른 자신은 세실리아를 찾아가지 않고 병원으로 돌아간다. 어느 쪽이 진짜이고, 어느 쪽이 상상의 인물인가. 브리오니는 궁금해한다. 세실리아의 아파트에 도착한 브리오니는 로비가 그곳에 있는 것을 발견하고 놀란다. 로비는 휴가를 받아 세실리아를 찾아왔다. 이 긴장감 넘치는 장면에서 로비는 브리오니에게 만약 그녀가 진술을 번복하고 싶다면 5년 전 6월 그날 저녁의 진실을 글로 쓰라고 말한다.

그러나 이 소설의 속임수는, 그러니까 이 소설의 최초의 속임수는 브리오니의 고백과 함께 드러난다. 우리는 실제로는 브리오니가 그날의 진실을 쓰고 다시 고쳐 쓴 이야기를 읽고 있었다. 로비가 브리오니에게 무슨 일이 있었는지 진실을 말하라고 요구하면서 『속죄』의 3부는 끝이 난다.

> 그녀는 자신에게 요구되는 것이 무엇인지 알았다. 단순한 편지가 아니라 새로운 초안, 속죄의 글을 써야 했다. 그리고 그녀는 시작할 준비가 되어 있었다.
> BT, 런던, 1999년

우리가 읽은 서사는 브리오니 탈리스가 쓴 글이었다. 그녀는 지금 일흔일곱 살이고, 우리는 그녀가 아주 큰 성공을 거둔 소설가라는 사실을 알게 된다. 그렇다면 소설의 두 번째 속임수는 마지막 페이지에 나오는, 로비가 실제로는 됭케르크에서, 세실리아는 밸엄 지하철역 폭파 사고로 사망했다는 사실과 함께 드러난다. 로비가 이른 새벽 탈리스 저택에서 구속된 뒤 두 사람은 단한 번도 둘만의 시간을 가지지 못했다. 두 사람의 삶은 끝났고, 브리오니는 살아남아서 글을 썼다.

주말 파티, 강간, 됭케르크의 행군, 간호 현장, 세실리아의 아파트로 향하는 암울한 길. 이제 와 돌아보면 이것들은 실제로 일어난 일들이 아니라 글로 적힌 일들이었다. 모든 것이 변했고, 아무것도 변하지 않았다. 글은 여전히 그대로이지만 글에 담긴 의미가 완전히 달라졌다. 우리가 별생각 없이 무대 밖에 있어 무시했던 보이지 않는 화자가 이 글을 쓴 것으로 밝혀졌다. 그것도 우리가 아는 누군가가 쓴 글이다. 그건 마치 우리가 아주 긴 독백극을 읽은 것과도 같다. 브리오니 탈리스의 이름 첫 글자들이 페이지에 웅크리고 있는 것을 보기 전까지 나는 왜 내가 이 이야기를 듣고 있는지 전혀 신경 쓰지 않았다. 그러나 제3자인 화자가 아니라 소설의 한 인물이 전하는 이야기를 듣고 있었다는 것을 알게 되자 동기라는 문제가 내 시야 속으로 굴러들어 왔다. 브리오니는 정확히 무엇을 한 걸까? 왜 그렇게 한 걸까? 브리오니를 이해하기 위해 나는 내가 있었던 곳으로 돌아가야 한다.

존 업다이크John Updike는 『속죄』의 전반부를 두고 이렇게 평가했다. 글이 "눈에 띄게 훌륭하다. …*이것은 적힌 글이다.* 모든 페이지가 부지불식간에 선언하고 있다." 그 사실을 알고서 다시 읽으니 이 소설이 적힌 글이라는 사실이 내내 명백했다는 것이 보이기 시작한다. 이것이 브리오니가 쓴 글이라는 단서가 곳곳에 두텁게 쌓여 내가 걸을 때마다 발밑에서 부스럭거리며 소리를 내고 있었다. 꼼꼼한 구문, 깔끔하게 다듬은 목소리, 시적 암시. 어떻게 내가 그런 단서들을 놓칠 수 있었는지 새삼 놀란다. 이 소설의 세계에서는 모든 물건, 모든 인물이 깨끗한 유리 덮개 아래에 조심스럽게 배치되었다. 나는 이 이야기가 단순히 적힌 것이 아니라 선별되고 전시되었다고 생각한다. 세실리아와 오빠 레온이 수영장 옆에서 논쟁을 벌이는 장면을 보자.

그녀가 할 수 있는 일은 아무것도 없었고, 그녀가 레온에게 하게 만들 수 있는 일도 없었다. 그래서 문득 무의미한 논쟁이라는 생각이 들었다. 그녀는 따뜻한 돌 위를 서성이면서 느긋하게 담배를 다 피웠고 그녀 앞에 놓인 풍경을 찬찬히 살펴보았다. 염소 소독한 물이 담긴 축소된 직사각형 판, 접이의자에 기대어 놓은 트랙터 타이어의 검은색 안쪽 튜브, 색감이 거의 차이 나지 않는 크림색 리넨 정장을 입은 두 남자, 대나무 칸막이를 배경으로 솟아오르는 푸르스름한 담배 연기. 마치 조각해 고정한 것처럼 보였고, 또다시 그녀는 그런 느낌이 들었다. 이는 이미 오래전에 일어난 일이고 모든 결과가, 아주 사소한 것부터 아주 거대한 것까지 모든 단위에서 미리 정해져 있는 것 같았다. 미래에 어떤 일이 벌어지든지, 그것이 얼마나 이상하거나 충격적이더라도 전혀 놀랍지 않고 어딘가 익숙하게 느껴질 것 같았다. 그래서 '그래, 맞아. 그랬구나. 그랬구나. 왜 진작 알아보지 못했던 걸까?'라고 혼잣말을 하게 될 것만 같았다.

모든 명사에 수식어가 덧붙었다. 정장은 크림색이고, 담배 연기는 푸르스름한 회색이고, 튜브는 검은색이다. 그래서 이 세계가 내게는 묘한 매력을 지닌 미술 작품처럼 다가온다. (직사각형인 수영장이 축소되었다고 표현한 것은 아주 멋진 기교다. 축소 기법으로 이 세계가 더 가깝게 느껴지고, 이 세계의 현실이 나를 에워싼다.) 나무에 걸린 다리처럼, 나를 위해 전시되어 있다. 나는 철석같이 믿었다. 이 세계가 미술 작품일 수 있으며, 나를 위해 그려진 그림일 수도 있다고.

그러나 내가 제3자인 화자의 작품이라고 믿었던 것은 실은 소설 속 인물의 작품이었다. 묘사적 설명은 그 인물의 주관적 표현이기도 했다. 1935년 이후 일어난 일들에 대한 묘사적 설명은 1999년 브리오니의 시점에서 본 일들에 대한 주관적 표현이기도 했다. 화자는 세실리아가 수영장 옆에 서서 모든 것이 "이미 오래전에 일어난 일" 같았고, "모든 결과가, 아주 사소한 것부터 아주 거대한 것까지 모든 단위에서 미리 정해져 있는 것 같았다"고 생각했다고 서술한다. 이것은 물론 브리오니가 1999년 자신의 처지를 서술한 것이기도 하다. 실제로 모든 것이 아주 오래전에 일어났고, 실제로 작건 크건 모든 결과가 이미 정해졌다. 나는 이 글이 단순히 과거에 세실리아가 경험한 것들을 전달한다고 생각했다. 그러나 이제 나는 이 글이 글을 쓰고 있는 브리오니의 입장도 전달한다는 것을 깨닫는다. 의미의 두 번째 층이 더해졌고, 그림이 한 겹 더 두꺼워졌다. n+1이다.

　이렇듯 겹겹이 쌓은 묘사와 표현은 소설의 모든 곳에서 발견된다. 작은 재앙을 겪은 어린 브리오니는 "갈라진 결과들의 선을 거슬러 올라가 파국이 시작되기 전 지점으로 돌아가고" 싶은 욕망을 묘사한다. "그녀는 눈을 감고 자신이 잃은 것, 자신이 포기한 것이 무엇인지 그 전부를 온전하게 곱씹어야만 했다." 이것은 노년의 브리오니가 자신의 이야기 전체를 쓰면서 한 표현이기도 하지 않은가? 그리고 조금 뒤에 세실리아는 또다시 하루 종일 "이상한 느낌이 들었고, 이상하게 모든 것이 이미 오랜 과거처럼 보였고, 자신이 좀처럼 이해할 수 없는, 그 후에 생겨난 아이러니로 인해 생생해지는 것 같았다"고 회상한다. 실제로 모든 것은 이미 오랜 과거가 되었다. 아이러니는 세실리아의 사후에 생겨났고, 1935년의 세실리아도, 1999년의 브리오니도 그것을 좀처럼 이해할 수가 없다. 그리고 다시 한번, 글 속에서 열세 살의 브리오니는 생각한다. 자기 노출은 "불가피했다"고. 소설 속 인물을 묘사하면서 브리오니는 스스로를 노출하게 된다. 그리고 실제로 이렇게 어린 시절의 자신에 대해 쓴다. (그녀는 비밀리에 자신을 노출한다. 이것은 글쓰기가 무엇인가를 설명하는 표현이기도 하다.)

　그러나 업다이크처럼 소설이 적힌 글이라고 말하는 것은 그것이 읽힐 운명이라고 말하는 것과 같다. 브리오니의 이야기는 누가 봐도 읽힐 의도로 쓰였다. 해석을 위한 자료도 충실하게 제공되었다. 우리는 작가의 자서전뿐 아니라 그 자서전의 역사적 맥락도 제공받았다. 마지막 텍스트의 다양한 초고들도. 그리고 이 책의 배경이 되는 문학 전통에 대한 암시도. 우리는 심지어 출판

사의 편집자가 쓴, 믿을 수 없을 정도로 길고 구체적인 거절 편지
도 제공받았다. 로비와 세실리아는 둘 다 케임브리지 대학교에서
문학을 공부했다. 이 소설은 마치 이 두 사람의 아주 잘 훈련된
텍스트 분석력을 감안하고 창작한 것처럼 부자연스럽다. 어쨌거
나 두 사람은 이 책의 첫 독자로 상상되고 있다. 지금 그들은 이
책의 페이지를 넘길 수 없으니, 우리가 그들을 대신해 페이지를
넘긴다.

세실리아는 반복해서 옷을 입고 벗는다. 로비는 초안을 계속
다시 고쳐 쓴다. 성관계 장면과 간호 장면. 우리를 위해 심어둔,
짝을 이룬 평행 패턴이 반복해서 교차한다. 우리는 인물, 주제,
설정, 성관계 장면과 간호 장면, 옷 입기와 초안 쓰기를 비교했다.
소설에서 오든의 메아리를 발견했을 때는 감사한 마음이 왈칵
쏟아졌다. 포탄의 연기구름을 뚫고 떨어진 사람의 다리. 그 와중
에 말이 끄는 쟁기를 따라 걷는 남자와 개. 나는 아주 놀라운 것
을 보았지만 외면하지 않았다. 업다이크의 날카로운 지적처럼, 나
는 내 능력에 스스로 도취되었다. 나는 내 예리한 관찰력을 스스
로 칭찬했고, 내가 그런 도전 과제를 통과했다는 것에 기뻐했다.
모든 것이 무심하게, 그리고 아무런 방해 없이 너무나 급히 스쳐
가는 것처럼 느껴지는 일상적인 삶과는 완전히 달랐다.

우리는 의미로 가득한 작품의 모범인 「당신을 사랑하는 신」
에서 처음 살펴본 읽기의 모범으로 돌아왔다. 우리는 작품이 의
미로 가득한 이상적인 작품이 되도록 최선을 다한다. 우리가 진
심을 다해 충분히 꼼꼼히 읽는다면, 예술이 한없이 의미로 가득
한 것처럼 우리 삶도 아주 잠시나마 의미를 가질 수 있을 테니까.

우리가 다른 삶을 살거나 다른 사람이 되기를 바랄 이유가 사라질 수도 있을 테니까. 우리는 작품에서 오점이나 실수처럼 보이는 것도 정당화하려고 기지를 발휘한다. 그것이 왜 그런 식으로 의도되었는지를 발견하려고 애쓴다. 우리는 사랑이 넘치는 독자다.

그런데 이제 우리는 우리의 경험이 기획된 것이라는 사실을, 우리의 영리한 의미 만들기의 순간들이 의도된 것이라는 사실을 알게 된다. 우리는 의미와 같은 시공간에 머물렀고 그 의미를 소유했다고 생각했지만, 그렇지 않았다. 소설에서 우리가 느낀 만족감은 우리의 순진함의 증거일 뿐이었다. 우리는 심지어 자신의 무지함을 간과했다. *"그랬구나, 그랬구나."* 세실리아는 되돌아보면서 자신이 사랑에 빠졌다는 사실을 깨닫자 생각한다. "왜 진작 알아보지 못했던 걸까? 모든 것이 설명되었다. 하루 종일, 지난 몇 주간, 자신의 어린 시절, 그리고 평생이. 이제야 명확하게 보였다." 알아야 했던 것들은 그 외에도 더 많다. 우리가 그때 알았어야 했는데, 이제야 그것을 알게 된다. 그리고 우리가 좀처럼 좋아할 수 없었던 브리오니는 내내 창가에서 지켜보고 있었다. 『속죄』의 서평들은 처음 이 소설을 읽을 때 "우리가 알 수 있었던" 것, "우리가 알아차릴 수 있는" 것들에 대해 반복해서 언급한다. 그렇다. 그럴 수 있었다. 우리는 그럴 능력이 있었다. 그러나 우리는 그렇게 했는가?

그래서 우리는 사기를 당했다고 느낀다. 그러나 그렇다고 해서 브리오니가 우리보다 더 나은 대접을 받은 것 같지도 않다. 브리오니가 손을 얼굴 가까이 대고 자신의 의지에 대해 사색할 때 그녀는 이렇게 묻는다. "언니도 부서지는 파도 뒤에 숨겨진 진짜 자아가 있는 걸까, 언니도 이런 걸 생각하며 시간을 보냈을까, 자기 손을 눈앞에 펼쳐 들고 찬찬히 살펴보면서." 이 물음에는 물음표가 없다. 매큐언은 편집자에게 말한다. "안 됩니다. 물음표를 넣지 마세요. 의도적으로 그렇게 한 거예요. 마침표를 찍었어요. 내가 한 실수가 아닙니다. 브리오니가 실수한 거예요." 이 실수는 누구의 것인가? 실수이긴 한가? 내가 알 방법이 있을까? 브리오니의 글은 매큐언이 썼을 거라고 짐작할 만한 스타일보다는 살짝 더 고상한 스타일의 글이다. 그러나 그 차이점이 너무나 미미해서 나는 내가 누구의 글을 읽는지 헷갈리곤 한다. 때때로 소설에 서투름이 묻어난다고 해보자. 우리는 로비가 브리오니에게 편지를 주고, 뛰어가는 브리오니를 난간에 기대서 지켜보는 모습의 묘사를 읽는다. "솟아올랐다가 가라앉으면서 작아지는 그 애의 형체가 황혼 속으로 사라졌다. 소녀로서 모든 것이 어색해지는 나이지, 그는 흐뭇하게 생각했다." 풍경화 같은 면이 있다. 황혼, 작아지는 형체, 어스름 속에 놓인 남자. 그런데 "흐뭇하게"라는 단어가 걸린다. 그 단어로 묘사가 지나치게 과장된 느낌이 들지 않는가? 과하지 않은가? 물감이 너무 두껍게 칠해진 것은 아닌가? 과한 글이라고 해보자. 누가 그렇게 썼는가? 브리오니의 서투른 글솜씨 때문인가, 아니면 매큐언이 그렇게 쓴 것인가? 또 앞서 한 챕터는 이렇게 시작한다. "앞으로 30분 안에 브리오니는 범죄를 저지를 것이다. 이 끝없는 밤을 정신병자와 함께 보내고 있다는 생각에 그녀는 저택의 어두운 벽에 바싹 붙어 있었다." 여기서 화자의 목소리가 다소 어색하지 않은가? 브리오니가 곧 "범죄를 저지를 것"이라는 사실을 아는 사람은 노년의 화자다. 그런데 바로 그다음 문장에서 "정신병자"가 돌아다니고 있다고 생각하는 것은 어린 브리오니다. 이런 괴리는 브리오니가 완벽하지 않은 작가라는 것을 암시하는 기발한 단서인가? 단순히 매큐언이 잠시 소홀해진 부분인가? 또한(확실히 나의 집착이 점점 더 심해지고 있다), 브리오니도 몇 페이지 후에 로비가 잘린 다리를 보듯이 뚝 떨어진 사람 다리가 떠다니는 것을 본다. 브리오니는 6월 저녁 쌍둥이들을 찾아 돌아다니고 있었고, 공중에서 "떠다니는 듯한 원통형 물체"를 본다. 다만 브리오니는 차츰 그것이 어머니의 다리라는 것을 알게 된다. 잘린 것이 아니라 몸이 이상한 각도로 감춰진 것뿐이었다. 이 다리의 등장은 당연히 브리오니가 아닌 매큐언이 의도한 것이리라. 그러다가 나중에 나오는 오든의 「미술관」을 차용한 표현이 마음에 걸리기 시작한다. 시기가 맞지 않다는 생각이 든다. 당신은 여백에 표시를 한 뒤 찾아본다. 시는 1940년에 처음 인쇄되고 배포되었다. 당시에 로비는 행군 중인 것으로 되어 있다. 그런데 그가 그토록 최근에 발표된 시에 대해 알 리가 없다. 그렇다면 우리는 이것이 로비의 생각이 아니라 작가가 자기만족을 위해 넣은 것으로 봐야 한다. 그런데 어느 작가가 그렇게 한 것인가? 매큐언이 들릴락 말락 한 소리로 우리 귀에 속삭이는 것일까? 로비의 이야기가 매큐언이 아니라 작가로서의 경력이 자신보다 못한 브리오니가 쓴 것이라고? 그렇다면 그런 차용은 매큐언이 의도한 것이 아니라 브리오니가 의도한 것이라는 말이다. 그래서 어느 쪽인가?

이 길 아래 기이한 광기가 숨어 있다. 예술이 우리에게 한 약속 중 하나는 당신 자신의 삶도 당신이 예술 작품에 들이는 관심 같은, 내가 지금 이 소설에 지불하는 관심 같은 유형의 가치를 지닐 수도 있다는 것이다. 그런데 관심은 어느 정도가 적당한가? 우리는 언제 멈춰야 하는가? 물론 나도 안다. 이것은 모든 사람의 문제가 아니고, 누군가에게 언제나 문제가 되는 것도 아니다. ("그러니 내가 이런 식으로 계속 해석하지 않도록 좀 막아줘요!") 그러나 『속죄』의 시계태엽 장치는 적극적으로 이를 부추기도록 설계되었다. 매큐언은 성공과 실패가 구별되지 않는 곳으로 우리를 이끈다. 그리고 그와 함께 집착도 따라 들어온다. 매큐언이 일부러 결함을 고안했을 수도 있다. 깨지기 쉬운 자신의 작품의 핵심을 톡 건드렸고, 그래서 금이 가고, 그 틈을 통과하는 빛이 굴절되고, 옅어진다. 딱 그만큼만. 아마도 그런 불완전성이 의도된 것이었기 때문에 완성된 작품으로 내놓았을 것이다.

홍상과 받침대, 조각상의 맨발과 그 아래 놓인 거친 돌 사이의 울퉁불퉁한 경계를 가리키는 명칭이 분명히 있을 것이다. 지금 당신 앞에 완성된 조각상이 놓여 있다. 그런데도 이 잘 다듬어진 석상에서 원재료인 돌덩어리의 잔상이 보인다. 때로는 예술작품을 보면서 그 뿌리가 되는 원글이 보이기도 한다. 울프의 일기를 읽으면서 우리는 울프가 소설에 넣을 문장을 이리저리 고민하는 것을 듣는다. 기억하겠지만, 우리는 제임스의 서문에서 그가 장난스럽게 약강 오보격 운율을 가지고 노는 것을 보았다. "그런데 그녀가 이를 요람에서 목 졸라 죽이려 한다. 너무나 쾌활하게, 이야기를 어르고 달랠 것처럼 굴지만. 그러니 나는 그녀의 손을 막으리, 더 늦기 전에." 『속죄』는 그런 예술과 현실 사이의 경계를 따라 쓰였다. 마치 그 경계를, 우리를 시험하는 듯하다. 그림

속죄

의 한계를 그리는 브뢰헬처럼 매큐언은 자신의 글 안에서 글쓰기의 한계에 대해 쓴다. 다만 나는 그 한계가 어디인지 알 수가 없다.

매큐언이 이 모두를 계획했다고 해보자. 이 소설의 모든 문장이 매큐언이 의도한 것이라고. 우리는 완벽하게 조정당한 것이고, 브리오니는 철저히 희생당했고, 매큐언은 조금의 결점도 없이 완벽해졌다. 내가 어디를 가든, 내가 어떤 생각을 하든, 매큐언은 늘 나보다 앞서가고 있고 내 생각을 조작하고 있었다. 내 앞쪽 멀리 떨어진 대리석 바닥을 울리는 그의 구두 소리가 들린다. 당연히 나는 기분이 좋지 않다. (『속죄』는 특히 서평가와 나 같은 문학 평론가의 심기를 건드린다. 우리는 모든 다른 사람들처럼 드러났고, 속임수에 넘어갔다. 결국 우리는 특별하지 않은, 아무도 아닌 사람이었다. 이게 직업인데도!) 그런 기발함, 그런 거만함을 용서해야 할까? 매큐언은 자신의 교묘한 속임수를 화자의 것으로 넘겼지만, 그렇다고 해서 그에게 아무런 책임이 없다고 할 수는 없다. 이런 식으로 지금 여기에 우리가 되돌릴 수 없는 끔찍한 파멸을 야기할 수 있다고 말하는 소설이 있다고 하자. 그리고 작가는 빈틈없는 영리함으로 우리에게 대응한다. 마치 영리하게 굴면 우리가 야기한 고통을 지울 수 있다는 듯이. 그러나 나는 곧 이것이 결코 낯선 욕구가 아니라는 것을 깨닫는다. 나도 그렇게 하고 싶었던 적이 얼마나 많았던가.

다시 브리오니로 돌아가 보자. 이야기의 독자가 그 가치를 알아보지 못할 것을 알면서도 아주 정교하고 예술적인 이야기를 빚어내는 것은 어떤 느낌일까? 독자를 진짜 길이 아닌 길로 이끄는 것은? 그리고 그 독자가 알지 못하도록, 그리고 오류를 저지르도록 기획한 다음 그 사실을 지적하는 것은? 브리오니는 우리의 무지를 조작하고, 우리가 그 무지를 깨닫도록 조작했다. 브리오니는 자신이 아는 것들도 조작했다. 왜 그랬을까? 이미 언급했듯이 브리오니의 동기는 어느 순간 갑자기 시야 속으로 굴러들어 온다. 그런데 다시 한 번 패배감에 휩싸이면서 나는 깨닫는다. 실은 브리오니의 동기가 이야기 내내 나의 시야 속에 놓여 있었다는 것을. 세실리아가 보수한 꽃병에 꽂은 꽃들은 그녀가 의도한 "예술적인 무질서" 대신 "고집스러울 정도로 깔끔"했다. 그녀는 비록 꽃꽂이가 폴 마셜을 위한 것이기는 하지만 그는 교양 없고 천박해서 그 차이를 알아차리지 못할 거라는 점을 위안으로 삼는다. 이것도 이 소설이 어떤 소설인지에 대한 은유였다. 이 소설이야말로 고집스러울 정도로 깔끔했다. 폴 마셜뿐 아니라 나도 그런 차이를 알아차리지 못했다.

그렇다면 이 소설에 한정되지 않는, 우리가 오래전에 물었어야 하는 질문은, 우리는 *왜* 현재의 우리가 누구인지를 이해하기 위해 과거로 돌아가는가? 브리오니가 이 소설의 초고를 쓰고 계속 고쳐 쓴 이유를 유추하기는 어렵지 않다. 엄청난 죄책감을 억누르고, 그녀의 삶을 결정한 사건을 정복하기 위해서였다. 그녀는 그 사건을 이야기로 바꾸었다. 우리는 어린 브리오니가 "세상을 자신이 바람직하다고 생각하는 대로 정리하려는 욕망의 소유자"였다는 설명을 듣는다. 브리오니의 장난감 농장의 동물들은 모두 같은 방향을 바라본다. 동물들은 하나같이 브리오니를 바라본다. 그 후로 세상이 그녀의 이런 욕망을 잔인하게 가지고 놀았다면, 소설은 질서정연한 위안이 되어주었다. 적어도 소설에서는 "완벽한 장면"을 만들어내는 것이 가능했다.

이것도 물론 사실이다. 그러나 브리오니는 이 이야기를 써야 할 더 절박한 이유가 있었다. 그녀는 외로웠다. 어린 브리오니는 특별한 사람이 되고 싶었다고 소설은 설명한다. 그러나 어른이 된 브리오니는 자신이 아무것도 아닌 사람이라고 스스로를 설득하면서 평생을 보낸다. 줄리엣 미첼은 "분석적인 환자들, 사실 모든 환자들이 우리 모두가 '평범한' 사람이 될 운명이 아닌가 두려워하지만 그 운명이 실현되면 오히려 마음이 가벼워지고 편안해진다는 것을 깨닫는" 순간에 대해 말한다. "내면 깊은 곳에서 우리는 모두 남들과 똑같다. 그리고 남들도 우리와 똑같다"는 사실에서 위로받는 것이다. 절박한 처지인 브리오니는 이런 동일성을 만들어낸다. 나도 그녀처럼 모든 일이 달랐기를, 두 연인이 계속 살아갔기를 원했다. 나도 그녀처럼 내 욕망을 충족해주는 이야기를 원했다. 나도 세실리아와 로비가 그 뒤로 행복하게 살았다는 결말을 기대하고 있었다. 너무나 큰 고통을 겪은 두 사람이 평화롭게 사랑을 나눌 수 있기를 바랐다. 이야기를 읽으며 생긴 나의 기대와 바람이 내 눈을 멀게 했다. 브리오니의 기대와 바람도 그랬다. 어두운 그날 밤을 들여다보는 것처럼 그녀가 읽은 모든 이야기도 그녀의 눈을 멀게 했다. 나는 그 세계가 예술 작품이기를 바랐다. 나는 비교를 했고, 엉뚱한 것들을 비교하고 있었다.

브리오니는 자신의 결함 안으로 우리를 끌어들인다. 그러나 브리오니가 함께하고 싶었던 사람은 우리가 아니다. 그녀는 세실리아와 로비를 원했다. 글쓰기는 이런 소망을 실현하기에 좋은 방법 같았다. 마지막으로 다시 한번 오든의 시를 그대로 박제해서 옮긴 듯한, 나무에 걸린 다리로 돌아가 보자. 브리오니의 문장이 띄엄띄엄 이어진다는 점에 주목하자. "나무에 걸린 다리. 다 자란 플라타너스는 잎이 막 무성해지고 있었다. 다리는 20피트 위, 나무둥치가 처음으로 갈라지는 곳에 박혀 있었다. 맨살이 그대로 드러난 다리는 무릎 바로 위에서 깔끔하게 잘려 있었다…." 나무에서 다 자란 플라타너스 나무로, 잎이 막 무성해진 다 자란 플라타너스 나무로. 다리에서 20피트 위에 있는 다리로, 20피트 위 나무둥치가 처음으로 갈라지는 곳에 박힌 다리로, 맨살이 그대로 드러난 다리로, 맨살이 그대로 드러난 잘린 다리로, 맨살이 그대로 드러난 깔끔하게 잘린 다리로…. 로비가 보는 것을 묘사하면서 브리오니는 로비의 생각이 자신의 생각처럼 움직인다고 상상한다. 브리오니가 새로운 단어를 덧붙이면서 떠올리는 특징들이 로비의 머릿속에서도 같은 순서로 각인된다. 로비의 생각의 흐름과 브리오니의 생각의 흐름은 연결되어 동일한 구문 배열을 공유한다. 두 사람은 하나가 된다. 프랑스에서 자신 앞에 놓인 광경을 받아들이는 로비의 눈동자와 생각이 불안정하게 흔들리면서 움직이는 이유는 브리오니가 자신의 상상 속에서 자신 앞에 놓인 광경을 받아들일 때 그녀의 생각이 불안정하게 흔들리면서 움직이고 있기 때문이다. 브리오니가 글을 쓰는 동안만큼은 두 사람은 함께 있다. 글쓰기를 멈추면 그를 잃는다.

　당연한 말이지만, 로비가 그 다리를 봤을 때 브리오니는 그 자리에 없었다. 물론 로비가 그 다리를 진짜로 보았는가 하는 것도 문제다. 브리오니는 로비가 무슨 생각을 했는지 모른다. 꼼꼼한 조사에도 불구하고(브리오니는 됭케르크 철수 작전에 대해 구할 수 있는 모든 정보를 습득했다) 로비가 무엇을 보고 듣고 맡고 만졌는지 알 방법이 없다. 두 사람은 분리된 두 개인이고, 지식과 정보로는 그런 분리를 극복할 수 없다. 그러나 브리오니는 디테일을 하나씩 더하다 보면 로비가 언젠가는 소설 속 인물에서 진짜 사람으로 탈바꿈할 수 있다는 듯이 강박적으로 글을 쓴다. 마치 글로 쓰인 무언가가 자신과 함께하는 진짜 사람, 하나의 사람으로 바뀌는 마법과 같은 일이 일어날 수 있다는 듯이. '속죄'라는 단어는 한 사람이 된다는 관념에서 기원한다. 십자가에 매달려 고통받은 그리스도는 우리의 죄를 모두 떠안음으로써 우리가 모두 분리된 개인이라는 사실을 극복한다. 이는 마치 우리가 분리된 존재로 살아가는 것이 원죄에 내려진 형벌이었고, 이제 우리가 그 형벌에서 해방되었다고 말하는 듯하다. n+1은 희망을 품게 하는 가능성이다. 그러나 그것은 브리오니나 매큐언이 영원히 꿈꿀 수 있는 가능성은 아니다. 글쓰기와 읽기는 언젠가는 끝난다.

소설의 결말이 가까워지면서 매큐언은 우리의 행보를 지켜본 불완전한 신들 중에 마지막까지 남은 이들을 호출한다.

지난 59년간 내가 씨름한 질문은 이것이다. 결과를 결정하는 절대적인 힘을 가진 소설가는 신이기도 한데, 그런 소설가가 속죄하는 것이 가능한가? 소설가가 애원하거나 화해할 수 있는, 그리고 그 소설가를 용서할 수 있는 존재는 없다. 소설가 바깥에는 아무것도 없다. 소설가는 자신의 상상 속에서 한계와 조건을 정한다. 신, 즉 소설가에게 속 죄란 있을 수 없다. 그가 무신론자라고 해도 달라지지 않는다.

다른 세계를 상상하면서 브리오니는 자신을 아무런 권능이 없는 종이 신, 텅 빈 무대 위에 선 주인공과 연출가로 만들었다. 그 세계를 지휘하는 브리오니는 그녀가 유일한 존재일 가능성과 속죄의 가능성을 따로 떼어내서 생각할 수가 없다. 그녀는 유일하고 우리를 읽는 우리도 그렇다. 우리의 경험은 우리만의 것인가, 공유할 수 있는 것인가? 우리는 우리의 이야기를 읽으면서 우리의 불확실성에서 서식한다. 우리는 평범한가, 유일한가?

III

All the Difference

모든 것이 달라졌다

모든 것이 달라졌다

이름 없는 무언가가 가슴 안에서 열린다.[1]

———

제인 허시필드Jane Hirshfield

아예 시작하지 않거나 끝을 맺지 않으면 자신의 선택을 되돌아보지 않아도 된다. 시작하지 않는 것은 이미 오래전에 불가능해졌고, 끝을 맺지 않음으로써 얻는 위안은 그새 시들해졌다. 이제 이 책의 결함을 받아들일 때가 왔다.

———

잠시 내 생각을 정리해보겠다. 때로는 한 사람으로 산다는 것이 한계로 느껴진다. 나는 단 한 사람으로, *단 하나의 인생*을 살 수밖에 없다. 다른 사람들과 있을 때 또는 다른 사람이나 다른 인생에 대해 생각할 때는 이런 단독성이 분리됨으로 다가온다. 나는 다른 사람, 다른 인생과 *분리된* 한 사람이다. 삶은 배타적이다. 또 되돌릴 수도 없다. 나는 내가 왔던 길을 되짚어갈 수 없다. 하지만 이는 누구나 마찬가지다. 우리는 모두 수많은 경로 중에서 하나의 길을 따라왔고, 되돌아갈 수 없다. 우리 모두 특별하고 평범하다. 물론 모든 사람이 이런 것들을 늘 곱씹고 있는 것은 아니다. 그럴 만한 이유가 있을 때만 그렇게 한다. 그런데 유독 이런 생각에 빠지게 하는 경험들이 있다. 진로, 결혼, 임신, 육아, 죽음, 형제자매, 생존 등. 이런 경험은 사회적·역사적 맥락 속에서 형성되기 때문에 살지 않은 삶에 대한 생각을 더 강하게 이끌어내는 시대와 문화가 존재한다. 평생직장의 쇠퇴, 여성의 사회 진출 증가, 피임의 보편화, 낙태의 합법화, 대리모와 입양 증가, "성인 진입기emerging adulthood"[2]에 대한 지식 확장, 동성 결혼의 합법화, 트랜스젠더의 음지 탈출, 나이 든 부모를 돌보는 성인 인구증가, 소셜 미디어의 발달과 그로 인한 타인과의 비교 심화. 이런 모든 조건들은 각기 다른 속도로, 다른 역사적 논리에 따라 변했지만 이런 맥락들이 한데 모여 현재 우리 주변에 가득한, 살지 않은 삶들을 만들어냈다. 이 책에 대해 친구에게 설명하자 그는 이렇게 말했다. "아, 욜로YOLO[3]에 포모FOMO[4]군."

가상의 다른 사람과 다른 삶들로 이루어진 무리 속에서 나는 때때로 스스로를 다른 사람과 바꿔치기하는 상상을 한다. 때로는 다소 소박하게 나는 그대로 둔 채 다른 사람의 성격이나 특성을 조금 빌리는 상상을 한다. 때로는 한껏 욕심을 내서 나의 삶과 그녀의 삶을 모두 누리는 상상을 한다. 어떤 상상을 하든지(그리고 실은 어떤 상상을 하는지 콕 집어 말하기 어려울 때도 있다) 나는 나의 삶과 그런 다른 삶이 분리되어 있음을 새삼 실감하면서 삶들 간의 거리를 가늠하곤 한다. 모든 예술 작품은 각자의 방식으로, 각자의 도구를 이용해서 그 거리를 잰다. 그 작품을 빚는 예술가는 그 과정을 통해 우리가 누구인지 이해하려고 애쓴다.

———

일찍이 나는 프로스트의 「가지 않은 길」이 과장된 시, 체념의 철학을 노래한 시라고 말했다. 『속죄』는 허구적 진실을 충실하게 이행하면서 모든 것을 극한으로 몰고 간다. 세계대전 이전의 영국이라는 먼 세계, 강간이라는 충격적인 사건, 됭케르크 철수 작전, 정교한 자기기만에 빠진 아이, 그 아이의 반짝반짝 빛나는 끝없는 죄책감, 기발한 속임수임이 드러난 소설 자체. 브리오니가 가지 않은 길에 대한 생각들로 고립되지 않았다면 오히려 이상했을 것이다. 그러나 일상적인 갈망으로 말라 죽는 것 또한 가능하다. 「가지 않은 길」은 이 사실을 알고 있다. 그래서 극단적인 시이면서도 가벼운 시인 것이다. 그런 가벼운 극한을 사는 것은 어떤 느낌일까?

———

어제 나는 평온한 하늘을 바라보면서, 제각각 다른 속도와 모양으로 끊임없이 움직이는 구름을, 그 사이로 새어 나와 더 높이 떠 있는 구름을 환히 비추는 빛의 주름을 바라보면서 내 마음도 평온해지는 것을 느꼈다. (파란 하늘은 초록빛 떡갈나무를 품고서 그 잎들 사이에 둥지를 틀었다.) 나는 즉각적인 행복을 느꼈고, 그것으로 충분했다. 그러나 오늘 비가 내리는 것을 바라보면서, 잿빛 하늘을 바라보면서, 싸늘한 냉기를 느끼면서, 나는 생각한다. 어제 날씨가 훨씬 더 좋았는데.

경이, 즐거움, 슬픔, 화, 두려움, 기쁨, 짜증, 절망, 비애, 분노, 사랑…. 이런 감정은 즉각적이고 순수하다. 그런 감정은 그 자체로 곧장 내 안을 파고든다. 그러나 후회와 안도는 그렇지 않다. 후회와 안도의 사촌인 미련, 아쉬움, 애도, 남의 불행함에 대한 고소함이나 쾌감, 연민, 질투, 억울함, 그리고 먼 친척인 자만과 예찬은 그렇지 않다. 이런 감정도 즉각적으로 내 안으로 들어와 퍼진다고 생각하겠지만, 실제로는 비교하는 과정을 통해 내가 만들어 낸 감정이다.

———

디킨스의 『위대한 유산』 초반에는 핍의 누나인 가저리 부인의 대사가 세 문장도 채 되지 않는다. 그녀가 핍의 인생을 다시 쓰고 핍의 죽음을 상상하기 전까지는 말이다. "내가 없었으면 넌 오래전에 교회 묘지에 묻혀 끝났을 거야." 그리고 곧 자신의 삶도 다시 쓰기 시작한다. "나도 대장장이와 결혼하지 않았다면, 그리고 (결국 같은 얘기지만) 앞치마 벗을 새도 없는 노예가 아니었다면 크리스마스 캐럴을 들으러 갔겠지." 이것은 어른이 된다는 것이 아주 고약한 속임수이며, 다른 사람들이 그런 함정의 매개물이라는 것을 이해하는 인물을 그린 첫 번째 초상화다. 가저리 부인을 희극화해 재구성한 대역은 포켓 부인이라는 인물이다. 그녀는 귀족과 결혼했어야 하지만 그러지 않았다고 전해진다. 그녀는 포켓 씨와 결혼했다. 포켓 씨는 귀족이었어야 하지만 귀족이 아니었다. 포켓 부인은 포켓 씨의 아이를 일곱 명 낳았다. "귀족이었어야 하는 어린 귀족들"을. 가저리 부인에게 후회는 매일 하루를 시작하자마자 들어서는 문이지만, 포켓 부인은 같은 문을 통해 자신의 하루에서 벗어나 어딘가에 있을 귀족인 자신, 진짜 자신의 삶으로 날아간다.

후회의 구름으로 소설을 두른 다음 디킨스는 그 사이로 안도의 순간들을 비춘다. 소설 후반부에 자신이 품었던 모든 기대가 아무런 결실을 맺지 못한 뒤에, 핍은 고향으로 돌아와 어린 시절 친구 비디를 찾아간다. 그녀에게 청혼하기 위해서다. 그는 비디를 만나러가는 길에 그녀를 만나면 어떻게 할지 상상한다. 그는 둘이서 펼칠 수수한 청혼 장면을 써 내려간다.

> 나는 이럴 작정이었다. 비디에게 간다. 다시 돌아온 내가 얼마나 겸손해졌는지, 얼마나 후회하는지 그녀에게 보여준다. 내가 한때 품었던 모든 기대가 어떻게 깨졌는지 설명한다. 내 불행했던 유년 시절에 우리가 서로에게 얼마나 소중한 존재였는지를 일깨운다. 그런 다음 이렇게 말하리라. "비디…"[5]

그러나 핍은 이렇게 신중하게 쓴, 그리고 그야말로 망상에 불과한 이 각본을 폐기해야만 한다. 홀아비였던 자신의 양부 조가 비디와 막 결혼 서약을 끝내고 환하게 웃고 있는 모습을 보았기 때문이다. 자신이 그린 장면과 자신 앞에 놓인 현실의 간극으로

모든 것이 달라졌다

혼란에 빠진 핍은 정신을 잃는다. 다시 정신을 차린 핍이 가장 먼저 한 생각은 다행이라는 것이었다. 그는 그동안 몇 번 조에게 비디와 결혼하고 싶다는 말을 하려고 했지만 끝내 하지 못했다. "조에게 그 말을 했다면 되돌릴 수 없었을 거야!" 핍과 마찬가지로 우리는 나머지 소설의 서사를 일어나지 않은 일이라는 렌즈를 통해 경험한다.

─────

후회와 안도는 우리가 이런 이야기들에서 가장 자주 마주치는 감정이다. 안도보다는 후회를 훨씬 더 자주 만난다. 후회도, 안도도 격한 감정이지만 어느 쪽도 모호한 법이 없다. 후회와 안도를 불러일으킨 원인이 무엇인지는 대개 명확하다. 바보 같은 말을 했다거나 친구를 돕지 못했다거나. 제때 이름을 기억해냈다거나 앞차를 들이박기 전에 가까스로 멈췄다거나. 내가 느끼는 감정이 무엇이며, 왜 그런 감정을 느끼는지도 안다. 감정을 묘사하고 설명하는 말이 술술 나온다. 그러나 브리오니가 처한 상황은 이런 것과는 차원이 다르다. 뭔가를 다르게 했더라면 좋았을걸, 하고 아쉬워하는 수준이 아니다. 브리오니가 느끼는 감정은 알기도 어렵고 말로 풀어내기는 더 어렵다. 브리오니가 자신의 행동을 *후회한다*고 말하는 것만으로는 그녀가 목격하고 겪은 비극을 건드릴 수조차 없다. 브리오니는 자신이 살아온 세상, 계속 살아갈 세상을 잃었다. 이렇게 설명하면 될까? 후회, 안도, 그리고 그런 감정과 친인척 관계에 있는 감정들은 내 삶 안에서 생겨난다. 브리오니가 느끼는 감정들은 내가 그 삶에서 벗어날 때 생겨난다. 나는 슬픔 또는 감사의 정수精髓를, 극한으로 몰린 슬픔 또는 감사를 느낀다.

———

"인간으로 살아가는 것은 엄연한 직업이다"라고 토머스 나겔 Thomas Nagel은 말한다. "그리고 모든 사람이 그 직업에 수십 년 동안 헌신한다."

우리는 이를 너무나 당연하다고 여기기 때문에 아무도 이것이 특별하다거나 중요하다고 생각하지 않는다. 우리는 각자 자신의 삶을 산다. 하루 24시간을 자기 자신으로 살아간다. 그렇지 않으면 달리 무엇을 하겠는가, 다른 사람의 삶을 살겠는가? 그러나 우리 인간은 한 발 물러서서 자신과 자신이 저지른 삶을 탐구하는 특별한 능력을 지니고 있다. 그것도 모래 더미를 오르느라 사투를 벌이는 개미를 바라보는 구경꾼처럼 무심한 경이로움으로. 자신이 자신의 개별적이고 특수한 입장에서 벗어날 수 있다는 환상 없이도 말이다. 인간은 이 모든 것을 '영원의 관점'[6]에서 내려다볼 수 있다. 그리고 그 관점에서 본 광경은 엄숙하면서도 익살맞다.[7]

당연하면서도 특별하다. 엄숙하면서도 익살맞다. 나겔의 모순된 표현은 내가 짐작하고 있던 사실, 이 불편한 감정의 원천을 이성을 통해 발견하기는 어렵다는 사실을 확인해준다. 이 감정은 변덕스럽고, 모순적이고, 유동적이다. 파도처럼 소용돌이치며 내 피부에 밀려든다. 한 사람으로 산다는 것은 어떤 것인가?

―――――――

지금부터 살펴볼 한 쌍의 시는, 엄숙한 시 한 편과 익살맞은 시 한 편이다. 두 시 모두 까탈스러울 정도로 구체적이고, 장황하고, 적확하다. 먼저 엄숙한 시부터.

나는 기억한다, 나는 기억한다 I Remember, I Remember
필립 라킨

다른 노선을 타고 잉글랜드로 올라오면서
딱 한 번, 추운 새해 초에,
우리는 멈췄다, 그리고, 번호판을 든 남자들이
승강장에서 낯익은 출입구를 향해 달리는 것을 보았다,
"아니, 코번트리잖아!" 내가 외쳤다. "내가 태어난 곳이야."
나는 몸을 쭉 내밀고, 눈알을 굴리며 단서를 찾았다
이것이 여전히 한때 "내 것"이었던 그 마을인지 알려주는
아주 오래도록, 그러나 나는 알 수조차 없었다
어느 쪽이 어느 쪽인지조차. 자전거 바구니들이
기대 서 있던 곳, 우리가 매년 떠났던가
가족 휴가 때마다? …기적 소리가 울렸다.
움직이기 시작했다. 나는 등을 기대고 앉아, 내 부츠를 뚫
  어져라 봤다.

"저기가" 내 친구가 미소를 지었다. "'네 뿌리'인 곳이야?"
아니, 그냥 내가 어린 시절을 안 보낸 곳이야,
나는 쏘아붙이고 싶었다, 그냥 내가 출발한 곳일 뿐.
지금쯤 나는 동네 전체를 샅샅이 파악하고 있었겠지.
제일 먼저, 우리 집 정원을. 내가 발명하지 않은 곳
꽃과 과일의 눈부신 신학을,
그리고 지겨운 노친네가 말을 걸어오지 않았던 곳.
그리고 여기 그 멋진 가족도 있었지
내가 우울할 때 결코 찾지 않았던,
남자애들은 하나같이 이두박근이고 여자애들은 하나같이
　가슴인,
그들의 우스꽝스러운 포드, 그들의 가족 농장은 내가
"정말 내 자신"이 될 수 있던 곳. 말이 나왔으니, 보여줄게,
내가 몸을 떨면서 앉아 있지 않았던 그 고사리 밭,
그걸 해치우겠다고 굳게 마음먹고서, 그녀가
누워 있던 곳, 그리고 "모든 것이 타오르는 안개가 된" 곳.
그리고, 그 사무실들에서, 내 엉터리 시는
뭉툭한 10포인트 글씨체로 설정되지도, 그리고 읽히지도
　않았고
시장의 유명한 사촌이,
그는 내 아버지에게 전화를 걸어 말하지 않았지 여기
우리 앞에, 앞날을 보는 재능이 있다─
"마치 그곳이 지옥으로 떨어져 버렸으면 하는 얼굴이네."
내 친구가 말했다, "적어도 네 표정을 봐서는." "뭐,

그곳 잘못은 아니겠지." 내가 말했다.

"아무것도, 그 무엇도, 어디에서도 일어나지 않으니까."[8]

포드 자동차와 농장, 고사리 밭, 그리고 엉터리 시. 화자의 것이 아닌 과거조차도 지루하지 않다. 이런 사소한 결핍에 대한 생각이 화자를 극단적인 추상성으로 몰고 간다. 그 누구도, 그 어디에서도, 이런 근육질 남자아이들과 육감적인 여자아이들에 의해 주눅 들지 않았을 것이고, 자신의 엉터리 시의 글씨체 크기를 10포인트로 설정하지 않았을 것이다. 「나는 기억한다, 나는 기억한다」는 19세기 낭만주의 시인 토머스 후드Thomas Hood의 감성적인 시의 제목이다. 후드가 쓴 시의 마지막 시구는 이렇다. "나는 천국에서 더 멀어졌다/내가 소년이었을 때보다." 그러나 후드의 시를 모르는 사람도 라킨은 신이 없는 읍이며, 천국은 근처에도 가보지 못했다는 것을 알 수 있다.

———

이제 익살맞은 시를 살펴볼 차례다. 트로이 졸리모어Troy Jollimore는 애석한 변덕과 사랑스럽지만 시시한 것들을 모아 화환을 만든다.

후회Regret
나는 당신에게 말하지 않은 것을 되돌리고 싶어
예의를 차리느라, 또는 조심스러운 마음에, 그런 것들을,

마음에만 담아두었어. 그리고, 만약–

아마도 이건 변칙이겠지만–나는

당신이 그런 것들을 말하지 않은 것을 되돌리고 싶어

당신이 한 번도 하지 않은 말들을, 이를테면 "당신을 사랑
해"와

"나와 함께 우리 집에 가지 않을래" 같은, 또는 내게 말하
는 것을, 다만

실제로 한 번도 말하지 않았지만, 가령 새롭게

단장한 밴쿠버 미술관의 카페에서

우리가 피한 막 쏟아져 내리기 시작한 소나기의 빗방울이
당신 머리카락에서 보석처럼 반짝일 때,

또는 태양이 딱 적당한 각도로 비춰서, 막 이륙하거나

막 착륙하는 비행기에서 보이는 자동차의

앞 유리처럼 반짝일 때

당신이 아무리 애써도, 당신은 상상할 수 없다고

내가 없는 삶을. 열정의 불꽃이

이 말을 하는 당신 눈동자 속에서 불타올랐을 거야–

만약 당신이 이 말을 했다면 말이지–나는 자주 그런 꿈
을 꿔.

나는 그걸 무를 생각 없어, 그 꿈들을, 다만 할 거야,

할 수만 있다면, 내게 키스하지 않은 것을 물릴 거야,

사람들 앞에서 과장되게, 누가 보든 상관하지 않고,

그리고 이름 없는 동물적 갈망의 눈빛들을

당신이 나 말고 다른 모든 사람에게 던지는 것을. 나는

모든 것이 달라졌다

내가 취소한 것을 취소하고 싶어, 내가 당신을 붙잡기 직전에,

뉴욕 공공 도서관 계단에서 당신을 붙잡기 전에

(우리가 가지 못했다는 것도 여기서 상기시키고 싶어)

그리고 모든 사람이 들을 수 있도록 외치기 전에, "당신, 당신

그리고 오직 당신!" 그래, 나는 물렀으면 해

그날 통제할 수 없는 내 사랑의 요란한

시위를 벌이며 비둘기를 겁주지 않은 것을,

대기권 밖으로 쫓겨나도록 겁주지 않은 것을, 얼이 빠지고

　혼이 나간 채로,

지금 홀로 앉아 있을 때조차, 얼이 빠지고 혼이 나간 채로,

우리 사랑의 책을 안 읽으려고 달려가면서

당신이 그 책을 안 쓰는 것을 마치기 전에.[9]

　새롭게 단장한 밴쿠버 미술관. 막 내리기 시작한 빗방울. 머리
카락, 보석, 앞 유리, 자동차, 이륙하고 착륙하는 비행기, 딱 적당
한 각도로 비추는 태양, 그녀의 눈동자에서 타오르는 불꽃, 키스,
요란한 시위, 얼이 빠지고 혼이 나간 비둘기. 화자가 자신이 살지
않은 삶 주위를 빙빙 맴돌면서 상상한 장면에서는 항목들이 더
강박적으로 나열되고, 더 생생하게 채색된다. 마치 모든 디테일을
아주 정확하게 맞추면 몽상이 기억으로 탈바꿈할 수 있다는 듯
이. 마치 정밀성이 진실을 보장하기라도 하는 것처럼. 그러나 졸
리모어는, 이를테면 지우개를 손에 든 채로 시를 쓴다. 왜냐하면
시 속의 여자가 화자 없이는 살 수 없다고 말하지 않은 것은 밴쿠
버 미술관에서만도 아니고, 카페에서만도 아니고, 미술관이 재단

장했을 때만도 아니기 때문이다. 그녀가 말하지 않은 것은 비를 피하거나 비행기를 바라볼 때만도 아니었다. 그녀는 여기서도, 저기서도, 그 어디에서도 그렇게 말하지 않았다.

토머스 하디는 엄숙하고 익살맞은, 그런 정서적 풍경 속에서 긴 여생을 보냈다. 그 풍경 속에는 뿌연 추상성의 안개가 속세의 구체적인 것들 위로 내려앉았다. 하디는 유독 고통받는 인물들을 묘사하는 데 전념했고, 우리에게 그 인물들이 보편적인 인간 경험, 즉 인생과 인류를 대변한다고 강변했다. 그가 자신의 시집 중 하나에 붙인 제목 『시간의 놀림거리들Time's Laughingstocks』은 장엄한 추상성과 우스꽝스러운 구체물을 교차시키는 하디다운 표현이다. 그리고 그는 우리가 시간의 놀림거리라고 생각했다. 하디는 가식의 민낯이 드러나는 이야기를 만들어내면서 과도하게 즐거워하고 과도하게 불평한다. 윌리엄 엠프슨의 지적대로 "하디는 아주 드물게 어리석은 인물이 아주 드문 불운을 당하는 이야기를 들려주는 걸 즐긴다. 그가 제시하는 교훈은 그 이야기에서 자연스럽게 도출되는 것이 아니라 엄숙한 선언에 가깝다. 그는 우리 모두가 그 인물과 같은 운명에 처해 있다고 주장하는데, 그 인물의 이야기가 강렬하게 다가오는 이유는 바로 그것이 아주 드문 이야기이기 때문이다." 그런 이야기에 돌아버릴 것 같은 때도 있다. 테스는 희망을 품고 쓴 편지를 연인의 문 밑으로 밀어 넣고, 하디는 그 봉투를 카펫 밑으로 밀어 넣고, 나는 냉장고에 뭐 먹을 만한 게 없는지 살피러 간다.

울프도 하디의 소설에서 이런 경향을 읽어냈지만 엠프슨보다는 훨씬 더 너그럽게, 그리고 나처럼 회피하지 않고 받아들인다. 울프는 하디의 소설 속 인물들이 "개인으로 살아가고 개인으로 차별화된다. 그러나 또한 유형으로 살아가고 같은 유형의 인물들과 공통점을 지닌다"고 말했다. 하디의 인물들은 특별하면서도 평범하고, 독자적이면서도 일반적이다. 그런 뒤 울프는 하디의 사고의 흐름에 합류하고, 그럼으로써 그 안에 담긴 아름다움을 보존하고 증폭한다.

> 우리는 마치 그것이 홀로 그리고 늘 존재했다는 듯이, 패니의 시체를 신고서 축 늘어진 나무 아래로 길을 가는 마차를 본다. 클로버밭에서 발버둥 치는 통통한 양을 본다. 트로이가 꼼짝 않고 서 있는 밧세바를 향해 검을 휘두르는 것을, 머리카락을 베고 그녀의 가슴에 놓인 애벌레를 조각내는 것을 본다. 그런 장면이 눈앞에 생생하게 그려지지만, 눈에만 보이는 것이 아니다. 우리의 모든 감각이 느낀다. 그런 장면에 우리는 빠져들고, 그 장면의 황홀함이 우리와 함께 남는다.[10]

우리 각자는 많은 사람 중 하나일 뿐이며, 실제로도 다른 사람들과 별로 다를 것이 없다. 그런데 울프는 이런 진실에 우리가 절망할 필요가 없다고 믿는다. 모든 장면, 모든 인물, 모든 행동 하나하나가 고유하고 생생하며, 하디의 글과 울프의 기억에서 영원히 존재한다. 이 축 처진 나무 밑을 지나는 이 마차. 밧세바의 가슴 위에서 두 동강 난 이 애벌레로.

소젖 짜는 일을 마친 테스는 에인절 클레어의 창문 아래, 손질되지 않은 농장의 정원에 들어선다. 해가 짧아지고 정적이 흐르던 그 날 저녁 모든 것이 그녀에게 다가와 그녀를 어루만지는 것 같다. 눈앞에 꽃가루가 떠다닌다. 무성한 잡초에 그녀의 스커트 자락이 젖는다. 엉겅퀴와 민달팽이의 점액이 그녀의 창백한 맨팔에 자국을 남긴다. 발아래에서 달팽이 껍질이 부서지는 소리가 들린다. 클레어의 하프 소리가 고요하게 가라앉은 공기 속으로 내려앉을 때 테스는 그 소리가 "알몸같이 꾸밈없는 순수한 구석이 있다"고 느낀다. 테스의 정원은 내게도 자국을 남기는 것 같다. *이것*은 일어났다. 여기서 일어났다. 그리고 애초에 일어날 필요가 없는 일이었다. 그렇다. 아무것도, 어디에서도 일어나지 않는다. 그러나 실제로는 무언가가, 아주 구체적인 무언가가 어딘가에서 일어난다. 잠시나마 일어났을 수도 있었을 일이 우리에게 떨어져 나가고, 우리는 이 눈부신 하나의 세상에서 일어난 일이 남기고 간 주위를 맴돈다. 발아래 박히는 달팽이 껍질을 느끼고, 우리의 손질되지 않은 정원에 내려앉는 음악을 느끼면서.

───────

울프가 하디의 소설에서 이런 음악을 들었다는 사실은 놀랍지 않다. 울프의 글에서도 그 음악이 들리기 때문이다. 첫 단편소설부터 일기, 장편소설, 그리고 남편에게 남긴 마지막 메모에 이르기까지 울프가 쓴 거의 모든 글에서 다른 삶들이 그녀와 나란히 살고 있었다는 것을 알 수 있다. 울프의 결혼, 자녀 없음, 자매의 존재, 그녀가 사랑했지만(또는 사랑하지 않았지만) 그녀보다 먼저 죽은 사람들, 작가로서의 명성. 울프는 이 모든 것을, 늘 그랬던 것은 아니지만, 자신에게 주어진 삶과 다른 삶들을 비교하는 과정을 통해서 이해했다. 그런 비교는 그녀를 절망에 빠뜨리기도 했다. "제발, 그만 비교해." 그녀는 자신의 일기에 이렇게 쓰기도 했다. 마치 비교에 중독된 사람처럼. 그리고 실제로 중독되었는지도 모른다. 울프의 글을 어느 정도 읽고 나면 그런 비교가 울프라는 사람의 일부, 그녀가 느끼고 생각하는 것에서 분리불가능한 그녀의 특성처럼 느껴지기도 한다. 또 그런 비교는 그녀의 글과도 분리할 수 없는 그녀 글의 특성이다.

"내가 다른 사람과 얼마나 다른지 알 수는 없다." 울프는 그녀의 회고록에서 이렇게 지적한다.

> 그런데도 스스로를 제대로 설명하려면 무언가 비교할 기준이 있어야만 한다. 나는 영리한가, 멍청한가, 잘생겼는가, 못생겼는가, 열정적인가, 냉철한가…? 나는 학교에 다닌 적이 없어 내 또래 아이들과 경쟁할 기회가 전혀 없었고, 그래서 내 재능과 약점을 다른 사람의 것과 비교할 기회가 없었다.[11]

울프는 말한다. 다른 사람 없이는 설명할 길이 없다고. 그러나 이것은 분명 과장된 표현이다. 우리가 학교를 다니면서 남과 비교하는 법을 배운다는 것은 사실이지만 우리는 다른 곳에서도, 이를테면 가정 내에서도 비교하는 법을 배운다. 그리고 어른이 되어 블룸즈버리[12]에서 지낸 울프는 스스로를 끊임없이 비교할 동료가 여럿 있었다. 따라서 그녀가 자신의 재능과 약점을 다른 사람의 것과 비교할 수 없다는 주장을 어떻게 이해해야 할까? 나는 이 주장이 그와 반대되는 의미를 담고 있다고 생각한다. 그녀가 남과 비교하는 일을 시작하지 못한 것이 아니라 남과 비교하는 일을 완벽하게 해낼 수 없다 보니 비교를 통해 설명하고 매듭짓지 못하는 것이다. 그녀는 이렇게 말하고 있지 않은가? 다른 사람과 달리 나는 비교할 줄 모른다고.

비교는 울프에게 다른 세계를 욕망하게 만들었다. 이 세계가 아닌 다른 세계를 원한 것이 아니라, 이 세계에 더해진 다른 세계를 원한 것이다. 이것 대신 저것이 아니라, 이것과 저것이다. 나는 다른 세계에 대한 그녀의 갈망이 이 세계에 대한 사랑에서 비롯되었다고 생각한다.

울프는 『제이콥의 방Jacob's Room』에서 이렇게 말한다. "우리는 남자 아니면 여자다." "우리는 냉철하거나 감상적이다. 우리는 젊거나 늙어가고 있다." 우리는 유형으로 살아가고, 같은 유형의 사람들과 닮았다. 분류하고 비교하기, 추상적인 범주를 오가면서 우리는 세상에서 색깔과 재질의 차이를 지운다. "삶은 그림자들의 행렬일 뿐이다. 그런데도 우리가 왜 그 그림자들을 그토록 열렬하게 감싸 안는지, 그 그림자들이 떠나는 것에 그토록 분개하는지는 오직 신만이 알리라. 결국 그림자에 불과하지 않은가."

모든 것이 달라졌다

만약 이것이, 이것보다 더한 것이 진실이라면, 우리는 왜 창문 쪽 의자에 앉은 이 젊은 남자가 이 세상 어떤 것보다도 가장 현실적이고, 가장 견고하고, 우리가 너무도 잘 아는 것이라는 순간적인 인식에 그토록 놀라는 것일까? 정말이지 왜일까? 이 순간이 지나면 우리는 그 남자에 대해 아무것도 모를 텐데.

이런 것이 우리가 보는 방식이다. 이런 것이 우리 사랑의 조건이다.[13]

이 글의 리듬이 나를 무너뜨린다. 잠깐씩 끼어드는 수수께끼 같은 구절의 잔잔한 전개가 완전히 멈추고, 나도 함께 멈춘다. 그 소절 이후에 부족한 것은, 그리고 완벽한 한순간에 주어진 것은 이 의자에 앉아 있는 이 젊은 남자다. 현실적이고, 견고하고, 내가 알고, 혼자이다. 내게 보이고 사랑스럽게 간직된다.

───────

처음부터 나는 의미가 단어가 아닌 다른 곳을 통해서도 전달될 수 있다는 것을 알아챘다. 예를 들어 의미는 「가지 않은 길」에서 "나"와 "나" 사이에 박혀 있었다. 「부활절 아침」에서는 구문이 끊기는 부분에 자리 잡고 있었다. 지미 스튜어트와 조지 베일리가 같은 인물이고 또 같은 인물이 아니라는 사실에 있었다. 안드레아 델 사르토의 야상곡을 둘러싼 침묵 속에 있었다. 여기 울프의 글에서는 구문의 리듬 속에서 의미가 나온다. 그녀의 글이

직선 구간에 들어서고 갑자기 돛들이 한꺼번에 축 늘어진다. 문장 하나 또는 단락 하나가 이런 리듬을 타기도 하고, 소설 전체가 이런 리듬을 타기도 한다. 울프는 음들 사이의 간격을 한껏 늘릴 수도, 좁힐 수도 있다. 그러나 울프의 소절이 어떤 음계를 쓰든지 간에 그 소절에는 말로 표현되지 않은 간결성과 울프가 의자에 있는 이 젊은 남자에게 느끼는 것과 같은 아주 깊은 애정이 담겨 있다.

클라리사 댈러웨이는 디너파티에 쓸 꽃을 사려고 신선한 아침 공기 속을 걸으면서 자신의 다른 삶을 상상하기 시작한다. "아, 삶을 처음부터 다시 시작할 수만 있다면! 보도 위로 올라서며 그녀는 생각했다. 외모도 달랐겠지!" 일을 다 마치기 전에 클라리사는 정적이고, 위풍당당하고, 몸집이 큰 레이디 박스버러로 사는 것을 상상한다. 좀처럼 사랑할 수 없는 미스 킬먼을 사랑하는 삶을 상상한다. 그녀의 남편처럼 자신을 위해 일하는 사람으로 사는 삶을 상상해본다. 다른 삶을 상상하는 일에 너무나 익숙해진 나머지 심지어 멍청한 피터 월시에게서 즐거움을 얻는 세계까지 상상해낸다. 피터 월시와 소파에 나란히 앉아 있던 그녀는 "불쑥 그런 생각이 들었다. 내가 이 남자와 결혼했다면, 하루 종일 이런 유쾌함을 느낄 수 있을 텐데!"

런던이 움직인다. 환한 불빛과 하늘 높이 뜬 구름이 머리 위를 지나간다. 사람들이 바삐 스쳐 지나간다. 클라리사의 생각도 움직이고 있다. 울프의 글은 이 모든 움직임을, 그 반짝임과 흐름을 담는다. 그리고 그것을 풀어놓는다.

모든 것이 달라졌다

우리가 왜 그토록 삶을 사랑하는지, 왜 삶을 그렇게 바라보고, 상상해내고, 자신 주위로 쌓아 올리고, 무너뜨리고, 매 순간 새롭게 만들어내는지는 신만이 아시겠지. 그런데 궁상맞기 그지없는 여인네들도, 현관 앞 계단에 앉아 있는 절망에 빠진(그리고 그 절망을 마셔대는) 비참한 남자들도 다르지 않다. 그래서 의회의 법으로도 해결할 수 없는 것이다. 그들도 삶을 사랑하니까. 사람들의 눈동자 속에, 춤을 추듯 경쾌한, 터벅터벅 지친, 또는 어슬렁어슬렁 무거운 발걸음 속에. 고함과 소란 속에. 마차, 자동차, 버스, 짐차, 홍보판을 앞뒤로 매고서 건들거리며 이리저리 오가는 남자들. 관악대. 손풍금. 승리와 밀림과 머리 위를 지나가는 비행기가 내는 이상한 고음 속에. 그런 것들을 그녀는 사랑했다. 삶을. 런던을. 6월의 이 순간을.[14]

이런 긴장의 고조와 간결한 이완은 이 소설 전체의 리듬을 보여준다. 소설은 떠들썩한 런던의 아침 거리로 뛰어든 클라리사, 햇살을 받아 반짝이는 에너지와 움직임, 자동차와 구름 꼬리를 만드는 비행기, 지하철, 빙빙 솟아오르는 수증기에서 시작해 클라리사와 피터와 리처드와 레지아와 셉티머스가 도시에서 각자의 길을 가는 동안 화자는 그 모든 길을 추적한다. 화자는 이 인물에서 저 인물 사이를 매끄럽게 오가고 소설 전체가 마침내 중심인물이 전부 모여 이 방에서 저 방을 돌고 도는 파티에서 가장 큰 에너지를 발산한다. 그런 다음 파티 분위기가 서서히 가라앉으면서 차분한 새벽으로 녹아들고, 울프는 그녀에게는 절정이자

소설로는 결말인 지점에 이른다. 피터는 홀로 앉아 스스로에게
묻는다.

이 공포는 무엇인가? 이 환희는 무엇인가? 그는 혼자 생각
한다. 무엇이 나를 이토록 비상한 흥분으로 채우는가?

클라리사다, 그는 말했다.

왜냐하면 거기 그녀가 있었으니까.

정말로 대담하다. 소설을 그토록 고요하게 마무리 짓다니. 울
프는 또 한 번 단순한 문장들을 페이지에 띄엄띄엄 배치한다. 마
치 시와 같은 형식으로, 각 문장이 그 자체로 한 단락이 된다. 그
리고 이번에도 이 문장들의 리듬이 감정의 깊이를 전달한다. 현
재는 과거로 머문다. "~이다"는 "~였다"가 된다. 그동안 우리의 소
설 읽기는 우리의 과거에 속하게 된다. 울프도 스스로 자신의 글
에서 최대한 멀찍이 물러난다. 그렇게 그 세계의 존재만이 우리
와 남을 수 있도록.

우리는 착시화에 익숙하다. 착시화는 현실을 눈속임하면서 장
난을 건다. 성자의 발이 받침대 밖으로 삐져나와 우리 주변의 대
기에 발가락을 담근다. 귀족이 우리에게 반지를 내밀고, 담배를
태우는 남자가 창문 밖으로 몸을 기울여 박물관 안으로 들어온

다. 그러나 때로는 그런 움직임의 방향이 반대편을 향하기도 한다. 예술이 우리의 공간으로 들어오는 게 아니라 우리가 예술의 공간에 들어선다. 어떤 배역을 연기하거나 운율을 맞춰 말하기도 하고, 르네상스 시대의 조각상처럼 과장된 곡선을 그리면서 벽에 기대 서 있는 사람을 보기도 하고, 한 소년이 거리에서 한순간 춤추듯 걷는 것을 본다. 우리는 다른 유형의 착시화라고 할 수 있는 현재라는 예술 기법의 은총을 입는다.

울프의 일기에서는 일상생활에서 울프가 발견한 침잠沈潛의 리듬을 들을 수 있다. 1929년 12월 26일, 복싱데이[15]다. 울프는 오랜 지기 클라이브 벨을 티타임에 초대했다. 한두 시간가량 함께 앉아 울프의 소설과 벨의 연애에 대해, 그리고 사랑의 본질에 대해 이야기를 나누었다. 두 사람은 오랫동안 쌓인 친밀감 내에서 교감했다. 특별할 것 없는 어느 오후의 대화였다. 오랜 친구 두 사람이 함께 과거를 추억한다. 불현듯 제3자가 모습을 드러낸다. 울프의 오빠이자, 클라이브의 옛 친구인 토비다. 그는 10년 전, 아직 젊은 나이에 죽었다. 울프는 토비가 "기이한 유령"이라고 적는다. 그 방에 있지만 그 방에 없다. 낯익지만 낯설다. 그녀의 기억 안과 그녀의 밖에 있다. 토비의 등장으로 울프는 스스로를, 토비의 죽음 이후 그녀가 산 삶을 돌아보게 된다. 두 번째 이미지가 그녀에게 다가온다. 끝을 맞이한 그녀의 삶이라는 이미지가. 그것은 수십 년간 이어진 울프의 일기에서 가장 감동적인 순간이다. 울프의 심장이 즉흥적인 애도의 몸짓을 보낸다. 그리고 울프의 소설에서 들은 것 같은 음악이 서서히 가라앉으면서 잔잔함만을 남긴다. 수다와 불안한 움직임은 조용하고 익숙한 간결함으로 잦아든다. "나는 [나의] 죽음을, 때로는 토비가 죽은 이후 내가 이어온 여정의 끝으로 생각한다. 마치 내가 들어와서 이렇게 말해야 하는 것처럼. 그래, 여기 있었네, 하고."

그런 것이 우리 시각의 방식이다.
클라리사다, 그는 말했다.
왜냐하면 거기 그녀가 있었으니까.
그래, 여기 있었네.[14]

글쓰기를 가르치는 여느 선생들처럼 나도 학생들에게 "있다 be" 동사 사용을 피하라고, "있다", "있었다"를 사용하지 말라고 말한다. "진짜 동사를 쓰세요!" 하고 나는 학생들에게 강조한다. "'있다'가 무슨 말을 하나요? 아무것도 안 합니다! 그냥 무언가가 존재한다는 게 전부예요!" 그런데 거의 25년 동안 그렇게 말해오다 올해 들어 갑자기 이런 말을 덧붙여야 한다는 생각이 들었다. "그러니까, 아무것도 안 하지만 그게 모든 것일 수도 있긴 하죠."

다시 처음으로 되돌아가고, 회상하고, 과거의 길을 되짚고, 읽고 또 읽는다. 그런 사고 습관이 우리의 살지 않은 삶에 대한 이야기에 적합하다면, 그리고 내게 적합하다면, 그 이야기에 대해 쓰는 것 또한 그저 멈추고 바라보고자 하는 충동이 생긴다. 실제

모든 것이 달라졌다

로 이제는 그쪽이 훨씬 더 강한 충동이다. 나는 다음과 같은 인용문으로만 채워진 책을 꿈꾼다. 마치 내가 단순히 이렇게, "여기 있습니다" 하고 말하면 된다는 듯이. 마치 내가 가리키기만 하면 된다는 듯이.

기도Prayer
갤웨이 킨넬Galway Kinnell

무엇이 일어나건. 무엇이든
그 *무엇이* 무엇이다
내가 원하는. 그것만이. 바로 그것이.[16]

그렇다. 그러나 그 무엇에는 그 무엇이 아닌 것을 보는 우리의 기이한 능력도 포함된다는 사실을 기억해야 한다. 그래서 우리는 자신이 내지 않은 빛으로 빛나는 달을 본다. 이 사실을 시인만큼 잘 아는 이도 없다. 그리고 이 기이한 능력이 선물인 동시에 짐이라는 사실을 시인만큼 잘 아는 이도 없다. 그것이 킨넬이 기도를 올릴 수밖에 없는 이유다.

1926년, 『댈러웨이 부인』를 발표한 지 1년이 지난 어느 날 울프는 일기에 자신의 하루를 기록한다.

그때 (어젯밤 러셀 광장을 가로질러 가는데) 하늘의 산을 본다. 거대한 구름들을, 그리고 페르시아 위에 뜬 달을. 나는 거기에 무언가가 있다는 압도적이고 놀라운 감각에 휩싸인다. 바로 '그것'이다. 그것은 엄밀히 말해 아름다움은 아니다. 그 자체로 충분한 그런 것이다. 충만한 것. 완성된 것.[11]

그리고 그렇게 자신과 분리된, 완성되고 충만한 무언가에 대한 감각과 함께 스스로에 대한 경험도 바뀐다. "지구 위를 걷는, 내 자신의 기묘함에 대한 감각도 거기 있다. 저기 위에 뜬 달과, 저 산 구름들과 함께 러셀 광장을 종종 걸어가는. 기이한 인간의 위치에 대한 감각도." 이것은, 나름의 방식으로, 세상에 대한 인식을 내 기대를 뛰어넘을 정도로 아주 강렬하게 묘사한 글이다. 울프는 단순한 사실이 불러일으키는 경이와 기묘함에 대해 증언하고 있다. "그 자체로 충분한 그런 것이다." 다른 세계는 멀어지고 이 세계만 남는다. 울프의 머리 위 하늘에 떠 있는 구름과 달만 남는다. 높은 곳에서 무심하게 내려다보는 풍경이 아니다. 영원의 관점에서 바라보는 풍경이 아니다. 그저 이 이상한 지구에서서 올려다본 풍경이다.

그런데도 그 자체로 충분한, 충만한, 완성된 이런 순간들에도 무엇이 아닌지에 대한 생각을 완벽하게 떨쳐낼 수는 없다. 울프는 인간의 변덕스러움으로 만족과 갈망을 함께 붙들고 있다. 때로는 만족을 느끼다가, 때로는 갈망을 느끼고, 때로는 (이것이 울프의 천재적인 면인데) 만족과 갈망 모두를 느낀다. 울프는

모든 것이 달라졌다

하늘에서 거기에 있는 구름과 거기에 없는 산을 본다. 그리고 달은? 울프가 단순히 달을 가리키고 있다고 생각할 수도 있다. 그러나 그녀는 이렇게 말한다. 달이 여기 런던의 러셀 광장을 비추듯이 페르시아도 비추고 있다고. 페르시아는 그녀의 연인인 비타 색빌웨스트Vita Sackville-West가 두 달 전 배를 타고 향한 곳이다. 달은 여기에도 있고, 거기에도 있다. 울프를 비추고, 울프가 사랑하는 여자를 비춘다. 두 갈래 길을 모두 걷는 한 명의 여행자가 된다.

이것이 아름다움이 아니라고 한다면, 이것은 아름다움 이상이다. 아름다움이자 상심傷心이다. 살지 않은 삶에서 가장 익숙한 감정은 후회와 안도인지 모르나 나로서는 이런 가슴 저리는 아름다움이 가장 마음에 와닿는다. 이것이야말로 중년이 느끼는 자유와 고독이기 때문이다.

나는 블랑쇼가 헨리 제임스의 단편소설이 내뿜는 찬란한 빛에 대해 한 말을 생각해본다. 그는 헨리 제임스의 단편들이 완전한 작품이면서 또한 실현되지 않은 가능성들을 담고 있다고, "모든 시작 전에 늘 그렇듯이, 다른 형태들을 보여주고, 다른 가능했던 서사들의 무한하고 가벼운 공간"을 보여준다고 말했다. 나는 제임스의 소설을 통해 이런 뒤섞인 아름다움을 처음 접했다. 마찬가지로 울프의 글이 이제 내가 이 책을 마무리할 수 있도록 도울 것이다. 울프는 자신의 언어로 세상을 인식하고, 그 과정에서 세상에 대해 증언한다. 울프는 현실에 대한 인식을 움직이는 것

으로 만들고, 그러면서도 실현되지 않은 가능성들을 알아보고 확인한다. 울프만큼 그런 아름다움을 우아하게 전달하는 이도 없기 때문에 나 또한 여기서 멈추고 싶은 유혹을 느낀다. 그러나 울프가 백 년 전에 낸 음은 지금도 들을 수 있다. 성급하게 달려들다가도 갑자기 놀라운 집중력을 보이는 울프의 리듬은 사회성과 이미지의 흐름이 위태롭게 질주하는 오늘날에는 일상에서 흔히 접할 수 있는 리듬이다.

예를 들어 뉴욕에 있는 시인 마크 도티Mark Doty에게 귀를 기울여보자. "날카롭게 갈라지는 차가운 날, 어퍼이스트사이드의 공기는 보일러실과 세탁소에서 흘러나온 떠오르는 연기 기둥, 정차한 택시의 배기통이 내뿜는 가스, 펄럭이는 플래카드, 비둘기 떼로 가득하다." 마크 도티는 메트로폴리탄 미술관에서 오전을 보냈다. 미술관 안팎은 사람들로 바글댔다. 미술관 입구 계단은 "하루 종일 홍정과 종종걸음, 모임과 이별로 살아" 있었다. 그러나 도티는, 차가운 공기 속에 서 있는 도티는 이 분주한 풍경에 온기가 스며들어 있다고 느낀다. 도티는 미술관에서 막 정물화 한 점을 보고 나온 참이다. 그 그림은 얀 다비드존 데 헤임Jan Davidsz de Heem의 〈굴과 레몬이 있는 정물화Still Life with Oysters and Lemon〉였고, 그는 그 정물화 속 정적인 광경에 여전히 깊이 빠져 있었다. 그림을 본 "전반적인 효과"에 대해 그는 이렇게 적는다. "물건들이 삐져나오는 그 표면을 최대한 오래 보고 또 본 결과물은 사랑이다. 그 사랑은 경험을 향한 애정 어린 마음이다, 세상의 것들과 그토록 친밀한 감각 속에 붙들렸던 그 경험을 향한." 지금 이 순간 세상도 가득 차서 삐져나오고 있다. 말로 표현

모든 것이 달라졌다

할 수 없을 만큼 많은 것이 들어차 있다.

그러니 이 책을 마무리하기 위해 나는 살지 않은 삶을 이야기한 요즘 작가 두 명을 살짝 곁눈질하겠다. 이 리듬과 이 리듬이 끝자락에 달고 다니는 완전하고 부드러운 간결성을 포착한 작가들이다. 각 작가는 자신만의 방식으로 이 책의 주제를 변주하면서 각기 다른 측면을 강조한다. 익숙한 단어들을 재규정하고, 그래서 새로운 무언가를 만들어낸다.

———

제니 오필Jenny Offill의 『사색의 부서Dept. of Speculation』는 뚝뚝 끊어진 단락들, 무미건조한 사실만을 담은 독자적인 사건들의 기록들, 문장이라기보다는 뜯어낸 구절들로 구성된다.

> 수년간 나는 책상 앞에 포스트잇 하나를 붙여두었다. '사랑 말고 일'이라고 적혀 있었다. 일이 더 단단한 행복이라고 생각했다.

> 길가에 놓인 상자에서 『생존이 아닌 번영』이라는 책을 발견했다. 나는 그 자리에 서서 책을 후루룩 훑어보았다. 딱히 진지하게 읽을 마음은 없었으므로.[17]

이런 식의 기록들이 쌓이면서 당신은 화자가 어떤 사람인지 어느 정도 짐작할 수 있게 된다. 화자는 뉴욕에 사는 젊은 여성이다. 가장 친한 친구는 철학자다. 화자는 과학 잡지에서 정보의 정확성을 확인하는 일을 한다. 부업으로 우주비행사가 될 뻔한 이야기에 관한 회고록을 쓰는 어떤 부자의 자료 조사원으로 일한다. ("되다 만 우주비행사가 시도 때도 없이 전화를 걸어 회고록 작업에 대해 이야기한다. '베스트셀러가 될 거야.' 그가 말한다. '그 사람 책처럼 말이야. 이름이 뭐더라? 세이건?'") 화자는 한때는 결혼하지 않은 예술가, 그녀의 표현을 빌자면 "괴물 예술가"가 되기를 꿈꿨다. 그녀는 말한다. "그날 밤 나는 예전의 괴물 예술가 계획을 언급한다. '가지 않은 길.' 남편이 말한다."

일과 결혼과 가족의 탄생에 관한 이야기의 윤곽이 서서히 드러난다. 여기저기 잔해가 널린 이야기다.

처음 이 아파트를 봤을 때 우리는 마당이 있다는 사실에 흥분했다. 그러나 우리에게는 쓸모가 없는 커다란 정글짐이 마당을 전부 차지하고 있다는 사실에 실망했다. 나중에 임대차계약서에 사인할 때는 정글짐이 있다는 사실에 기뻐했다. 왜냐하면 내가 임신했다는 것을 알게 되었고, 그 정글짐의 쓸모를 상상할 수 있었기 때문이다. 그러나 이사할 무렵에는 태아의 심장이 멈췄다는 것을 알게 되었고, 이제는 창밖으로 정글짐이 보이면 슬프기만 할 뿐이었다.

화자는 다시 임신을 하고 딸이 태어난다. 화자의 남편은 불륜을 저지른다.

돌아보면 왜 그가 가고 싶어 했는지 쉽게 이해가 된다. 그

모든 것이 달라졌다

에게 머리끝까지 화가 난 두 여자가 있다. 한 명을 행복하게 해주려면 지하철을 타고 시내로 나가 그녀의 집 앞에 가야만 한다. 다른 한 명을 행복하게 해주려면 그녀의 머리카락으로 짠 셔츠[18]를 끝을 알 수 없는 긴 시간 동안 입어야만 한다.

화자는 결혼하지 않은 예술가이거나 결혼한 정보 조사원이다. 엄마이거나 엄마가 아니다. 남편이 그녀 곁에 머물거나 떠난다. 그러나 삶은 이렇게 깔끔하게 나뉘지 않는다. 경계선이 모호하다. 유산을 한 화자는 엄마인가? 그녀는 정보 조사원인가, 정보의 정확성을 확인한 책의 작가인가? 남편이 불륜을 저질렀다면 그들은 더는 부부가 아닌 건가? 그녀와 그녀의 남편은 분리된 별개의 두 사람인가, 일심동체인 한 사람인가? 적어도 마지막 질문에 대한 답은 나왔다. "밤에 그들은 침대에 누워 손을 잡는다. 그동안 그녀가 충분히 조심스럽게만 한다면 몰래 남편에게 가운뎃손가락을 들어 올려 엿 먹으라고 하는 것이 가능하다." 그러나 화자가 던지는 질문은 대개 그런 식의 완벽한 답이 없다. 화자는 자신이 하고 싶은 말을 하려고 애쓴다. 그녀는 구문을 시험한다. "아내는 그와 부부이기를 원하지 않은 적이 한 번도 없다. 틀린 말처럼 들리겠지만 사실이다." 그리고 어휘를 시험한다. "아내는 예전 단어가 더 낫다고 생각한다. 아내는 그가 푹 *빠졌다*고 말한다. 정신과 의사는 그가 *사로잡혔다*고 말한다. 아내는 남편이 어떻게 표현하는지는 말하고 싶어 하지 않는다." 서사 관행도 시험한다. 이 소설은 1인칭 시점으로 시작해서 아내가 남편의 불륜을 알게 되자 3인칭 시점으로 바뀌고, 남편이 돌아오자 1인칭으로 다시 돌아온다.

그러나 이런 깨진 언어를 통해 일어난 모든 것, 일어나지 않은 모든 것, 일어날 수 없는 모든 것과 함께 살아가면서 느끼는 고통이 은밀한 경이로움으로 빛난다. 우리는 사라져버릴 수 있는 이 경험의 일시성이 아닌, 일어나지 않았을 수 있는 이 경험의 단독성에 주목하게 된다. 그들의 딸의 팔이 부러지는 사건이 일어난다. 날은 덥고, 깁스를 한 팔은 간지럽고, 딸은 괴롭고 힘들다.

어느 날 밤 우리는 딸을 우리 방에서 자게 한다. 우리 방 에어컨 성능이 조금 더 낫기 때문이다. 우리 셋은 커다란 침대에 뛰어든다. 딸의 깁스에서는 이제 쿰쿰한 동물 냄새가 난다. 딸이 천장에 가짜 별을 비추는 전등을 가져와 침대 옆 탁자에 올려놓는다. 곧 나만 빼고 모두 잠든다. 나는 우리 침대에 누워 에어컨이 내는 윙 소리와 두 사람이 내는 낮은 숨소리를 듣는다. 놀랍다. 어두운 물 밖, 이것.

화자는 이런 설명할 수 없는 친밀감을 있는 그대로 받아들인다. 화자는 그것이 그 자체로 투명한 무늬처럼 페이지 위에 각인되도록 허락한다. 그 밤 과거 시제는 현재 시제가 되고, 동사는 그날의 기억들과 함께 흩어져 사라진다. 이제 사건은 없다. 플롯도 없다. 시간은 낮은 소리 속에서 잠시 멈춘다. "있다to be"라는 동사조차도 화자의 졸음이 불러온 고요한 충만함을 흩뜨릴 것이다. "어두운 물 밖, 이것."

화가 피에르 보나르Pierre Bonnard에 대해서는 이런 이야기가 전해진다. 그는 손에 붓과 팔레트를 들고 자기 그림 앞에서 칠하고, 다시 살펴보고, 다시 덧칠하고, 계속 색칠하고, 다시 살펴보고, 다시 덧칠하다가 루브르 박물관에서 체포되었다고 한다. 그는 '영원의 관점'을 열심히 확장하는 중이었다. 그는 영원히 미완성인 그림을 꿈꿨고, 특별 전시회가 열린 기나긴 하루 같은 삶을 꿈꿨다. 제인 허시필드Jane Hirshfield는「화가 보나르인 역사 History as the Painter Bonnard」에서 이 환상을 이어간다. 보고 또 보고자 하는 이 열망을 탐구하고 공유한다. 그래서 이 시는 미완성에 관한 첫 행으로 시작한다.

> 왜냐하면 아무것도 결코 완성되지 않으므로
> 화가는 이리저리 돌아다닌다, *보나르를 한다*,
> 갤러리, 미술관, 심지어 후원자의 집 속으로,
> 붓과 팔레트를 숨긴 채:
> 테이블과 테이블보에 우유병이나 통통한 배를 그려 넣는다,
> 예지력으로 본 숙성된, 산패한 색들로.
>
> 비록 시간이 지나면 덮어버린 잔상이 떠오를 것을 알면
>   서도—
> 반쯤 보이는, 반쯤 염장된 물고기, 꽂혀 있는 그 모양이
> 마음을 찌른다—마지막을 향해, 수정만이 중요하다:
> 다시 들여다보기, 더 깊이, 더 집중해서, 더 자세히

우리가 구하도록 허락된 단 하나의 구원.

이것이, 우리는 말한다, 우리가 말하려던 것이다. 이것,
　이것.
－키스가, 슬픔에 젖은 중얼거림이
아이의 멍을 덮듯이, 날아오는 주먹을 되돌릴 수는 없다 하
　더라도.[1]

　처음 세 행은 4보격이고 꽤 빠르게 전개된다. 상당히 긴 세 번
째 행조차 강세가 강한 음절은 네 개뿐이다. 네 번째 행에는 세
개다. 그러나 쌍점과 줄 바꿈 이후에 다시 시작할 때 그 행에는
강세가 일고여덟 개나 된다. 그리고 이 연의 마지막 행에서는 거
의 모든 단어에 강세가 있다. "예지력으로 본 숙성된, 산패한 색
들로." 시의 캔버스에 물감의 층들이 겹겹이 쌓이는 소리, 언어를
억지로 숙성시키는 소리가 들린다. 이 행은 덧씌워지고 산패한 행
이다. 시의 얕은 첫 구문 위에 단어들의 방울이 더해진다.
　여러 인터뷰에서 허시필드는 「화가 보나르인 역사」를 쓰게
된 계기가 1989년 체코의 벨벳 혁명[19]이였다고 밝혔다. 그녀 자
신은 혁명 현장에서 너무나 멀리 떨어져 있어서 무슨 일이 벌어
지는지 이해할 수가 없었다고 했다. 다만 그런 역사적인 사건들
에 대한 자신의 첫 반응이 너무나 단순했다는 것만은 알 수 있
었다. "그리고 그때 보나르가 떠올랐다." 이 시를 쓰면 쓸수록 보
나르에 대한 생각이 점점 더 커져갔고, 결국 보나르가 이 시를 지
배하게 되었다고 했다. 이 시에서 혁명은 어디에서도 보이지 않는

다. 혁명은 이 시가 덮어버린 밑그림이다. 시의 후반부에 가서야 혁명이 힘차게 수면 위로 튀어 올라 시행 두 줄을 남기고 다시 가라앉는다.

프라하에 있는 한 여자가 낮은 목소리로 묻는다, 유창한
　영어로,
카메라를 향해, "하지만 누가 우리에게 지난 이십 년을 돌
　려줄 건가요?"

아 사랑, 오 역사, 용서하라
허비된 빛과 넝마처럼 내팽개쳐진 기회들,
옛 기회들은 엉망진창이 된 채 흘러가 버렸다.

그리고 세상은, 결코 제대로 그려지지 않은 자화상은, 이
　선물을 받는다 -
이리저리 움직이는, 흩뿌려진, 고집스러운
이름 없는 무언가가 가슴 안에서 열린다: 덧칠하려고
흰 흑담비털, 곱게 간 흙 안료, 투명한 씨앗기름으로,
형태를 갖춰가는, 화려한 살을 입힌 현재를, 과거는 손댈
　수 없다

키스를 받은 아이는 자신의 손을 마침내 엄마 손안에 넣
　는다.
더는 같은 손이 아니지만;

엄마의 훌륭한 얼굴은 옳지도 틀리지도 않았고, 그저 완벽
하게 아이의 것이다.

아무것도 더는 이전과 같지 않다. 날린 주먹은 되돌릴 수 없
다. 허시필드의 시는 되돌아가고자 하는 열망과 그 열망의 본질
에 대해 이야기한다. 누가 당신에게 당신의 과거를 돌려줄 것인
가? 신도 아니고, 화자도 아니고, 시인도 아니고, 화가도 아니다.
과거는 되돌릴 수 없다. 당신의 매 순간은 다른 모든 순간을 배제
하고, 심지어 이 사람은 저 사람이 아니며, 심지어 이 아이가 마
침내 손잡은 엄마는 한때 자신을 품었던 그 엄마가 아니다.

우리가 할 수 있는 거라고는 화려한 살을 입힌 현재를 있는 그
대로 제대로 보려고 노력하고, 그 현재를 보면서 참여하는 것이
다. 이것이 보나르의 환상이었다면 허시필드는 그것을 공유한다.
아무것도 결코 완성되지 않는다. 원래의 밑그림은 물감을 뚫고
떠오른다. 물고기는 저녁 호수의 수면 위로 떠오른다. 멍은 피부
를 물들이며 올라온다. 우리는 의미와 같은 시공간에 머물지만
그 의미를 소유하지는 않는다. 그래서 우리는 유심히, 깊숙이 들
여다본다. 이름 없는 무언가가 우리의 가슴 안에서 열릴 수 있도
록. 우리는 잠시 멈춰 서서 그것을 명확하게 그려내려고 노력한
다. 단어들을 반복해서 덧칠하며 손본다. "이것, 이것." 우리는 말
한다. *이것*.

모든 것이 달라졌다

한순간의 선택이 다른 선택을 배제한다는 자각, 그 어떤 순간도 다른 순간을 대체할 수 없다는 자각, 한순간의 의미는 그로 인해 포기하는 모든 것이라는 자각만큼 중대한 깨달음의 순간도 없다. 그것이 향상의 순간이다. 아름다움과 중요성은, 젊은 시절은 예외지만, 상실에서 탄생한다. 마지막 자각은 그런 상실에 대한 자각 또한 사라질 수 있음을 받아들이는 것, 세상이 다시 출발점으로 되돌아올 수 있는지 지켜보는 것이다. 가능성이 무한하다는 관념은 청소년기의 고통이자 위안의 출처다. 어른이 되어서 얻는 유일한 이득은, 그런 가능성의 세계를 포기함으로써 얻은 유일한 정의는 실재, 현실을 인정하게 된다는 것이다. 유일한 세계의 진실, 그 세계가 존재하며, 내가 그 안에 존재한다는 것이 주는 고통과 위안을 받아들이게 된다는 것이다.

스탠리 카벨Stanley Cavell, 『눈에 비치는 세계The World Viewed』

참고 문헌 및 주석

본문을 주석으로 채우고 싶지는 않았다. 다만 이 주제에 관심을 가지고 좀 더 탐구하고 싶은 독자를 위해 참고 문헌 목록을 정리해두었다. 이 목록에 관련 주제를 더 심도 있게 탐구한 내 에세이 몇 편도 포함했다.

이 주제를 거시적으로 보는 데 도움이 된 책도 몇 권 있다. 살지 않은 삶에 대해 계속 고민하고 싶은 독자라면 게리 솔 모슨 Gary Saul Morson과 마이클 안드레 번스타인Michael André Bernstein의 글을 읽기를 권한다. 특히 모슨의 에세이는 내가 이 책 초반에서 다룬 미학적 기준의 중요성을 이해하는 데 도움이 되었다. 『피할 수 없는 결말Foregone Conclusions』에서 번스타인은 내가 여기서 다루지 않은 주제인 홀로코스트 서사를 다룬다. 힐러리 대넌버그Hilary Dannenberg의 『우연과 반反사실Coincidence and Counterfactuality』은 반사실적 서사의 역사를 설명하고, 반사실적 서사의 수사학적 기능을 분석하고, 반사실적 서사와 우연의 관계를 살펴본다. 캐서린 갤러거Catherine Gallagher의 『일어나지 않은 대로 이야기하기Telling It Like It Wasn't』는 반사실적 역사와 역사소설을 꼼꼼하게 다룬다. 반사실적 사후 가정에 관한 대니얼 카너먼Daniel Kahneman과 그의 동료들의 논문과 저서는 읽기가 비교적 수월한 편이다. 또한 루스 번Ruth Byrne의 『합리적인 상상 The Rational Imagination』은 그 이후의 관련 심리학 연구를 명쾌하게 정리해놓았다. 이 책에서 자주 인용하지는 않지만 스탠리 카벨Stanley Cavell의 『이성의 요청The Claim of Reason』과 『잘생김과 잘생기지 않음의 조건들Conditions Handsome and Unhandsome』은 이 책에서 내가 쓴 거의 모든 내용의 토대가 되었다. 마지막으로, 애덤 필립스Adam Phillips의 『놓쳐버리다Missing Out』와 제임스 우드James Wood의 『삶에 가장 가까운 것The Nearest Thing to Life』은 우리가 아닌 사람과 우리의 것이 아닌 삶을 아주 흥미롭게 다룬다.

앤드루 H. 밀러

시작하며

노아 바움백Noah Baumbach, 〈위아영While We're Young〉(Scott Rudin Production, 2014)

니콜슨 베이커Nicholson Baker, 『선집 편집자The Anthologist』(Simon & Schuster, 2009)

레이첼 커스크Rachel Cusk, 『인생 과업: 엄마가 된다는 것에 대하여A Life's Work: On Becoming a Mother』(Picador USA, 2002)

로버트 프로스트Robert Frost, 「가지 않은 길The Road Not Taken」(Collected

Poems, Prose & Plays, Library of America, 1995)

마이클 커닝햄Michael Cunningham, 『디 아워스The Hours』(Farrar, Straus and Giroux, 1998)

밀란 쿤데라Milan Kundera, 『참을 수 없는 존재의 가벼움The Unbearable Lightness of Being』(Harper & Row, 1984)

버나드 윌리엄스Bernard Williams, 「상상력과 자아Imagination and the Self」 (*Problems of the Self: Philosophical Papers 1956–1972*, Cambridge University Press, 1973)

버지니아 울프Virginia Woolf, 『파도The Waves』(Harcourt Brace Jovanovich, 1978)

제시 브라우너Jesse Browner, 『어쩌다 여기까지 왔을까How Did I Get Here?: Making Peace with the Road Not Taken: A Memoir』(Harper, 2015)

앤드루 헤이그Andrew Haigh, 〈45년 후45 Years〉(2015)

줄리언 반스Julian Barnes, 『플로베르의 앵무새Flaubert's Parrot』(Alfred A. Knopf, 1985)

——. 『마지막의 감각The Sense of an Ending』(Alfred A. Knopf, 2011/『예감은 틀리지 않는다』, 다산책방, 2012)

톰 T. 홀Tom T. Hall, 〈파멜라 브라운Pamela Brown〉(We All Got Together and…, Mercury Records, 1972)

서문

1. 오스카 와일드Oscar Wilde, 런넬 로드Rennell Rodd의 『장미 잎과 사과 잎Rose Leaf and Apple Leaf』의 발문跋文("L'envoi." In *Miscellanies*, Methuen, 1908)

2. 라이너 마리아 릴케Rainer Maria Rilke, 『두이노의 비가와 오르페우스에게 보내는 소네트Duino Elegies and the Sonnets to Orpheus』(University of California Press, 2001/『릴케 후기 시집』, 문예출판사, 2015)

3. 로버트 프로스트Robert Frost, 「가지 않은 길The Road Not Taken」(*Collected Poems, Prose & Plays*, Library of America, 1995)

4. 헨리 제임스Henry James, 「밝은 모퉁이 집The Jolly Corner』(*Complete Stories, 1898–1910*, Library of America, 1996)

5. 헨리 제임스Henry James, 「헨리 제임스 소설 선집 뉴욕판의 서문들The Prefaces to the New York Edition」(*Literary Criticism: European Writers and the Prefaces*, Library of America, 1984)

닐 로즈Neal J. Roese/제임스 올슨James N. Olson, 「반사실적 사고: 비판적 개론서Counterfactual Thinking: A Critical Overview」(*What Might Have Been: The Social Psychology of Counterfactual Thinking*, Lawrence Erlbaum Associates, 1995)

대니얼 디포Daniel Defoe, 『로빈슨 크루소Robinson Crusoe』(Oxford University Press, 2009)

라이오넬 슈라이버Lionel Shriver, 『생일 이후의 세계The Post-Birthday World』(HarperCollins Publishers, 2007)

메리 고든Mary Gordon, 『내 젊은 날의 사랑The Love of My Youth』(Pantheon Books, 2011)

모리스 블랑쇼Maurice Blanchot, 『도래할 책The Book to Come』(Stanford University Press, 2003)

버지니아 울프Virginia Woolf, 『파도The Waves』(Harcourt Brace Jovanovich, 1978)

____. 『버지니아 울프의 일기The Diary of Virginia Woolf』(5 volumes, Harvest Books, 1977)

____. 『댈러웨이 부인Mrs. Dalloway』(Mariner Books, 1990)

수전 손택Susan Sontag, 「스타일에 대해On Style」(*Essays of the 1960s & 1970s*, Library of America, 2013/『해석에 반대한다』, 이후, 2002)

알렉스 월로치Alex Woloch, 『하나 대 다수The One vs. the Many』(Princeton University Press, 2003)

애덤 필립스Adam Phillips, 『놓쳐버리다Missing Out: In Praise of the Unlived Life』(Farrar, Straus and Giroux, 2013)

____. 『다윈의 벌레들Darwin's Worms』(Basic Books, 2000)

엘레나 페란테Elena Ferrante, 『나폴리 4부작Neapolitan Novels』(Europa Editions, 2012-2015)

월리스 스티븐스Wallace Stevens, 「일요일 아침Sunday Morning」(*Wallace Stevens: Collected Poetry and Prose*, Library of America, 2003/『하모니엄』, 미행, 2020)

윌리엄 엠프슨William Empson, 『전원시의 몇 가지 유형Some Versions of Pastoral』(New Directions Pub. Corp., 1968)

제인 오스틴Jane Austen, 『에마Emma』(Oxford University Press, 1998)

조라 닐 허스턴Zora Neal Hurston, 『패싱Passing』(Penguin, 2003)

조르주 풀레Georges Poulet, 『원의 변신Metamorphoses of the Circle』(Johns Hopkins University Press, 1967)

조지 엘리엇George Eliot, 『미들마치Middlemarch』(Penguin, 2003)

지그문트 프로이트Sigmund Freud, 「무상On Transience」(*The Collected Works of Sigmund Freud*, vol. 14, Hogarth Press, 1957)

찰스 디킨스Charles Dickens, 『황폐한 집Bleak House』(W. W. Norton, 1977)

＿＿.『크리스마스 캐럴A Christmas Carol and Other Christmas Books』(Oxford University Press, 2006)

＿＿.『데이비드 코퍼필드David Copperfield』(Oxford University Press, 1999)

＿＿.『위대한 유산Great Expectations』(Clarendon Press, 1993)

찰스 램Charles Lamb, 「옥스퍼드 대학교에서 보내는 휴가Oxford at the Vacation」 (*London Magazine* 2, October 1820)

칼럼 매캔 Colum McCann, 『거대한 지구를 돌려라Let the Great World Spin』 (Random House, 2009)

클리포드 기어츠Clifford Geertz, 『문화의 해석The Interpretation of Cultures: Selected Essays』(Basic Books, 1973)

토머스 하디Thomas Hardy, 『이름 없는 주드Jude the Obscure』(Oxford University Press, 2008)

＿＿.『캐스터브리지 시장The Mayor of Casterbridge』(Penguin, 2018)

＿＿.『더버빌가의 테스Tess of the D'Urbervilles』(Penguin, 2003)

T. S. 엘리엇T. S. Eliot, 「시의 쓸모, 비평의 쓸모The Use of Poetry and Use of Criticism」(Harvard University Press, 1986)

폴 굿맨Paul Goodman, 「문학의 구조The Structure of Literature」(University of Chicago Press, 1954)

필립 로스Phillip Roth, 『카운터 라이프The Counterlife』, (Vintage Books, 1996)

＿＿.『샤일록 작전: 고백록Operation Shylock: A Confession』(Vintage Books, 1994)

헨리 제임스Henry James, 「대사들The Ambassadors』(Penguin, 2006)

＿＿.「오십인 남자의 일기Diary of a Man of Fifty」(*Complete Stories, 1874-1884*, Library of America, 1999)

＿＿.「사생활The Private Life」(*Complete Stories, 1892-1898*, Library of America, 1996/『친구 중의 친구』, 바다출판사, 2011)

I 한 사람, 그리고 두 갈래 길

1. 로버트 브라우닝Robert Browning, 「랍비 벤 에즈라Rabbi Ben Ezra」(*Robert Browning, the Poems*, Yale University Press, 1981)

2. 존 치버John Cheever, 『존 치버의 일기The Journals of John Cheever』(Alfred A.

Knopf, 1991)

3. 헨리 제임스Henry James, 「오십인 남자의 일기Diary of a Man of Fifty」 (*Complete Stories*, 1874-1884, Library of America, 1999)

4. 로베르트 무질Robert Musil, 『특성 없는 남자The Man Without Qualities』 (Secker & Warburg, 1953)

5. 칼 데니스Carl Dennis, 「당신을 사랑하는 신The God Who Loves You」(*Practical Gods*, Penguin Poets, 2001)

6. 페르난도 페소아Fernando Pessoa, 「끔찍한 밤에In the Terrible Night」(*A Little Larger Than the Entire Universe: Selected Poems*, Penguin, 2003)

7. 에밀리 디킨슨Emily Dickinson, 「후회-는 기억이다-깨어 있는Remorse-Is Memory-Awake」(*The Poems of Emily Dickinson*, The Belknap Press of Harvard University Press, 1998)

8. 단테 가브리엘 로세티Dante Gabriel Rossetti, 「잃어버린 날들Lost Days」 (*Collected Poetry and Prose*, Yale University Press, 2003)

9. 조지프 버틀러Joseph Butler, 『다섯 개의 설교, 롤스 교회에서Five Sermons, Preached at the Rolls Chapel and A Dissertation Upon the Nature of Virtue』 (Hackett, 1983)

10. W. H. 오든W. H. Auden, 「미술관Musée des Beaux Arts」(*Collected Poems*, Random House, 1976)

11. 로버트 브라우닝Robert Browning, 「안드레아 델 사르토Andrea del Sarto」 (*Robert Browning, the Poems*, Yale University Press, 1981/『로버트 브라우닝 시선』, 지만지, 2012)

12. [시인이자 비평가로, 1997-2000년 미국의 계관시인을 지냈다]

13. 애덤 필립스Adam Phillips, 『가능성들: 정신분석학과 문학 에세이 모음 Promises, Promises: Essays on Literature and Psychoanalysis』(Basic Books, 2001)

14. 랜들 재럴Randall Jarrell, 「다음 날Next Day」(*The Complete Poems*, Farrar, Straus and Giroux, 1969)

15. 버나드 윌리엄스Bernard Williams, 「상상력과 자아Imagination and the Self」 (*Problems of the Self: Philosophical Papers 1956-1972*, Cambridge University Press, 1973)

16. 토머스 하디Thomas Hardy, 『성난 군중으로부터 멀리Far from the Madding Crowd』 (Penguin, 2003)

17. 제인 오스틴Jane Austen, 『설득Persuasion』 (W. W. Norton, 2013)

18. 프리드리히 니체Friedrich Wilhelm Nietzsche, 『즐거운 학문The Gay Science: With a Prelude in German Rhymes and an Appendix of Songs』(Cambridge

University Press, 2001)

19. 찰스 디킨스Charles Dickens, 『위대한 유산Great Expectations』(Clarendon Press, 1993)

20. 마이클 루이스Michael Lewis, 「내가 기억하는 에임스 선생님이 진짜다My Ames Is True」(*This American Life*, from WBEZ, September 6, 2013)

21. 찰스 디킨스Charles Dickens, 『데이비드 코퍼필드David Copperfield』(Oxford University Press, 1999)

22. 힐러리 맨틀Hilary Mantel, 『유령 떠나보내기Giving Up the Ghost: A Memoir』(Henry Holt, 2003)

23. 필립 라킨Phillip Larkin, 「나의 아내에게To my wife」(*Collected Poems*, Farrar, Straus and Giroux, 1989)

24. (SF 시리즈 〈스타 트렉〉의 대사)

25. 필립 라킨Phillip Larkin, 「돌아보기Reference Back」(*Collected Poems*, Farrar, Straus and Giroux, 1989)

26. (영어로는 '제리코', 한국 개신교 성서에서는 '여리고,' 공동번역에서는 '예리고' 라고 한다)

27. 제임스 스카일러James Schuyler, 「경례Salute」 (*Collected Poems*, Farrar, Straus and Giroux, 1993)

28. 발터 벤야민Walter Benjamin, 「프루스트의 이미지The Image of Proust」 (*Selected Writings*, vol. 2, The Belknap Press of Harvard University Press, 1996/ 『서사·기억·비평의 자리』, 길, 2012)

29. 앤서니 트롤럽Anthony Trollope, 『그는 자신이 옳다는 것을 알았다He Knew He Was Right』(Oxford University Press, 1998)

개릿 스튜어트Garrett Stewart, 『19세기 소설의 애독자들에게Dear Reader: The Conscripted Audience in Nineteenth-Century Fiction』(Johns Hopkins University Press, 1997)

고트프리트 빌헬름 라이프니츠Gottfried Wilhelm Freiherr Von Leibniz, 『형이상학 논고 Discourse on Metaphysics and Other Essays』(Hackett, 1991)

넬슨 굿맨Nelson Goodman, 「반사실적인 조건문의 문제The Problem of Counterfactual Conditionals」(*Journal of Philosophy* 44, no. 5(1947))

닐 로즈Neal Roese, 『만약 ~했더라면: 후회를 기회로 바꾸는 법If Only How to Turn Regret into Opportunity』(Broadway Books, 2005/『IF의 심리학』, 21세기북 스, 2008)

대니얼 카너먼Daniel Kahneman, 아모스 트버스키Amos Tversky, 「사고실험 휴리스틱The Simulation Heuristic」(*Judgment Under Uncertainty: Heuristics and Biases*, Cambridge University Press, 1982)

대니얼 카너먼Daniel Kahneman, 데일 T. 밀러Dale T. Miller, 「규범 이론: 현실을 대안과 비교하기Norm Theory: Comparing Reality to Its Alternatives」 (*Psychological Review* 93, no. 2 (1986))

댄 모건Dan Morgan 「막스 오퓔스와 기교의 한계: 카메라 기교의 미학과 윤리학에 관하여Max Ophüls and the Limits of Virtuosity: On the Aesthetics and Ethics of Camera Movement」(*Critical Inquiry* 38 (Autumn 2011))

데이비드 레버링 루이스David Levering Lewis, 『할렘이 주류 문화가 되었을 때 When Harlem Was in Vogue』(Penguin, 1997)

데이비드 루이스David Lewis, 「인과관계Causation」(*Journal of Philosophy* 70, no. 17 (1973))

데이비드 흄David Hume, 『인간 본성에 관한 논고Treatise of Human Nature』 (Clarendon Press, 1973)

레이첼 코언Rachel Cohen 외, 「브뢰헬 심포지엄A Symposium on Bruegel」 (*Threepenny Review*, no. 121(Spring 2010))

막스 오퓔스Max Ophüls, 〈미지의 여인에게서 온 편지Letter from an Unknown Woman〉(Universal Pictures, 1948)

메이미 디킨스 Mamie Dickens, 『내가 기억하는 나의 아버지My Father As I Recall Him』(E. P. Dutton, 1896)

버지니아 울프Virginia Woolf, 『댈러웨이 부인Mrs. Dalloway』(Harcourt, Brace and Co., 1925)

———. 『파도The Waves』 (Harcourt Brace Jovanovich, 1978)

빌리 홀리데이Billie Holiday, 〈당신을 보고 있을 거예요I'll be Seeing You〉(*The Complete Commodore*, 2009)

스탠리 카벨Stanley Cavell, 「북북서로 진로를 돌려라North by Northwest」(*Themes Out of School*, University of Chicago Press, 1984)

———. 『행복의 추구Pursuits of Happiness: The Hollywood Comedy of Remarriage』 (Harvard University Press, 1981)

아리스토텔레스Aristotle,『 니코마코스 윤리학The Nicomachean Ethics』(Oxford University Press, 2009)

엘리자베스 어마스Elizabeth Ermarth, 「영국 소설의 리얼리즘과 합의Realism and Consensus in the English Novel」(Princeton University Press, 1983)

윌리엄 엠프슨William Empson, 『모호성의 일곱 가지 유형Seven Types of Ambiguity』(Meridian Books, 1955)

윌리엄 엠프슨William Empson/버나드 헤링먼Bernard Heringman/존 우터렉커

John Unterecker, 「하나의 시에 대한 세 개의 비평Three Critics on One Poem: Hart Crane's 'Voyages III.'」(*Essays in Criticism* 46, no. 1(January 1996))

윌리엄 해즐릿William Hazlitt, 「자기 동일성 논고On Personal Identity」(*Selected Writings*, Oxford University Press, 2009)

제시 레드먼 포셋Jessie Redmon Fauset, 『플럼번Plum Bun』(Oshun Publishing Company, 2013)

제인 오스틴Jane Austen, 『에마Emma』(Oxford University Press, 1998)

조지 엘리엇George Eliot, 『미들마치Middlemarch』(Oxford University Press, 1997)

─────. 『조지 엘리엇 에세이, 시, 번역문 선집Selected Essays, Poems, and Other Writings』(Penguin, 1991)

존 포스터John Forster, 『찰스 디킨스의 삶The Life of Charles Dickens』(Chapman and Hall, 1873)

찰스 디킨스Charles Dickens, 『크리스마스 캐럴A Christmas Carol and Other Christmas Books』(Oxford University Press, 2006)

킹 올리버King Oliver, 〈강변 블루스Riverside Blues〉(*Louis Armstrong and King Oliver*, Milestone, 1992)

테드 코언Ted Cohen, 『다른 사람들 되어보기: 은유의 재능에 관해Thinking of Others: On the Talent for Metaphor』(Princeton University Press, 2008)

프랭크 카프라Frank Capra, 〈멋진 인생It's a Wonderful Life〉(1946)

필립 라킨Phillip Larkin, 『겨울의 한 소녀A Girl in Winter』(Faber & Faber, 2005)

헨리 제임스Henry James, 「사생활The Private Life」(*Complete Stories*, 1892-1898, Library of America, 1996)

─────. 「앨리스 제임스에게 쓴 편지Letter to Alice James, 8 April 1877」(*Henry James, A Life in Letters*, Penguin, 1999)

II 어른 시절의 이야기들

1. 윌리엄 제임스William James, 「위인들과 환경Great Men and Their Environment」(*Atlantic Monthly*, 1880)

2. 〔엘런 우드Ellen Wood가 사용한 필명〕

3. 클레어 메수드Claire Messud, 『위층집 여자The Woman Upstairs: A Novel』(Alfred A. Knopf, 2013/『다시 살고 싶어』, 베가북스, 2014)

4. 샤론 올즈Sharon Olds, 『수사슴의 도약Stag's Leap』(Alfred A. Knopf, 2012)

5. 토머스 하디Thomas Hardy, 『시전집Complete Poems』(Palgrave Macmillan, 2001)

6. 가즈오 이시구로Kazuo Ishiguro, 『남아 있는 나날The Remains of the Day』 (Alfred A. Knopf, 1989)

7. 애니 프루Annie Proulx, 「브로크백 마운틴Brokeback Mountain」(*Close Range: Wyoming Stories*, Scribner, 1999)

8. 메그 월리처Meg Wolitzer, 『인터레스팅 클럽The Interestings』(Riverhead Books, 2014)

9. 〔1880년대부터 1910년대까지 미국 미주리주를 중심으로 유행한 피아노 음악으로, 주로 흑인 피아니스트들이 즐겼던 재즈의 전신이지만, 즉흥 연주는 하지 않는다〕

10. 〔구약성서에서 이삭의 장남 에서가 차남 야곱에게 죽 한 그릇을 얻어먹는 대신 장자의 권리를 넘긴 이야기에 비유한 것이다. 여기서 장자의 권리는 신에게 선택받은 소수만이 누릴 수 있는 엄청난 특권을 의미한다〕

11. 제임스 웰든 존슨James Weldon Johnson, 『한때 흑인이었던 남자의 자서전The Autobiography of an Ex-Colored Man』(Penguin, 1990)

12. 〔그리스 신화에 나오는 테베의 예언자로, 여자로 변신해 7년을 산 적이 있다〕

13. 조지 스탠리George Stanley, 「베라크루스Veracruz」(*A Tall, Serious Girl: Selected Poems 1957–2000*, Qua Books, 2003)

14. 그웬돌린 브룩스Gwendolyn Brooks, 「어머니the mother」(*The Essential Gwendolyn Brooks*, Library of America, 2005)

15. 몰리 피콕Molly Peacock, 「선택The Choice」(*Poetry*, February 1986)

16. 〔영미 고전 시의 운율로 셰익스피어가 즐겨 사용했다.〕

17. A. R. 아먼스A. R. Ammons, 「부활절 아침Easter Morning」(*Collected Poems, 1951–1971*, W. W. Norton, 1972)

18. 프랭크 비다트Frank Bidart, 「에이즈 망자를 위하여For the AIDS Dead」(*Half-light: Collected Poems 1965–2016*, Straus and Giroux, 2017)

19. 〔약한 음절 하나에 강한 음절 하나가 따라오는 형태〕

20. 버지니아 울프 Virginia Woolf, 「나방의 죽음The Death of a Moth」(*Collected Essays*, vol. 1, Harcourt Brace & World, 1950)

21. 조지 엘리엇George Eliot, 「대니얼 데론다Daniel Deronda」(*Selected Essays, Poems, and Other Writings*, Penguin, 1991)

22. 로베르트 무질Robert Musil, 『특성 없는 남자The Man Without Qualities』 (Secker & Warburg, 1953)

23. 스탠리 카벨Stanley Cavell, 『이성의 요청The Claim of Reason: Wittgenstein, Skepticism, Morality, and Tragedy』(Oxford University Press, 1999)

24. 〔됭케르크Dunkirk: 프랑스 북부의 도시로 2차 세계대전 당시 유명한 영국·프랑스·벨기에 연합군의 철수 작전이 있었다〕

25. 이언 매큐언Ian McEwan, 『속죄Atonement』(Anchor Books, 2003)

W. H. 오든W. H. Auden, 「미술관Musée des Beaux Arts」(*Collected Poems*, Random House, 1976)

레이첼 주커Rachel Zucker, 『보행자The Pedestrians』(Wave Books, 2014)

랭스턴 휴스Langston Hughes, 「패싱Passing」(*The Ways of White Folks*, Vintage, 1990)

리베카 웨스트Rebecca West, 『군인의 귀환The Return of the Soldier』(Penguin Books, 1998)

리디아 데이비스Lydia Davis, 『리디아 데이비스 단편선The Collected Stories of Lydia Davis』(Farrar, Straus and Giroux, 2009)

매기 넬슨Maggie Nelson, 『아르곤호의 승무원들The Argonauts』(Graywolf Press, 2015)

메리 고든Mary Gordon, 『내 젊은 날의 사랑The Love of My Youth』(Pantheon Books, 2011)

배리 슈워츠Barry Schwartz, 『선택의 패러독스The Paradox of Choice: Why More Is Less』(ECCO, 2004/『점심메뉴 고르기도 어려운 사람들』, 위즈덤하우스, 2015)

샤를 보들레르Charles Baudelaire, 『파리의 우울Paris Spleen, 1869』(New Directions Pub. Corp., 1970)

쇠얀 키에르케고르Søren Kierkegaard, 『죽음에 이르는 병The Sickness Unto Death』(Princeton University Press, 1941)

애덤 필립스Adam Phillips, 『모노가미Monogamy』(Pantheon Books, 1996)

앤 카슨Anne Carson, 『빨강의 자서전Autobiography of Red』(Vintage, 1998)

앤서니 기든스Anthony Giddens, 『근대성의 결과The Consequences of Modernity』(Stanford University Press, 1990)

에밀리 브론테Emily Brontë, 『폭풍의 언덕Wuthering Heights』(Oxford University Press, 1998)

엘레나 페란테Elena Ferrante, 『나폴리 4부작Neapolitan Novels』(Europa Editions, 2012 – 2015)

엘리자베스 제닝스Elizabeth Jennings, 「사산아에게For a Child Born Dead」(*Selected Poems*, Carcanet Press, 1980)

윌리엄 제임스William James, 「결정론의 딜레마The Dilemma of Determinism」(*The Will to Believe. Writings, 1878 – 1899*, Library of America, 1992)

제임스 리처드슨James Richardson, 『토머스 하디: 필연의 시Thomas Hardy: The

Poetry of Necessity』(University of Chicago Press, 1977)

존 업다이크John Updike, 『당연한 고려 사항들: 에세이와 비평Due Considerations: Essays and Criticism』(Alfred A. Knopf, 2007)

줄리엣 미첼Juliet Mitchell, 『동기간: 성과 폭력Siblings: Sex and Violence』(Wiley, 2013)

찰스 디킨스Charles Dickens, 『황폐한 집Bleak House』(W. W. Norton, 1977)

____. 『위대한 유산The Great Expectations』(Clarendon Press, 1993)

찰스 우드Charles Wood, 「헨리 우드 부인Mrs. Henry Wood: In Memoriam」(*The Argosy* 43(January – June 1887))

찰스 테일러Charles Taylor, 『자아의 원천들: 현대적 정체성의 형성Sources of the Self: The Making of the Modern Identity』(Harvard University Press, 1989)

케이트 앳킨슨Kate Atkinson, 『삶 이후의 삶Life After Life: A Novel』(Little, Brown and Company, 2013/『라이프 애프터 라이프』, 문학사상, 2014)

토머스 하디Thomas Hardy, 『성난 군중으로부터 멀리Far from the Madding Crowd』(Penguin, 2003)

____. 『더버빌가의 테스Tess of the D'Urbervilles』(Penguin, 2003)

프리드리히 니체Friedrich Wilhelm Nietzsche, 『즐거운 학문The Gay Science: With a Prelude in German Rhymes and an Appendix of Songs』(Cambridge University Press, 2001)

해럴드 퍼킨Harold Perkin, 『전문직 사회의 도래: 1880년대 이후의 영국The Rise of Professional Society: England Since 1880』(Routledge, 2002)

헨리 우드 부인Mrs. Henry Wood, 『이스트 린East Lynne』(Oxford University Press, 2005)

Ⅲ 모든 것이 달라졌다

1. 제인 허시필드Jane Hirshfield, 「화가 보나르인 역사History as the Painter Bonnard」(*The October Palace*, Harper Collins, 1994)
2. (청소년기에서 성인기로 이행하는, 만 18살에서 25살까지의 시기)
3. (You Only Live Once의 약어. 인생은 한 번뿐이니 매 순간 최선을 다해 충실하게 보내라는 의미)
4. (Fear of Missing Out의 약어. 남들이 다 누리는 것을 놓치는 것에 대한 두려움을 의미)
5. 찰스 디킨스Charles Dickens, 『위대한 유산The Great Expectations』(Clarendon Press, 1993)

6. 〔Sub Specie Aeternitatis. 스피노자의 용어로 만물의 진실을 파악할 수 있는 초시간적 인식을 말한다〕

7. 토머스 나겔Thomas Nagel, 「부조리The Absurd」(*Journal of Philosophy* 68, no. 20 (1971))

8. 필립 라킨Larkin, Philip, 「나는 기억한다, 나는 기억한다 I Remember, I Remember」(*Collected Poems*, Farrar, Straus and Giroux, 1989)

9. 트로이 졸리모어Troy Jollimore, 「후회Regret」(*At Lake Scugog: Poems*, Princeton University Press, 2011)

10. 버지니아 울프Virginia, Woolf, 「토머스 하디의 소설The Novels of Thomas Hardy」(*Collected Essays*, vol. 1, Harcourt Brace & World, 1950/『이상한 엘리자베스 시대 사람들』, 함께읽는책, 2011)

11. 버지니아 울프Virginia Woolf, 『버지니아 울프의 일기The Diary of Virginia Woolf』 (5 vols, Harvest Books, 1977)

12. 〔런던의 문화교육 지구로 울프가 활동했던 20세기 초 지식인, 작가, 예술가들의 모임인 블룸즈버리 그룹Bloomsbury Group을 의미하기도 한다〕

13. 버지니아 울프Virginia Woolf, 『제이콥의 방Jabob's Room』(Harcourt Brace Jovanovich, 1978)

14. 버지니아 울프Virginia Woolf, 『댈러웨이 부인Mrs. Dalloway』(Harcourt, Brace and Co, 1925)

15. 〔봉건 시대 영주들이 크리스마스 다음 날인 12월 26일 상자box에 옷, 곡물, 연장 등을 담아 농노들에게 선물하며 하루의 휴가를 주었던 전통에서 유래했다〕

16. 갤웨이 킨넬Galway Kinnell, 「기도Prayer」(*The Past*, Houghton Mifflin Harcourt, 1985)

17. 제니 오필Jenny Offill, 『사색의 부서Dept. of Speculation』(Alfred A. Knopf, 2014)

18. 〔원문은 hair shirt로, 과거 서양에서 죄를 회개한다는 것을 증명하기 위해 스스로에게 형벌을 주는 의미로 거친 털로 짠 셔츠를 입었다〕

19. 〔1989년 체코(당시 체코슬로바키아)의 공산정권 붕괴를 불러온 시민혁명〕

마크 도티Mark Doty, 『굴과 레몬이 있는 정물화Still Life with Oysters and Lemon』 (Beacon Press, 2001)

모리스 블랑쇼Maurice Blanchot, 『도래할 책The Book to Come』(Stanford University Press, 2003)

버지니아 울프Virginia Woolf, 『어느 작가의 일기A Writer's Diary: Being Extracts from the Diary of Virginia Woolf』(Harcourt, Brace, 1954)

스탠리 카벨Stanley Cavell, 『눈에 비치는 세계: 영화 존재론에 대한 성찰The World
　Viewed: Reflections on the Ontology of Film』(Harvard University Press, 1979)

윌리엄 엠프슨William Empson, 『셰익스피어의 〈말괄량이 길들이기〉와 말괄량이
　의 힘: 에세이, 회고록, 서평 모음집The Strengths of Shakespeare's Shrew: Essays,
　Memoirs and Reviews』(Sheffield Academic Press, 1996)

제인 허시필드Jane Hirshfield 인터뷰, 「선과 시의 예술Zen and the Art of Poetry:
　An Interview with Jane Hirshfield」(Interview by Ilya Kaminsky and Katherine
　Towler, Agni Online, January 30, 2018)

제임스 웰든 존슨James Weldon Johnson, 『한때 흑인이었던 남자의 자서전The
　Autobiography of an Ex-Colored Man』(Penguin, 1990)

토머스 하디Thomas Hardy, 『성난 군중으로부터 멀리Far from the Madding
　Crowd』(Penguin, 2003)

——.『더버빌가의 테스Tess of the D'Urbervilles』(Penguin, 2003)

필립 라킨Phillip Larkin, 『겨울의 한 소녀A Girl in Winter』(Faber & Faber, 2005)

그 외의 참고 문헌들

게리 솔 모슨Gary Saul Morson, 『내러티브와 자유Narrative and Freedom: The
　Shadows of Time』(Yale University Press, 1994)

루스 번Ruth Byrne의 『합리적인 상상The Rational Imagination: How People
　Create Alternatives to Reality』(MIT Press, 2005)

마이클 안드레 번스타인Michael André Bernstein, 『피할 수 없는 결말Foregone
　Conclusions: Against Apocalyptic History』(University of California Press,
　1994)

스탠리 카벨Stanley Cavell, 『이성의 요청The Claim of Reason』(Oxford University
　Press, 1979)

——.『잘생김과 잘생기지 않음의 조건들Conditions Handsome and Unhandsome:
　The Constitution of Emersonian Perfectionism』(University of Chicago Press,
　1990)

——.『행복의 추구The Pursuits of Happiness』(Harvard University Press, 1984)

앤드루 H. 밀러Andrew H. Miller, 「형이상학의 한 사례: 반사실, 사실주의, 『위대
　한 유산』A Case of Metaphysics: Counterfactuals, Realism, *Great Expectations*」
　(*ELH* 79, no. 3(Fall 2012))

——. 「찰리 채플린의 〈시티 라이트〉:다섯 장면을 중심으로*City Lights*: Five
　Scenes」(*Raritan* 35, no. 1(Summer 2015))

——. 「당신이 아는 모든 것For All You Know」(*Stanley Cavell and Literary Studies: Consequences of Skepticism*, Continuum Press, 2011)

——. 「사실주의 소설에서 살지 않은 삶들Lives Unled in Realist Fiction」(*Representations* 98 (Spring 2007))

——. 「단 한 개의 케이크, 유일무이한 케이크The One Cake, the Only Cake」(*Michigan Quarterly Review* 51, no. 2(Spring 2012))

——. 「시계Timepiece」(*Brick* 93(May 2014))

제임스 우드James Wood, 『삶에 가장 가까운 것The Nearest Thing to Life』(Brandeis University Press, 2015)

캐서린 갤러거Catherine Gallagher, 「허구성의 탄생The Rise of Fictionality」(*The Novel*, vol. 1, Princeton University Press, 2006)

——. 『일어나지 않은 대로 이야기하기Telling It Like It Wasn't』(University of Chicago Press, 2018)

힐러리 대넌버그Hilary Dannenberg, 『우연과 반反사실Coincidence and Counterfactuality: Plotting Time and Space in Narrative Fiction』(University of Nebraska Press, 2008)

옮긴이의 말

우연의 필연성

"내가 갈 수 있었던 길이 너무나 많았고, 내가 살 수 있었던 삶이 너무도 많았다. 그런데도 나는 지금 여기에 있다. …지금 여기에서의 내 삶은 기막힌 우연이면서도 좀처럼 벗어날 수 없는 삶이다."

이 책의 원제는 'On Not Being Someone Else'이고, 부제는 'Tales of Our Unled Lives'다. 우리말로는 각각 '다른 사람이 아닌 것에 관하여', '우리의 살지 않은 삶의 이야기' 정도로 해석할 수 있다. 이 책은 "누구나 수천 개의 삶을 살 수 있는 조건들을 가지고 태어나지만 결국에는 그중 단 한 개의 삶만 살게 된다는 것"에 주목하면서 그로 인해 우리가 하게 되는 생각들, 우리가 느끼는 감정들을 살펴본다. 이를 위해 저자가 택한 방법론은 "삶에 가장 가까운" 픽션을 분석하는 것이다.

저자가 인용한 작품들도, 저자의 해석도 모두 흥미로웠지만 내가 이 책에 완전히 빠져든 시점은 저자가 "살지 않은 삶은 중년의 관심사"라고 말한 순간부터였다고 고백해야겠다. "살지 않은 삶이 있으려면 먼저 삶을 어느 정도 살아야만 한다. 미래에 다른 삶을 살 가능성들이 거의 사라졌다고 느낄 때면 어김없이 과거에 선택하지 않은 길들을 떠올리게 된다"는 설명이 마치 내 이야기 같았기 때문이다.

우리는 살면서 "가능성을 하나씩 차례차례 내려놓는다." 그러다 "깨달음의 시기, 자신의 삶의 형태가 이미 정해졌으며 지평선이 존재한다는 사실을 꼼짝없이 인정해야 하는 시기, 대통령이나 백만장자가 될 리 없"음을 받아들여야 하는 시기를 거치면서 "우리는 모두 조금씩 조금씩 꺾이고 깎인다." 그러나 어쩐지 억울하다. 지금 이 삶에 딱히 불만이 없다 해도 힐러리 맨틀의 말대로 "우리는 어쩌다 이곳까지 오게 되었는지" 알 수 없고, 로베르트 무질의 말대로 내가 "이런 사람으로, 이런 삶을 살아야만 할 절대적인 이유를 찾을 수 없기 때문이다." 그래서 "우리는 가지 않은 길을 상상함으로써 길이 어떻게 이어지는지 이해한다. 우리는 이 사건과 저 사건의 관계를 발굴하고 증명하기 위해 대안을 고안한다." 그리고 영화나 문학 작품을 통해 그런 관계를 발굴하는 기술을 연마한다.

"의미 있는 삶에 대한 갈망은 그 어떤 전략적 고려보다 우선하고, 살지 않은 삶에 대한 고찰은 그런 의미를 만들어내거나 찾는 매우 효과적인 방법"이지만, 저자는 살지 않은 삶을 고찰한 뒤에도 그 한계에 더 주목하는 듯하다. "우리는 의미와 같은 시공간에 머물지만 그 의미를 소유하지는 못한다." 그래서 저자는 우리가 "잠시 멈춰 서서 그것을 명확하게 그려내려고 노력한다. 단어들을 반복해서 덧칠하며 손본다"고 지적한다. 지금 내 앞에 놓인 "이것"을 들여다보고 "이것"에 충실하게 임하는 것이 우리가 할 수 있는 최선이라고 생각하는 듯하다. 그런데 나는 그전에 이야기가 "시작할 때는 무엇이든 가능하다. 중반 정도 되면 가능한 것들이 있다. 끝날 때는 모든 것이 필연이다"라는 대목에서 이미 내게 필요한 위안을 얻었다. 물론 내가 한 어떤 선택도 중요하지 않았고, 내가 걸어온 길은 우연의 산물이며, 지금 여기에서의 내 삶이 필연이라면 결국 내가 "어떤 조건하에서도 실패자다"라며 자조하는 것이 되기도 한다. 그런데 나는 그것이 오히려 과거의 나에게 조금은 너그러워져도 좋다는, 그래서 지금의 나에게도 조금은 너그러워져도 좋다는 위로처럼 느껴졌다.

이 책에서는 유독 시를 많이 인용한다. 로버트 프로스트의 시 「가지 않은 길」은 우리에게도 익숙한 시이지만, 토머스 하디의 시, W. H. 오든과 필립 라킨의 시, 그리고 퓰리처상을 받은 샤론 올즈의 시 등 현대 시인들의 시까지 평소에는 쉽게 접할 수 없는 다양한 영미시가 나온다. 시를 음미하고 시에 대한 저자의 해석을 읽는 것은 매우 즐거운 일이었지만 그 시를 번역하는 것은 괴로운 작업일 수밖에 없었다. 아무래도 저자의 해석이 제대로 전달될 수 있도록 시를 번역하려다 보니 시를 자연스럽게 다듬기보다는 거칠더라도 원문 그대로 옮겨야 하는 경우가 많았다. 예를 들어 「가지 않은 길」의 경우 교과서에도 실린

적이 있는 고故 피천득 작가의 번역문를 비롯해 훌륭한 번역들이 많이 있지만, 이 시에서 'and'가 반복해서 사용되는 것에 대한 저자의 해석을 제대로 전달하기 위해서 어색하더라도 'and'를 매번 '그리고'로 살려서 번역했다. 이렇듯 이 책에서는 다소 어색하더라도 시의 모든 단어를 최대한 살려서 번역했다. 그리고 최대한 영어의 어순을 살리려 노력했다. 그러나 영미시의 형식이나 운율을 우리말 번역문에서 전부 살리기는 어려웠다. 예를 들어 토머스 하디의 시 「산책」을 살펴보면서 저자는 약강격(약한 음절 다음에 강한 음절이 오는 것)과 모음 각운이 전달하는 분위기에 대해 설명하지만 우리말 번역문에서는 이런 점을 살릴 수 없었기 때문에 독자는 그런 분위기를 순전히 머리로만 이해해야 한다. 그러다 보니 저자가 시를 통해서 전달하고자 한 메시지의 일부가 어쩔 수 없이 누락되었다는 아쉬움이 남는다.

저자는 "나는 글을 쓰면서 동시에 아이를 안아줄 수 없다"는 매기 넬슨의 말이 이 책을 한 문장으로 요약한다고 말한다. 그런데 이것은 "나는 번역을 하면서 동시에 아이를 안아줄 수 없다"나 "나는 책을 읽으면서 동시에 아이를 안아줄 수 없다"라는 식의 변주가 가능하다. 또 내가 동시에 할 수 없었던 다른 것들도 무수히 많을 것이다. 나는 이 책을 번역하면서 동시에 아이를 안아줄 수 없었다. 그러나 이 책을 번역하면서 내 삶을 되돌아보고, 내 선택들과 화해할 수 있었기에 내가 포기한 것들에 대한 후회가 깊지 않았고, 약간의 안도를 느꼈고, 나름의 위안도 얻었다. 이 책을 읽은 당신도 이 책을 읽기 위해 무엇을 포기했건 간에 그렇게 포기한 것들에 대한 후회가 깊지 않고, 약간의 안도와 나름의 위안을 얻었기를 진심으로 바란다.

2021년 여름
방진이

옮긴이의 말

우연한 생
우리가 살지 않은 삶에 관하여

지은이	앤드루 H. 밀러
옮긴이	방진이

펴낸곳	지식의편집
편집	김희선
디자인	손현주
등록	제2020-000012호(2020년 4월 10일)
주소	서울 강북구 삼양로 640-6 102
이메일	Jisikedit@gmail.com
전화	070-7538-3443

1판 1쇄 펴냄	2021년 8월 5일
ISBN	979-11-970405-3-5 03840